Aber schön müssen sie sein

von H.C. Scherf

Bibliografische Information der Deutschen Nationalbibliothek:
Die Deutsche Nationalbibliothek verzeichnet diese Publikation in der
Deutschen Nationalbibliografie; detaillierte bibliografische Daten sind im
Internet über http://dnb.dnb.de abrufbar.

Aber schön müssen sie sein

Neuauflage © 2021   H.C. Scherf
http://www.scherf-autor.de
h.c.scherf@gmx.de

Aktives Mitglied im Selfpublisher-Verband e.V.

Covergestaltung: VercoDesign, Unna
Bilder von:
daniilphotos, glenamoy, HayDimitriy
alle von Clipdealer.de

Lektorat/Korrektorat: Heidemarie Rabe
rabe.heidemarie47@googlemail.com

Herstellung und Verlag:
BoD – Books on Demand, Norderstedt

ISBN: 978-3753408507

Aber schön müssen sie sein

Lokalkrimi

von H.C. Scherf

Ein Vater wird zum Doppelmörder,
so er sein Kind missbraucht.

Er tötet nicht nur die Seele des Kindes,
sondern auch dessen Bild vom gütigen Vater.

1

Letzte Sonnenstrahlen bemühten sich, den Boden des Waldes zu erreichen, suchten den Weg durch die dichtbelaubten Baumkronen. Wie lange er schon durch das eng beieinanderstehende Unterholz stampfte, konnte er später nicht sagen. Zumindest tat es Körper und Geist gut und er genoss es, den Sauerstoff in seinen Lungen zu spüren. Die letzte Nacht hatte seinem Organismus dermaßen zugesetzt, dass er mit dieser Tortur die letzten Geister des Besäufnisses vertreiben wollte. Zumindest lief es so lange halbwegs gut, bis er mit den Füßen tief in das eklige Nass eintauchte.

»Verflucht. Dieses hundserbärmliche Schlammloch hat sich hervorragend getarnt!«, entfuhr es ihm, während er versuchte, seinen Fuß wieder daraus zu befreien.

Jetzt war auch dieses Paar Schuhe endgültig hinüber. *Was soll's, passte es eben zum Rest der Kleidung.* Der aufsteigende Geruch von Aas, der die Schleimhäute bis zum Äußersten reizte, tat sein Übriges. Das war dann doch des Guten zu viel, und er nahm sich vor, sofort die Dusche zu benutzen, wenn er zurück war. Es würde nötig sein, bevor er eine Kleinigkeit zum Abendessen zu sich nahm und mit immer noch schmerzendem Kopf ins Bett fallen würde. Irgendwo in der Nähe musste sich ein verwesendes Tier unter der Erde befinden. Da war sich Patrick Schreiber ziemlich sicher. Während er schwankend versuchte, die Schuhe

am umherliegenden Laub zu säubern, peilte er den Blätter-
haufen an, auf den er sich setzen und ausruhen wollte. Es
ähnelte mehr einem Fallen, als er endlich zur Tat schritt. Mit
den Händen wollte er sich noch im letzten Moment abstützen, was ihm jedoch reichlich misslang. Tief versanken seine
Arme im hohen Laub. Der bestialische Geruch wurde
unerträglich. Seine Finger ertasteten etwas Schleimiges, das
jedoch von spitzen Knochen durchsetzt schien. Er hörte sie
sogar unter seinem Gewicht brechen. Verzweifelt versuchte
er, die Hände wieder freizubekommen, indem er sich zur
Seite warf. Jetzt kam zum Vorschein, was ihn für einen
Moment in eine Schockstarre versetzte. Der Torso musste
hier schon Tage, Wochen oder sogar Monate ungeduldig auf
seine Entdeckung gewartet haben. Alles geschah gleichzeitig: das Aufstellen der Körperhaare, die Verfärbung seiner
Augen zu Gelb und der gellende Hilfeschrei. Der Puls raste.
Augenblicklich fühlte er das Einschießen des Adrenalins in
seinen Blutkreislauf. Voller Verzweiflung und wachsender
Abscheu versuchte er, sich aus diesem Dreckhaufen zu
befreien. Erschöpft blieb Patrick Sekunden später abseits
liegen, von Ekel gepackt. Ein unkontrollierbares Beben
beherrschte ihn.

*War das schon das beginnende Delirium? Hatte man mir
gestern Drogen verabreicht? War ich schon tot und man
hatte an höchster Stelle entschieden, mich in der Hölle
braten zu lassen?*

Der ätzende Geruch holte ihn in Windeseile wieder in die
Realität zurück. Ein Gestank, der sich in seine Haut und die
Lungen zu fressen schien. Panisch rieb er sich feuchtes Laub
notdürftig in der Hoffnung über Gesicht und Hände, der
Geruch würde den der Verwesung überdecken. Das Ergebnis
war alles andere als befriedigend. In einer solchen Aufma-

chung zogen nur Eingeborene in den Krieg. Sein Verstand hatte Mühe, wieder die Oberhand zu gewinnen. Wo ein menschlicher Torso lag, mussten eventuell auch noch weitere Körperteile zu finden sein. Er wollte aber auf keinen Fall der Entdecker sein. Es reichte jetzt. Wie ein Besessener robbte er weg vom Ort der Begegnung und hinterließ eine Spur der Verwüstung. Irgendwann würde die Spurensicherung mutmaßen, dass mehrere Footballmannschaften hier die Meisterschaften ausgetragen hatten. Mit Ausnahme der Unterwäsche riss er sich alles vom Leib, warf es auf den Waldboden und trat es zur Sicherheit einige Meter weit weg. Dieser Geruch sollte endlich verschwinden. Es war mehr der Verzweiflung geschuldet, als es aus ihm herausquoll.

»Hilfe! Hilfe! Ist da jemand? Hilfe!«

Es schien ihm das einzig Vernünftige zu sein, was er jetzt tun konnte. Doch sein Krächzen, denn mehr war es eigentlich nicht, konnte allerdings keiner gehört haben, selbst wenn er nur zwanzig Meter entfernt gewesen wäre. Der verbliebene Rest des Verstandes signalisierte ihm, dass sein Telefon die Lösung seines Problems darstellen könnte. Jedoch erst zwanzig Meter weiter fand er einen Punkt, der ihm eine halbwegs stabile Verbindung zum Mobilnetz verschaffte.

»Polizeidienststelle Winterberg, Polizeiobermeister Pieper, was ist los?«, ertönte nach dem zehnten Klingeln eine sehr müde Stimme aus dem Hörer.

»Eine Leiche ... hier im Wald ... Kommen Sie bitte schnell!«

Zu mehr reichte es bei ihm nicht, was sich sofort rächte.

»Wie, Leiche? ... Haben Sie getrunken? Von wo rufen Sie an? Wie heißen Sie überhaupt?«

Bevor er auf diese Frage einging, lauschte er angestrengt, um zu verstehen, was der Polizist am anderen Ende der Leitung einer sich in der Nähe aufhaltenden Person zuflüsterte.

»Schreiber, Patrick Schreiber ... ich rufe mit dem Handy an. Ich befinde mich im Waldgebiet an der L721. Bin, so glaube ich zumindest, am Abzweig von der B236 abgebogen. Wenn ich mich recht erinnere, bei Züschen. Nach etwa 600 m links geht es in einen Feldweg. Ich warte da auf Sie. Bitte beeilen Sie sich.«

Hatte ich das gerade so präzise gesagt? Ich sollte das gewesen sein, der seine Position äußerst genau beschrieben hatte? War ich das auch, der rein mechanisch auf den roten Knopf gedrückt und das Gespräch damit unterbrochen hatte? Jetzt würde ich nur noch warten und hoffen können. Ich hatte den Staffelstab abgegeben. Die Zeit des Wartens war angebrochen!

Das Erste, was jedoch eintraf, war der Sonnenuntergang. Er erfreute nicht wie sonst das Herz, sondern ließ es ganz im Gegenteil verkrampfen. *Musste ich hier nun die Nacht neben einer verwesenden Leiche verbringen, nur weil mir der Polizist am anderen Ende möglicherweise nicht geglaubt hatte?*

Ein Licht! Tatsächlich mehrere Lichter. Im Schneckentempo näherten sich zwei Fahrzeuge seiner Position. Die Scheinwerfer der Fahrzeuge stachen wie grelle Laserstrahlen durch die jetzt einsetzende Dunkelheit, die ihm zwischenzeitlich Angst bereitet hatte. Gott sei Dank besaß sein Handy eine Licht-App, die er nun mit zittrigen Fingern aktivierte. Ein erstaunlich starker Lichtstrahl zuckte durch den Wald den beiden Fahrzeugen entgegen, die sich zu orientieren versuchten. Dem Anschein nach zögernd bogen die beiden Fahrzeuge von der Straße in den Feldweg ab und blieben in einer Entfernung stehen, die ihm äußerst unpassend erschien.

Personen verteilten sich schattengleich seitwärts im Wald, ständig nach Deckung suchend. *War ich hier als unfreiwilliger Statist in den Dreh eines schlechten B-Films geraten? Was taten die Idioten denn da?*

Minuten vergingen, ohne dass außer dem Rascheln von Laub irgendetwas zu vernehmen war. Das sollte sich genau in dem Augenblick ändern, in dem sich Ärger und kalte Wut in Patrick auszubreiten begannen.

»Hey, Mann! Bleiben Sie genau da stehen, wo Sie gerade sind. Nehmen Sie ganz langsam die Hände über den Kopf und bewegen keinen Finger!«

Das konnte er nicht gehört haben. Es war eine Sinnestäuschung. Obwohl der Befehl eindeutig war, kam er aus dem Mund eines Mannes, der sich seiner Sache nicht absolut sicher schien. Es fehlte die letzte Überzeugung in der Fistelstimme, was Patrick dazu bewog, sich auch den nachfolgenden Anordnungen zu widersetzen.

»Legen Sie verdammt noch mal beide Hände an den Baum und spreizen Sie ganz langsam die Beine!«, klang es in diesem Augenblick von anderer Stelle.

»Einen Scheißdreck werde ich tun! Ist das hier ein Irrenhaus? Ich habe Angst und mir ist kalt. Helfen Sie mir lieber!«

Zunehmend baute sich Trotz in ihm auf. *War ich das, der da gerade noch verkatert durch den Wald stolperte und nun mit dem Mut eines in die Enge getriebenen Rattenweibchens den Aufstand gegen die Polizei probte? Zugegeben, es musste schon etwas seltsam anmuten, wenn ein Mann, nur mit Unterwäsche bekleidet, mitten im Wald stand - bei gefühlten zwölf Grad. Doch was vermuteten die Trottel noch unter meiner Wäsche? Eine versteckte 44er Magnum?*

9

Ein kurzzeitiges Rascheln hinter ihm. Plötzlich legten sich zwei Hände um seine Handgelenke und versuchten, ihm diese nach hinten zu drehen. Mit einem Ruck befreite er sich aus diesem eher zaghaften Griff, drehte sich um und sah in die zwei ängstlichsten Augen, die er jemals zu Gesicht bekommen hatte. Ein Polizist, tatsächlich ein Polizist, der sich an ihn herangewagt hatte. Allerdings musste er in den Dienst eingetreten sein, bevor man bei der Einstellung eine Mindestgröße vorgeschrieben hatte.

»Ralf, der Kerl lässt sich nicht festnehmen, was soll ich machen?«, schrie dieser Uniformierte panisch zu einem Kollegen hinüber, bevor er vorsichtshalber einen Schritt zurücktrat und um sein Gleichgewicht rang. Der Lauf seiner Waffe, mit der er herumfuchtelte, zeigte ab und zu sogar auf Patricks Kopf, was ihm jedoch zusehends schwerer fiel. Panik überfiel nun auch Patrick, weil er jeden Moment damit rechnen konnte, dass sich ein unkontrollierter Schuss aus der Waffe löste. Sein Kopf fuhr herum, als die nächste Frage an ihn gerichtet wurde.

»Wer sind Sie? Was machen Sie hier mitten im Wald?«

Wieder diese unangenehme Stimme, die ihn schon am Telefon nervte. Sie kam aus dem Nichts. Der Fragende hatte sich wohl aus Sicherheitsgründen hinter einem Baum verschanzt. Ein Polizist, der nicht erkannt werden wollte. Mehr als seltsam.

»Da drüben liegt eine Leiche, verdammt noch mal. Oder glauben Sie tatsächlich, dass ich es bin, der so hundserbärmlich stinkt?«, rutschte ihm heraus, vermischt mit aufsteigender Verärgerung gegenüber der bisherigen Vorgehensweise.

»Sie sprachen am Telefon schon von dieser angeblichen Leiche. Wo finden wir die? Zeigen Sie einfach in die Richtung. Doch bleiben Sie auf jeden Fall dort stehen, wo ich Sie sehen kann.«

Patrick hatte mittlerweile Mühe, sich in der Dunkelheit zu orientieren, und suchte nach der Richtung, aus der er gekommen war. Als er sich halbwegs sicher war, wies er mit ausgestrecktem Arm dorthin. Für ihn absolut unverständlich wandte sich nun der Angesprochene wieder an den zu kurz geratenen Kollegen hinter Patrick, der sich halbwegs gefangen hatte.

»Geh mal rüber und schau nach!«

Die Minuten vergingen, in denen das uniformierte Rumpelstilzchen nach dem Laubhaufen suchte. Nur ein umherirrender Strahl der Taschenlampe verriet seine Position. Wieder die Frage des wartenden Kollegen hinter dem Baum: »Hast du die Stelle gefunden? Was siehst du? Hat der Typ recht?«

Gleichzeitig war der leitende Polizist endlich aus seiner schützenden Deckung herausgetreten. Er richtete seine gezogene Waffe in Patricks Richtung und erzeugte dadurch bei ihm ein erneut starkes Gefühl der Verunsicherung. Sein Wunsch sollte an entsprechender Stelle erhört werden.

Herr im Himmel – lass die Waffe bitte noch gesichert sein.

»Da liegt tatsächlich eine Leiche, zumindest ein Teil davon. Soll ich die Kripo rufen?«

Stolz präsentierte der Wicht in Uniform das Ergebnis seiner Sichtkontrolle und lieferte gleichzeitig brauchbare Vorschläge. Das roch nach präziser deutscher Polizeiarbeit. Man war also in diesem Teil der Republik für jede Art von Mordermittlungen gerüstet.

»Haben Sie diese Person getötet?«

Mit eisigem Blick richtete Ralf Pieper, so hieß der Uniformierte, wie Patrick später erfuhr, diese Frage mit der Härte und Präzision eines Pistolenschusses an ihn. Diese Vorgehensweise musste er wohl aus einem Til Schweiger-Tatort übernommen haben.

»Aber sicher doch. Das mache ich immer so. Erst blase ich den Menschen das Licht aus, um dann Monate oder Jahre später der Öffentlichkeit die Früchte meiner Arbeit zu präsentieren. Was ist los mit euch? Wer von uns hat was getrunken? Ich habe die Leiche nur zufällig gefunden«, meinte Patrick nochmals sachlich feststellen zu müssen. Doch die beiden Beamten überraschten ihn mit klugem, antrainiertem Verhalten, mit dem er nicht mehr gerechnet hatte.

»Ruf die Kollegen von der Spurensicherung. Wir warten hier«, ordnete Pieper nun mit einer für Patrick ungewohnt klingenden Sicherheit in der Stimme an.

Pieper wandte sich ab und ließ seinen Gefangenen in seiner Unterwäsche einfach an Ort und Stelle mitten in der Dunkelheit des abendlichen Waldes stehen. Sekunden später zuckte Patrick zusammen. Die wärmende, jedoch leicht muffig riechende Wolldecke wurde ihm von einer jungen Polizistin um die Schultern gelegt, die scheinbar Mitleid gegenüber einem einsamen Wanderer entwickelt hatte. Es bestand jedoch auch die Möglichkeit, dass sie die Gefahr sah, den Reizen seines Astralkörpers nicht länger widerstehen zu können. Er wand sich um, da ihn doch interessierte, wie der Engel genauer aussah, der ihm so unendlich viel Gutes tat. Die Natur hatte es, vor allem was die kleinen Pölsterchen anging, besonders gut mit ihr gemeint. Das betraf in der Hauptsache ihre Hüften, die gewisse Spannungen in der Uniformjacke verursachten. Dieses für ihn unbedeutende Defizit machte sie allerdings durch einen inneren Liebreiz und Aufmerksamkeit wett. Der Volksglaube wurde wieder einmal bestätigt, dass korpulente Frauen nicht nur gut kochten, sondern auch eine begrüßenswerte Herzenswärme besaßen. Patrick Schreiber war ihr unendlich dankbar, was er mit einem Lächeln bestätigte.

Die Anzahl der parkenden Fahrzeuge hatte sich zwischenzeitlich auf acht erhöht, sodass der einst einsame Wald mittlerweile von einem wuseligen Leben erfüllt wurde. Das wirkte gleichzeitig beängstigend auf Patrick. Gestalten in weißen sterilen Ganzkörper-Kondomen zertrampelten scheinbar jede brauchbare Spur. Erneute Unruhe kam auf, als ein dürres Männchen mit schütterem Haar, allerdings auch in Polizeiuniform, durch das Unterholz stolperte. Während er mit den Armen wild gestikulierte und beim Laufen das Unterholz zur Seite fegte, versuchte er sich verbal verständlich zu machen. Seine weit aufgerissenen Augen suchten nach seinem Chef. Als er ihn endlich fand, stotterte er seinen Bericht.

»Noch mehr Leichen! Da hinten! Beine, Arme, Köpfe, einfach schrecklich ...!«

Während alle Beteiligten kurzzeitig in ihrer Tätigkeit stoppten, ließ sich der Todesbote erschöpft an einem modrigen Baumstamm in Zeitlupentempo heruntergleiten. Sein starrer Blick war auf seine bebenden Hände gerichtet, die er schließlich zur Beruhigung unter die Achselhöhlen schob. Zumindest die fürsorgliche Polizistin zeigte kurzfristig eine Reaktion und ging, begleitet von mehreren Weißkitteln, in die Richtung, aus der dieser klapperdürre Polizist zuvor erschienen war. Schon nach wenigen Schritten schien man fündig geworden zu sein, denn die Hektik vergrößerte sich zusehends, und zwei Beamte transportierten zusätzliche Scheinwerfer und diverse Koffer genau in diese Richtung. Das Interesse an Patricks Person war auf einen Schlag eingefroren. Er wurde vorsichtshalber auf die Rückbank eines Einsatzfahrzeuges verfrachtet. Eine Flucht in dieser Aufmachung schien keiner mehr zu befürchten. Die Wolldecke zog er sich bis über die Ohren und versuchte, es sich halbwegs gemütlich zu machen.

2

... Eine schmerzliche Zeit lag hinter Patrick, nachdem seine leiblichen aus Deutschland stammenden Eltern während eines Urlaubs bei einem Autounfall im kanadischen Vermont ums Leben gekommen waren. Ohne großes Zögern boten sich Mary und Fred Colmann als Pflegeeltern an.

Die beiden Familien hatten sich eher zufällig kennengelernt und sofort angefreundet. Das Angebot, einige Tage bei ihnen wohnen zu dürfen, nahmen seine Eltern damals auch gerne an. Er wusste nicht mehr, was seine Eltern bewog, schließlich ganz nach Kanada zu ziehen. Sie sollten es schnell bereuen. Als irgendwann die Idee bei ihnen entstand, diesen länger andauernden Ausflug nach Vermont zu unternehmen, waren die Colmanns gerne bereit, ihn, den kleinen achtjährigen Patrick, so lange unter ihre Fittiche zu nehmen. Die Strapazen der Reise und die Stadtbesichtigungen wollte man ihm ersparen. Es geschah in den Weiten der Wälder, als sie ein Holztransporter rammte und ihnen keine Chance ließ. Zu Hause in Deutschland hätte ihm das Heim gedroht, da es keine nahen Verwandten gab. Zumindest keine, die noch jung genug waren, um ihn aufnehmen zu dürfen. Den Geburtsnamen Patrick Schreiber durfte er behalten, obwohl er sich auch mit dem Namen Colmann hätte anfreunden können.

Wenn er mit Vater Colmann am Abend vom Angeln nach Hause kam und den Fang die Stufen zur Blockhütte hinauf

15

trug, hatte Mutter sie meist schon längst bemerkt, öffnete mit einem erfrischenden Strahlen die Tür und ließ sie zufrieden lächelnd herein. Das Haus lag auf einer Anhöhe und erlaubte den Blick über diese traumhaft schöne Landschaft. Die Fische, zumeist imponierend große Wildlachse, wurden in gemeinsamer Arbeit ausgenommen, teilweise für abends frisch zubereitet und die restlichen Tiere später geräuchert. Das durfte nur Mutter, denn sie hatte da ihr besonderes Geheimnis bei der Zusammensetzung der Späne. Patrick liebte das Püree, das sie in unnachahmlicher Art aus Kartoffeln und Erbsen herstellte. Das gab es zusätzlich beim Abendessen, welches bei ausgelassener Stimmung am großen grob gehauenen Tisch herumgereicht wurde. Den hatte Vater Colmann selbst gezimmert und das scheinbar für die Ewigkeit. Lauren, der riesige Mischlingshund, der stets zu Mutters Schutz zurückblieb, wartete ungeduldig auf die Happen, die natürlich ganz zufällig vom Tisch fielen und dann wie von Zauberhand in seinem Rachen verschwanden. Stets lag er beim Essen träge, einem Teppich gleich in der vollen Länge des Tisches ausgebreitet auf dem Boden. Nur seine schwarzen Augen waren hellwach und beobachteten unaufhörlich die Tischkante. Bei einem früheren Aufenthalt am Flussdelta war ihnen das hellbraune Fellbüschel durch zaghaftes Quieken aufgefallen. Ganz verloren versteckte es sich halb verhungert hinter einem verrottenden Baum. Das Muttertier hatte wohl versucht, ihren frischen Wurf vor einem Raubtier zu schützen, wobei es selbst den Tod fand. Ebenso drei ihrer Welpen. Alle lagen zerfetzt oder angefressen in der näheren Umgebung. Es war klar, dass sie diesen kleinen Kerl nicht allein in der Wildnis zurücklassen konnten. Mutter Colmann hatte sofort ein Wiederaufbauprogramm ins Leben gerufen und den putzigen Kleinen in kürzester Zeit aufgepäppelt. Es entstand eine Verbindung zwischen ihnen allen, die sich mit Worten kaum beschreiben ließ. Keiner wusste später mehr, warum er ausgerechnet Lauren gerufen wurde. Es entstand von der ersten Sekunde an eine klare Ordnung in der Befehlskette. Lauren nahm nur Mutters Anordnungen entgegen. Vater und Patrick wurden von ihm lediglich gnädig geduldet. Allerdings war deutlich spürbar, dass er sie auch mochte und Patrick dachte, dass er für jeden von ihnen sein wertvolles Hundeleben gegeben hätte.

Vater ermöglichte Patrick damals als Siebzehnjährigen den Besuch einer bilingual geführten Universität. Sein Wunsch ging sehr schnell in Erfüllung, einmal Schriftsteller werden zu wollen, indem man ihn sofort nach der Schule ausreichend mit Papier, Schreibmaschine, Zeit und Geduld ausstattete. Es war schon ein ergreifender Augenblick, als er dann wieder den Umzug von der Uni in das Haus der Colmanns vollzog, das relativ weit in der Wildnis, etwa dreißig Meilen entfernt vom nächsten Ort lag. Gefertigt aus Holzstämmen strahlte es etwas unerhört Erhabenes aus. Die typische Bauweise im Land des Ahornbaumes hatte ihn schon immer in seinen Bann gezogen. Eine wilde Romantik – und er war ein Teil davon. Für ihn gab es zu dieser Zeit nichts Größeres auf dieser Welt. Enge Häuserschluchten, das Gewusel in den Geschäften, die ständige Gier nach Luxusgütern in den großen Städten – nichts davon erzeugte bei ihm einen Reiz. Ihm war das Leben mit den einfachen Menschen, die weit verstreut um sie herum wohnten und ehrlicher wirkten, viel lieber. Wenn er und Vater Colmann einmal im Monat mit dem Wagen in die nächste Stadt fuhren, gaben sie im Store Mutters Liste ab und gingen auf einen Kaffee zu Mother Reynolds. Dort erfuhr man, was für sie und die Nachbarn wichtig war. Wenn sie danach zum Store zurückkehrten, hatten die schon alles in den Wagen verpackt, und sie fuhren mit einem guten Gefühl nach Hause. Immer wieder hatte Vater es geschafft, eine kleine Aufmerksamkeit für seine Mary im Store zu finden, die er ihr dann nach der Heimkehr liebevoll überreichte. Das Glück dieser beiden Menschen basierte auf einer ganz einfachen Regel. Sie liebten sich ohne jede Einschränkung. Keiner versuchte, den Partner zu verbiegen. Einer war für den anderen da - IMMER.

3

Anfängliche kleine Erfolge durch Kurzgeschichten, die in den örtlichen Zeitungen und Kirchenblättern gegen ein winziges Honorar Veröffentlichung fanden, wurden durch eine länger andauernde Schaffenskrise abgelöst. Nur die unglaubliche Geduld dieser so friedfertigen Menschen, die Patrick ein Zuhause boten, schaffte es, dass er diesen einen so erfolgreichen Roman veröffentlichen konnte. Es wäre ihm nie in den Sinn gekommen, dass Kriminalromane diese Menschen mehr interessieren könnten als Sachbücher und Liebesgeschichten. Es brachte scheinbar eine neue Art von Abwechslung in deren Leben, das oft recht eintönig dahinfloss. Eine fremde Welt, die keiner so kannte, offenbarte Patrick mit seinen Geschichten um den Kampf Gut gegen das Böse. Einige Kinderbücher sollten folgen, da er immer diesen Traum gehegt hatte, einmal ein großer Erfolgsautor für Kinderliteratur zu werden. Damit war aber nicht das große Geld zu erwirtschaften.

Der tiefe Frieden innerhalb der kleinen Familie wurde jäh unterbrochen. Es war diese erschreckende Wahrheit, die Mutter Colmann nicht weiter nur für sich behalten wollte. Sie hatte ihnen schon viele Jahre verschwiegen, dass ein faustgroßes Karzinom im Oberbauch unaufhaltsam wuchs und sie nun nur noch wenige Wochen zu leben hatte. Der Aufenthalt im Krankenhaus war nun unvermeidlich, wollte man Mutter die grässlichen Schmerzen nehmen. Vater blieb sehr lange im Sprechzimmer des Oberarztes und ging anschließend mit versteinertem Gesicht, Patrick dabei kaum beachtend, zum Ausgang des Hospitals. Roboterhaft stieg er in den Landrover, öffnete ihm von innen völlig mechanisch die Beifahrertür und fuhr schweigend die dreißig Meilen zum Haus. Patrick hielt eine innere Stimme davon ab, ihn in diesem Augenblick zu fragen, was denn so Schlimmes auf alle zukam. Lauren war im gesamten Haus nicht aufzufinden, als sie eintrafen. Erst am nächsten Tag nach einer schlaflosen Nacht setzte Vater sich auf die Treppenstufen vor die Hütte und rief Patrick zu sich. Als er ihm seinen kräftigen Arm um die Schultern legte, erschien auch, wie durch einen stummen Befehl gerufen, Lauren an ihrer Seite und legte sich still vor die Füße. Seine Augen waren auf Vaters Gesicht gerichtet, als wenn auch er endlich wissen wollte, warum Mutter nicht in der Küche hantierte.

Die Tränen in Vaters Augen erstickten fast seine Stimme, als er versuchte, zu einer Erklärung anzusetzen. Beim dritten Anlauf schaffte er es, die unfassbare Wahrheit über seine so geliebte Mary mitzuteilen. Patricks Magen glaubte, ein Eigenleben führen zu müssen, und verkrampfte sich schmerzhaft, sodass er sich verkrümmt auf die Stufen legte. Wie eine Statue saß Vater immer noch an gleicher Stelle und sah mit stoischem Blick in die fernen Wälder. Es schien ihn nicht zu kümmern, dass der Junge weinte. Bei Lauren glaubte Patrick, ein leises Winseln gehört zu haben, bevor er mit müden Schritten ums Haus lief. Man hat ihn von diesem Tag an nie mehr gesehen. Es wurde ihnen später erzählt, dass er tagelang unter dem Fenster gesehen worden war, hinter dem Mutter die letzten Stunden verbracht hatte. Danach verschwand er für immer.

An der Trauerfeier nahm, so wie es üblich war, die gesamte Nachbarschaft teil, und man unterstützte die Männer auch aktiv bei der Zubereitung der Speisen für die Feierlichkeiten. Nie hätte Patrick vorher geglaubt, wie rücksichtsvoll und mitfühlend diese doch so hart arbeitenden Menschen sein konnten, die tagtäglich dieser so wilden Natur Essbares abtrotzen mussten. Noch Wochen danach kam immer mal jemand aus der Nachbarschaft vorbei, um Hilfe anzubieten und Trost zu spenden. Stets brachte man wortlos eine Kleinigkeit an Speisen mit und plauschte mit ihnen über Neuigkeiten.

Mittlerweile war Patrick sechsundzwanzig Jahre alt und half Vater viel bei seiner harten Arbeit, worunter seine schriftstellerische Tätigkeit natürlich litt. Vater Colmann hatte sich verändert. Seine offene Art war zwar geblieben, doch litt er weiter unter dem Verlust des wichtigsten Menschen in seinem Leben. Niemals sprach er darüber, verbrachte jedoch viel Zeit an Mutters Grab und betend vor ihrem Bild. Eigentlich wollte er nicht, dass Patrick ihm und seiner Arbeit so viel Zeit opferte, und ermahnte ihn stets, doch an seine eigene Zukunft zu denken. Zusehends fiel es ihm jedoch schwerer, die täglichen Arbeiten zu erledigen und die oft weiten Wege zur Jagd zu bewältigen. Patrick spürte es schon, wie sehr ihn seine Hilfe sogar belastete und er nach Möglichkeiten suchte, ihm eine eigene Zukunft zu schaffen. Es war für Patrick lange unklar, ob das der eigentliche Grund für seine Entscheidung war. Sie fanden Vater Colmann nach dreitägiger Suche am Grunde einer Felswand, in seiner Hemdtasche eine Notiz, dass man die Familienkassette unter Mutter Marys Bett öffnen sollte. Die letzten Zeilen von ihm hatten zum Inhalt, dass er seiner geliebten Mary nun gefolgt wäre und er das Haus und das Land bereits zum Jahresende verkauft hatte. Das Geld wurde Patrick komplett als einzigem Erben vermacht, sodass er eine eigene Zukunft gestalten konnte. Sein Wunsch war nur, dass man ihn direkt neben Mary auf dem Hügel unter dem Riesenahorn bestatten sollte.

Der schwere Augenblick des Abschieds von diesen liebenswerten Menschen war vielleicht mit ausschlaggebend dafür, dass sich Patricks Leben doch etwas anders gestaltete, als es sich die beiden so gewünscht hatten. Es zerriss dem Heranwachsenden fast das Herz, als er allein vor den Grabkreuzen stand und den Schmerz so laut herausschrie, wie es seine Lungen zuließen ...

4

Sein Kopf fiel unsanft ins Leere, als die Autotür mit einem
Ruck aufgerissen wurde. Ein *'tschuldigung* war der einzige
Ton, der diese Aktion des grobschlächtigen Menschen
begleitete, der urplötzlich neben dem Wagen aufgetaucht
war. Die Erscheinung war furchteinflößend. Seine Hand
löste sich aus der Seitentasche seines dunkelgrauen groben
Wollmantels, der auch schon bessere Zeiten vor Ausbruch
des letzten Weltkrieges gesehen haben mochte, und tauchte
wieder auf mit einem Dienstausweis. Der sollte Patrick
zeigen, dass er es mit einem Franz Kalkove, Hauptkommissar des LKA, zu tun bekam. So schnell, wie der Ausweis
vor seinen Augen auftauchte, war er auch wieder in den
unendlichen Weiten des Mantels verschwunden.

»Sie haben die Leiche gefunden, sagte man mir. Kann ich
Sie schon befragen, oder brauchen Sie noch etwas Zeit, um
sich den Schlaf aus den Augen zu reiben?«

Mit so viel Feinfühligkeit hatte Patrick nach der vorherigen Aktion nicht mehr gerechnet. Dennoch kam es über
diese wulstigen Lippen, die sich beim Sprechen kaum öffneten. Zwar passten die dicke rotgeäderte Nase und die buschi-
gen Brauen zum Gesamtbild dieses Teddys, doch die lachen-
den Augen und die sanfte Stimme ließen es zu, dass man
vielleicht so etwas wie Sympathie und Zutrauen für ihn empfinden konnte.

»Kalkove ... Franz Kalkove, vom LKA Düsseldorf. Ich war gerade eher privat in der Gegend und wurde kurzfristig mit den Ermittlungen beauftragt. Kann ich mich zu Ihnen ins Fahrzeug setzen? Draußen ist es ungemütlich kühl ... und viel zu hektisch.«

Nur durch blitzschnelle Verlagerung seiner jetzigen Position an die gegenüberliegende Tür entging Patrick dem quälenden Tod durch Quetschungen. Seine gefühlten einhundertfünfzig Kilo fielen, ohne erst eine Antwort von Patrick abzuwarten, begleitet von einem tiefen Ächzen, genau an die Stelle, an der dieser kurz zuvor noch seinen trüben Gedanken nachhing.

»Das passt mir gar nicht«, fuhr er fort. »Ich hatte eigentlich einen privaten Besuch geplant gehabt ... na Sie wissen schon!« Er grinste dabei etwas hintergründig. »Man hat ja schließlich auch ein Privatleben! Nun, dann fangen wir mal ganz von vorne an. Wie heißen Sie? Woher kommen Sie? Warum sind Sie um diese Zeit allein im Wald? Was haben Sie wann gesehen?«

Das Wort allein zog er, aus welchem Grund auch immer, etwas in die Länge. Es schien ungewöhnlich, dass man ohne Begleitung in einem deutschen Waldgebiet spazieren ging.

»Doch eines nach dem anderen. Wer sind Sie?«

»Mein Name ist Patrick Schreiber, ich wohne ...«

»Eins nach dem anderen!«, unterbrach ihn der menschliche Felsen und schrieb mit einem Stift, der zwischen seinen Pranken zu verschwinden schien, fleißig das wenige, das Patrick bisher von sich preisgeben konnte, in einen etwas fleckigen Notizblock.

»Wo wohnen Sie?«, folgte nun die zweite präzise Frage, wobei er Patrick mit seinen hinter dicken Lidern befindenden Augen fixierte. Der kam sich vor, als säße er vor einem lebenden Lügendetektor, der gewaltig ausschlagen würde, falls er die Unwahrheit sagte.

»Eigentlich wohne ich in Köln, Frankfurter Str. 112. Bin hier in der Gegend nur zur Inspiration für ein neues Buch, das ich schreiben möchte. Wohne jedoch im Augenblick in der Nähe von Winterberg in der Pension *Zum Hirschen*. Habe gestern etwas heftig gefeiert. Eigentlich sollte nur der Kopf wieder frei werden. Und jetzt das hier.«

Ungläubig stellte er fest, dass Kalkove diesen Monolog zuließ, ohne ihn wieder zu unterbrechen. Er schaute konzentriert auf seinen Zettel und kritzelte Notizen, die wohl nur er wieder ins Deutsche übersetzen konnte. In diesem Augenblick klopfte es laut an der Seitenscheibe, und das gerötete Gesicht eines etwa sechzigjährigen, elegant gekleideten Mannes erschien. Er wirkte wild entschlossen, sich dem vorsichtigen Rückhalteversuch Ralf Piepers, also der örtlichen Polizeiautorität, zu erwehren. Erschreckend langsam drehte der mit dem Verhör beschäftigte Teddybär das Fenster herunter und fragte leise, mit wem er es zu tun habe. Stattdessen überschüttete der Mann ihn mit eigenen Fragen.

»Was treiben Sie hier, das ist Aufgabe der örtlichen Polizeibehörde? Wer sind Sie überhaupt?«

Patrick wurde das Gefühl nicht los, plötzlich neben einer bevorstehenden vulkanischen Eruption zu sitzen. Zumindest ließ diesen Schluss das Gesicht Kalkoves zu. Umso mehr überraschte ihn die nochmalige und absolut ruhig gestellte Gegenfrage: »Mit wem habe ich das Vergnügen?«

Falls es überhaupt noch möglich war, so schaffte es die Gestalt vor dem Fenster, das Gesicht noch dunkler zu färben als sein Gegenüber, bevor er es heraussprudeln ließ.

»Mein Name ist Rainer Holzberg. Ich bin hier der Bürgermeister und erwarte eine Erklärung von Ihnen. Für die

Ermittlungen ist Polizeiobermeister Pieper zuständig. Wer hat Sie denn aufgefordert, Zeugen zu vernehmen?«

Da Patrick ein Fan der Situationskomik war, hatte er erhebliche Mühe, nicht laut loszuprusten, als Kalkove in aller Ruhe das Fenster hochkurbelte, um sich wieder der Beantwortung seiner an ihn gerichteten Fragen zu widmen. In Erwartung einer Explosion neben dem Fahrzeug zögerte Patrick erst einmal, Weiteres auszuführen. Man konnte nur erkennen, dass Polizeiobermeister Pieper es nun doch geschafft hatte, Holzberg einige Meter vom Wagen wegzuzerren. An den rudernden Bewegungen der Arme konnte man jedoch unschwer erkennen, dass sich diese Maßnahme nicht unbedingt mit dem eigentlichen Vorhaben seines Bürgermeisters deckte.

»Sie sagten, Sie schreiben an einem Buch? So, so, also Schriftsteller. Was kommt denn dabei raus? Liebeskram, Fantasiegeschichten oder Krimis? Lässt sich damit wirklich Geld verdienen?«

Noch völlig irritiert von der vorherigen Posse verstand der Angesprochene diese Frage nicht gleich und legte eine längere Pause ein, bevor er antwortete.

»Schreibe schon ungefähr dreißig Jahre und muss zugeben, übermäßig viel Geld lässt sich damit tatsächlich nicht machen. Hatte einmal vor Jahren einen Erfolgsroman, danach nur noch unbedeutende Ergebnisse. Hoffe, dass ich mit dem nächsten Buch meinen Verleger wieder besänftigen kann. Der möchte gerne seine Honorarvorschüsse wieder reinholen.«

»Was haben Sie gesehen? Können Sie mir das genau schildern?«

Dieser abrupte Themenwechsel irritierte Patrick etwas. Er schaffte es jedoch relativ schnell, sich wieder zu sammeln und das Geschehene so genau wie möglich darzustellen. Als er bei seiner kuriosen Festnahme ankam, war das Schmunzeln im Gesicht Kalkoves kaum zu übersehen.

»Für den Augenblick habe ich das Wesentliche von Ihnen, möchte Sie jedoch bitten, sich in den nächsten Tagen für die Beantwortung weiterer Fragen zur Verfügung zu halten. Kann ich Ihre Mobilnummer haben? Rufe Sie dann an. Ich lasse Sie jetzt ins Hotel bringen, ist das für Sie in Ordnung?«

Nachdem er es ohne fremde Hilfe geschafft hatte, seinen imposanten Body von der Rückbank des Passats nach draußen zu wuchten, steuerte er gezielt auf die uniformierte Männergruppe zu, die sich ringförmig um den Bürgermeister Holzberg versammelt hatte. Schon auf Grund seiner imposanten Körpergröße von etwa eins fünfundneunzig und seiner sonstigen horizontalen Ausmaße, war es ihm nicht möglich, sich unauffällig dieser Versammlung zu nähern. Ehrfürchtig teilte sich die Menge, um ihm den Blick auf Holzberg freizugeben, der dort wie ein Sekten-Guru die Huldigungen seiner Jünger entgegenzunehmen schien. Es wurde jetzt wohl eine lautstarke Auseinandersetzung erwartet, die dann später im Gasthof die Grundlage für die lokalen Tagesthemen bilden konnte. Kurz vor der Versammlung bog Kalkove jedoch ab und widmete sich seinen weiteren Nachforschungen, indem er die Männer und Frauen des Ermittlungsteams näher befragte. Holzberg hatte sichtlich Schwierigkeiten, die Fassung zu bewahren. Diese Missachtung der Obrigkeit, hier inmitten seiner Vasallen, seiner Wähler, seiner Mitarbeiter ... das bewegte sich am Rande des Erträglichen.

»Wer hat ohne vorherige Rücksprache das LKA benachrichtigt?«, zischte er in die Runde.

Betretenes Schweigen sorgte dafür, dass selbst das vorsichtige Schachten der Ermittler in zwanzig Meter Entfernung zu hören war.

»Ich!«

Nur für die direkt Danebenstehenden war diese zaghafte Wortmeldung zu hören, dennoch zuckte es im Gesicht von Holzberg, als hätte ihn eine Ohrfeige getroffen.

»Wer war das eben?«, entfuhr es ihm durch seine gepressten Lippen, wobei er sich hektisch im Kreis der Männer umsah.

»Ich wusste nicht mehr weiter. Wir hatten hier doch noch nie einen Mord!«

Man konnte schon etwas Mitleid mit Polizeiobermeister Pieper haben, als er versuchte, sich hinter dem Rücken von Holger Stelker, dem Dorftrottel, ganz klein zu machen. Stelker hatte es bereits am frühen Nachmittag geschafft, den Alkoholpegel auf ein für ihn angenehmes Maß anzuheben. Feixend drehte er sich, um den Blick auf den sichtlich nervös wirkenden Polizisten freizugeben. Plötzlich befand sich Pieper im Mittelpunkt des Interesses.

»Du hast ihn gerufen?«, platzte es aus Holzberg heraus, wobei er gleichzeitig einen Schritt auf Stelker zuging.

»Ich tu doch keinen bestellen – das war der da!«

Sichtlich verunsichert, fast panisch und so schnell es sein Zustand zuließ, trat Stelker zur Seite. Seine Hand suchte nach einem herabhängenden Zweig, um ein Stolpern zu verhindern. Es war Holzberg anzumerken, dass er verzweifelt nach Fassung und den richtigen Worten suchte. Schließlich durfte er vor diesem Publikum nur als der souveräne Macher und Leiter dastehen. Jetzt bloß keine Blamage.

»Nun gut, Pieper. Darüber reden wir morgen früh in meinem Büro.«

»Aber sicher, Herr Holzberg, ich bin um acht Uhr bei Ihnen«, brachte Pieper erleichtert hervor. Dieser Kelch war zumindest heute an ihm vorbeigegangen.

»Um acht Uhr frühstücke ich mit meiner Familie, du Tro...« Im letzten Moment verbesserte er sich. »Pieper, du kannst um zehn Uhr kommen!«

Kalkove, der zwischenzeitlich wieder näher gekommen war, hatte die letzten Worte jedoch vernommen und machte sich selbstverständlich seine Gedanken. Man hatte es im Laufe der Nacht tatsächlich geschafft, mit Hilfe von speziell ausgebildeten Hunden fast alle Teile der Leiche in der Umgebung aufzufinden. Nur eines war bisher allen klar: Es handelte sich um eine Frauenleiche, die schon mindestens einige Wochen hier lag und erstaunlicherweise noch nicht völlig vom Wild aufgespürt und aufgefressen worden war. Kalkove ordnete nach der üblichen Spurensicherung schließlich den Abtransport der menschlichen Überreste in die Rechtsmedizin an. Eine DNA-Analyse und ein Blick in die Vermisstenliste mussten hier Klarheit über die Herkunft der Person bringen.

5

Die Kaffeetasse glitt Patrick beinahe aus der Hand, als sich eine schwere Hand auf seine linke Schulter legte und die eher sanfte Stimme ihm einen guten Morgen wünschte. Schon an den Schuhen, welche die Größe einer Kinderbadewanne erreichten, konnte er erkennen, dass nur Kalkove hinter ihm stehen konnte.

»Darf ich mich zu Ihnen setzen?«, wurde er freundlich gefragt, während das Knarren des Stuhles auf der anderen Tischseite signalisierte, dass er die Antwort gar nicht erst abgewartet hatte.

»Kann ich Ihnen etwas bringen?«, säuselte Kellnerin Rita, die hier im ›Hirschen‹ durch ihr außergewöhnlich attraktives Äußere und der Bereitschaft zu spontanen Freundschaften angenehm auffiel. Das mit den Freundschaften bezog sich allerdings mehr auf die Männerwelt. Schon am frühen Morgen bescherte sie den Gästen ein appetitanregendes Dekolleté, das den meisten Anwesenden die doch recht üppigen Preise zweitrangig erscheinen ließen. Nur wenige Damen des Ortes konnte Rita als enge Freundinnen bezeichnen, was ihrer eigentlichen Weltanschauung keinen bleibenden Schaden zufügte. Leben und leben lassen war ihre Devise, und nach dieser lebte sie. Das Dasein war nun einmal schön, mit oder ohne Freundinnen.

»Bringen Sie mir das Gleiche wie Herrn Schreiber.«

»Aber gerne«, flötete Rita, nicht ohne dem Angesprochenen noch einen überaus lasziven Blick zuzuwerfen, der ihn daran erinnern sollte, wo und mit wem er die vorletzte Nacht in Harmonie verbracht hatte.

»Wir haben wohl den Namen der Toten«, eröffnete Kalkove das Gespräch, wobei er die Situation zuvor sehr schnell erfasste und amüsiert lächelte. Ohne weiter darauf einzugehen, fuhr er fort: »Sie heißt offenkundig Miriam Rotthof und wird seit vierzehn Tagen vermisst. Die endgültigen DNA-Beweise fehlen zwar noch, doch Körpergröße und Haarfarbe stimmen überein. Sagt Ihnen der Name irgendetwas? Übrigens habe ich mich für ein paar Tage auch hier einquartiert. Wir werden uns vielleicht des Öfteren sehen.«

So ganz im Klaren war sich Patrick nicht darüber, ob er sich darüber freuen oder eher Bedenken haben sollte. Schließlich existierten bei den meisten Menschen eher ablehnende Gefühle gegenüber der Kripo, was kaum erklärbar schien.

»Nie gehört«, antwortete Patrick kauend und schüttete etwas Kaffee nach. Während Rita das Frühstück vor dem Hauptkommissar aufbaute, gestattete sie vor allem Patrick einen tiefen Blick in die Freuden des Lebens, indem sie ihre imponierende Oberweite nochmals wirkungsvoll präsentierte. Kalkove schien dafür keinen Blick zu haben und musterte scheinbar interessiert das Ölgemälde mit dem brunftigen ›Hirschen‹ und dem Jäger mit dem Gewehr im Anschlag. Seine volle Aufmerksamkeit hatte Patrick Schreiber aber sofort wieder, als Rita in Richtung Küche verschwand, nicht ohne ihrem derzeitigen Favoriten nochmals diesen gewissen Blick zugeworfen zu haben.

»Ich habe den Computer bemüht und mich über diesen Bürgermeister Holzberg erkundigt. Scheint hier ein großer

Macker zu sein. Er besitzt die größte Holzverarbeitung im nördlichen Sauerland und beschäftigt einen großen Teil der Menschen im Ort. Der Name Holzberg war wohl Programm für die Wahl seiner berufliche Tätigkeit.«

Interessantes Wortspiel, dachte sich Patrick. Kalkoves Lächeln bestätigte ihm, dass er genau das damit ausdrücken wollte. Er fuhr fort.

»Es wird gemunkelt, dass einige wichtige Leute aus Politik und Wirtschaft, sagen wir einmal wirtschaftlich abhängig von ihm wären. Seine Frau starb kurz nach der Geburt der Tochter Cornelia, die allerdings nicht - jetzt kommt's - von ihr geboren wurde, sondern durch eine ehemalige Bekanntschaft des untreuen Gatten. Er hat dieses Mädchen allerdings als eigenes Kind mit seinem Namen taufen lassen. Das dürfte meiner Ansicht nach wohl seiner Frau und dem erstgeborenen Sohn Franz wenig gefallen haben, zumal dieses Mädchen geistig leicht zurückgeblieben ist. Eine gemäßigte halbseitige Lähmung macht Cornelia Holzberg das Leben auch nicht unbedingt angenehmer. Der Sohn Franz allerdings gibt das Geld mit vollen Händen aus und ist als Lebemann im gesamten Kreis bekannt - und gleichzeitig unbeliebt.«

Fasziniert hörte er Kalkove zu und versuchte, sich diese Familie vorzustellen, der es doch sehr gut gehen sollte. Reichtum hatte auch hier in negativem Sinn den Charakter beeinflusst. In erstaunlich kurzer Zeit schaffte es sein Gegenüber, das Frühstück seiner Bestimmung zuzuführen. Kalkove wischte sich genüsslich den Mund mit der Serviette ab. Rita besaß den geschulten Blick für ihre Gäste und brachte den Männern ohne Aufforderung eine Kanne frischen Kaffee.

»In der Nachbarschaft wird erzählt, dass Holzberg mittlerweile seinen Täter ausgemacht hat. Für ihn ist die Sache sonnenklar. Er hetzt die Bürger gegen einen gewissen Paul Kamman auf, der auch unserer Behörde nicht gänzlich unbekannt ist. Paul Kamman wurde hier geboren, ist sechsunddreißig Jahre alt und hat eine Vorstrafe wegen Körperverletzung.«

»Na, dann ist dieser Verdacht zumindest nicht völlig unbegründet«, meinte Patrick einfügen zu müssen. Unbeeindruckt von dieser Bemerkung fuhr der Hauptkommissar fort.

»Allerdings ist der Mann geistig erheblich zurückgeblieben und rastet nur aus, wenn er betrunken ist und dann gereizt wird. Eigentlich sagt sein Profil nichts darüber aus, dass er zu einer solch grausamen Tat fähig gewesen wäre. Im Dorf kursieren diverse Gerüchte. Sein Vater lehnt ihn seit einer heftigen Attacke gegen ihn ab. Pauls Mutter steht allerdings voll hinter ihrem Sohn und verteidigt ihn gegenüber dem Vater.« Kalkove nahm einen kräftigen Schluck und konstatierte: »Üble Verhältnisse sind das hier. Man glaubt immer an den dörflichen Frieden und wird bei seinen Ermittlungen ein ums andere Mal eines anderen belehrt. Übrigens, um zu Ihrer Bemerkung zu kommen, Herr Schreiber, möchte ich etwas einwenden. Dieser Kamman mag ja unter gewissen Voraussetzungen zur Gewalttätigkeit neigen, doch muss das nicht gleichzeitig bedeuten, dass er zum Töten eines Menschen fähig wäre.«

»Moment, Herr Kalkove«, unterbrach Patrick, »innerhalb meiner Recherchen zu vielen Büchern habe ich lernen dürfen, dass Taten im Affekt immer möglich sind. Das steckt in jedem von uns. Warum also sollten wir Kamman da ausklammern?«

Er war sich nicht sicher, ob Kalkoves Blick, mit dem er ihn ansah, Mitleid oder Freude an seiner Gesprächsbereitschaft ausdrücken sollte.

»Prinzipiell gebe ich Ihnen recht, Herr Schreiber. In uns allen ruht etwas Böses, das uns Dinge tun lässt, die oftmals nicht vorausberechenbar sind. Ich zähle dazu schnell aufsteigende Wut, aber auch Rache. Nur im Punkt zwei sprechen wir dabei von geplantem Mord. Das unterscheidet die Tat von einer Tötung im Affekt. Doch zurück zu Paul Kamman. Ich erwähnte bereits, dass er geistig kein Überflieger ist. In unserem Fall wurde das Mädchen verschleppt, brutal getötet und dann quasi zerlegt. Dazu bedarf es einer gewissen kriminellen Energie, die ich einem geistig behinderten Mann nur schwerlich zutraue. Dazu gehört ein gewisses Organisationstalent, also eine Weitsicht. Verstehen Sie, was ich damit ausdrücken möchte?«

Natürlich begriff er, was ihm Kalkove gerade vermittelte, und bestätigte es mit einem Nicken. Schon längst hatte sich bei ihm der Gedanke gefestigt, dass er hier in dieser Naturidylle den Stoff für seinen nächsten Roman gefunden hatte. Aber nicht nur aus diesem Grunde war er gerne bereit, mit diesem sympathischen Riesenbaby dieser Sache auf den Grund zu gehen. Er saß an der Quelle und würde den Kripomann nicht mehr von der Leine lassen.

Kalkove hatte auch die zweite Kanne Kaffee in Rekordzeit Vergangenheit werden lassen und erhob sich sicherlich zur Erleichterung des Stuhles. Selbst ächzend wandte er sich Patrick nochmals zu. »Was mich übrigens besonders bissig werden lässt bei diesem Fall, ist die Tatsache, dass die Tote, also Miriam Rotthof, im siebten Monat schwanger war.«

Diese Bemerkung schlug auch bei Patrick ein, machte ihn augenblicklich zornig. Kalkoves Augen waren jetzt hart und besaßen nicht mehr dieses milde Lächeln, was ihn eigentlich so angenehm erscheinen ließ. Wortlos entfernte er sich und ließ seinen Tischpartner mit seinen Gefühlen zurück. Noch lange dachte dieser über diese Neuigkeiten nach, die ihm das Frühstück als schweren Kloß im Magen zurückließ.

Könnte etwa jemand aus diesem beschaulichen Ort zu einer solchen Tat fähig sein?

Eine schwangere Frau zu töten, war für ihn schon unvorstellbar, sie dann auch noch zu zerstückeln und die Teile im Wald zu verscharren – absolut gruselig. Schon auf dem Weg nach oben, um eventuell noch eine Mütze Schlaf zu nehmen, sah er aus den Augenwinkeln die Bewegung an der Eingangstür zum Restaurant. Der Gast schien sich hier sehr gut auszukennen und steuerte direkt auf die Küchentür hinter dem Tresen zu, um sie mit elementarer Wucht aufzustoßen. Sie knallte krachend gegen die Wand. Der Lärm schallte durch das gesamte Haus und ließ die wenigen Gäste, die noch beim Frühstück saßen, irritiert aufblicken. Blond, blauäugig, groß, gut gekleidet – so wie man sich einen erfolgreichen deutschen jungen Mann vorstellt, der aus betuchtem Elternhaus stammte. Das konnte nur Franz Holzberg sein – der Lebemann und Sohn des Bürgermeisters. Später bestätigte sich der Verdacht. Er gab sich keine Mühe, sein Anliegen geheim zu halten, sondern machte Rita lauthals Vorwürfe, dass sie ihn vernachlässigen und sich aufführen würde wie eine läufige Hündin. Dafür wäre ihm sein Geld zu schade, und sie müsse sich jetzt und hier entscheiden, ob sie mit ihm nach Lissabon ziehen oder ihr Lotterleben weiter in diesem gottverlassenen Nest fristen wolle. Es hatte den Anschein, dass Rita mit der Situation völlig überfordert war, da man nur ihr Schluchzen und keine Antwort zu hören bekam. Das Gastspiel dauerte nur wenige Minuten, bevor Franz Holzberg wieder mit hochrotem Kopf verschwand. Allerdings nicht, ohne auf halbem Weg stehenzubleiben und die erstaunten Gäste anzublaffen.

»Was ist los? Mein Leben geht euch einen Scheißdreck an. Kümmert euch lieber um euren eigenen Kram!«

Die Eingangstür bekam die volle Wut zu spüren, die Holzberg mit sich herumtrug. Eine Baumarkttür hätte sicher spätestens hier nach dem heftigen Zuschlagen den Geist aufgegeben.

6

»Warum sperren wir ihn nicht gleich ein? Wer soll das wohl sonst gewesen sein? Früher hätte man solche Irren am nächsten Baum aufgeknüpft.«

Aus der Menge heraus war die Stimme nicht auszumachen, die die Fragen stellte und die Lösung des Problems vorschlug. Es wurde immer lauter vor dem Haus von Paul Kammans Eltern. Die aufgebrachte Menge hob wütend die Fäuste und schrie lauter werdend die wildesten Forderungen. Ralf Pieper, der mit unsicherem Blick diesen sich ständig mehr werdenden Mob vom Fenster seines Polizeireviers aus beobachten konnte, wechselte von einem Fuß auf den anderen. Es war ihm anzumerken, dass er mit dieser Situation völlig überfordert war. Das aggressive Klingeln des Telefons riss ihn aus seinen Gedanken.

»Warum holen Sie Paul nicht endlich da raus?«, bellte es aus dem Hörer. Es war nicht zu überhören, dass Bürgermeister Holzberg übelster Laune war und es unklug war, sich in dieser Stimmungslage mit ihm anzulegen. »Das Schwein soll endlich bekommen, was es verdient hat. Gehen Sie endlich rüber und tun Ihre Pflicht!«

»Aber ...!« Der Einwand blieb Pieper im Halse stecken, da er abrupt unterbrochen wurde.

»Nichts aber – Sie verhaften diesen gemeingefährlichen Schweinehund sofort! Der ist doch unberechenbar, wie er uns eindrücklich bewiesen hat. Wollen wir denn warten, bis er die nächste Frau zerstückelt?«

Der Ton in Holzbergs Stimme ließ in diesem Augenblick keinen Einwand zu und Pieper ergaben zusammensinken. Während er den Hörer auf die Gabel legte, streckte er bereits den Arm aus, um nach seiner Dienstjacke zu greifen. Es war schon immer schwierig, Uniformknöpfe mit kalten Fingern zu schließen, mit zitternden wurde es jedoch fast unmöglich. Entnervt stürmte er schließlich mit offener Jacke zur Tür und marschierte gespielt selbstsicher auf den Mob zu, der immer wieder den Kopf von Paul Kamman forderte. Während er sich einen Weg durch die Menge bahnte, erhielt er aufmunternde Zurufe und Schläge auf die Schulter. Mit jedem Meter mehr stieg die Zuversicht, dass er mit dieser entscheidenden Festnahme in die Geschichtsbücher des Landkreises Einzug finden würde. Der hölzerne Zaun vor Kammans Haus wartete schon seit längerer Zeit auf einen neuen Anstrich. Das Türchen ließ sich leicht öffnen, da es bisher nicht als nötig erachtet wurde, das bereits abgefallene Schloss zu erneuern. Zwei vermooste Stufen vor dem Eingang verstärkten den Eindruck noch, dass die Bewohner wenig Interesse an der Erhaltung der baulichen Substanz zeigten. Das Klingeln war noch nicht ganz verhallt, als sich die Tür bereits öffnete und Hermann Kamman breitbeinig und mit wildem Blick in der Öffnung erschien.

»Das hat ja gedauert, bis du deinen Arsch aus dem Stuhl bewegt hast – Paul ist nicht mehr hier. Der ist doch längst über alle Berge. Ich habe es nicht gewagt, ihn aufzuhalten, als er durch den Garten verschwand. Der ist dann unberechenbar. Scheiße, warum machen die aber auch so einen Aufstand vor der Tür, anstatt dich anzurufen und ihn dann in aller Stille festzusetzen. Sucht ihn! Das Monster hat schon genug Unheil über die Familie und jetzt auch über den gesamten Ort gebracht!«

Pieper hatte mit allen möglichen Reaktionen gerechnet, doch niemals damit, dass der eigene Vater einen solchen Hass über seinen eigenen Sohn ausgießen würde. Dass er ihn schon immer ablehnte und als Belastung ansah, wusste jeder. Doch das hier übertraf jede Erwartung. Die Menschen auf der Straße verstummten, als sich hinter Paul Kammans Vater eine Bewegung zeigte. Gespannt verfolgten sie die Geschehnisse.

»Du weißt ja gar nicht, was du da tust, du Wahnsinniger. Du glaubst immer noch an die Schuld deines eigenen Blutes, obwohl das damals im Prozess nie eindeutig bewiesen werden konnte. Paul war für dich von vorneherein schuldig, weil er geistig behindert geboren wurde. Das verdankt er aber deiner verdammten Trunksucht und das Stottern deinen Schlägen. Du bist kein Vater. Du bist eine Bestie. Ich hasse dich dafür bis ins Grab! Es ist unser Sohn, dessen Kopf diese Irren da draußen fordern. Stell dich endlich hinter deine Familie!«

Angela Kamman hatte sich in Rage geredet und mit dem Mut der Verzweiflung ihren Mann von hinten an der Jacke gerissen. Die linke Hand Kammans führte wohl ein Eigenleben, als sie nach hinten ausschlug und seine Frau hart am Hals traf. Die Fliesen des Flures trugen nicht dazu bei, das harte Aufschlagen ihres Kopfes abzumildern. Das Geräusch, als ihr Hinterkopf auf die harten Steine traf, riefen in ihrem Mann keinerlei weitere Reaktionen hervor, was auf Pieper jedoch nicht zutraf. Seine Gesichtsfarbe änderte sich in Sekundenschnelle auf Arktisweiß, sodass man fast einen Kreislaufkollaps befürchten musste. Auch den Menschen vor dem Haus war diese unmenschliche Reaktion nicht entgangen. Alle blickten sich entsetzt an.

»Aber, Hermann ...!«, setzte Pieper hilflos an.

»Kümmere dich um deinen eigenen Scheiß, du Trottel! Such Paul! Um das hier mach dir keine Sorgen, das kläre ich schon! Die Frau ist doch nicht richtig im Kopf und schiebt alles auf mich.«

Das Zuschlagen der Tür erfolgte mit der letzten Silbe, sodass Pieper wie ein begossener Pudel vor der Tür stand und die hinter ihm stehende Menge immer noch erwartungsvoll schwieg. Das Weinen, das aus dem Haus zu hören war, ließ erahnen, was sich dort abspielte. Das Schreien von Angela Kamman war herzzerreißend. In Zeitlupe drehte sich Pieper um. Die ersten übereifrigen Dorfbewohner lösten sich schon aus dem Pulk und liefen zu ihren Häusern.

»Wir holen unsere Autos und helfen dir, Ralf,« kamen erste ermunternde Rufe aus der Menge.

Es dauerte tatsächlich nur wenige Minuten, bevor sich etwa dreißig Bürger um Piepers Einsatzfahrzeug versammelt hatten, um endlich dieses Tier Paul zu jagen und ihn der gerechten Strafe zuzuführen. Ihre Gesichter wurden vom Jagdfieber verzerrt.

7

Kalkove bekam während einer erneuten Besichtigung des Fundortes nichts mit von der bevorstehenden Treibjagd. Nun, da er sich auf dem Rückweg befand, wollte er noch diverse Befragungen durchführen.

Die Rossstraße war umsäumt von herrschaftlichen Villen und ließ den Schluss zu, dass sich hier die bessere Gesellschaft des Bezirks eine eigene Zone geschaffen hatte. Das Holzberg-Haus war nicht schwer zu finden, da es sich in Größe und vor allem durch den hohen Sicherheitszaun deutlich von den anderen Häusern abhob. Es lag am Ende dieser Sackgasse. Weiß gestrichene hohe Mauern verwehrten dem Spaziergänger jeglichen Blick auf das Grundstück. Installierte Kameras hielten alle Bewegungen innerhalb und außerhalb des Eigentums fest. Das Ganze glich einer Festung. Nun stand der Hauptkommissar vor einer in der Eingangssäule eingelassenen Sprechanlage, wobei er mit geschultem Blick feststellte, dass die kleine Kamera oben links jede seiner Bewegungen verfolgte und er schon längst auf den Bildschirmen der Sicherheitsanlage sichtbar war. Seinen Dienstausweis hielt er daher demonstrativ vor das Objektiv und sprach in das Mikrofon: »LKA Düsseldorf, mein Name ist Franz Kalkove. Könnte ich bitte jemanden der Familie sprechen?«

Das leise Rauschen aus dem Lautsprecher zeigte ihm, dass man ihn hörte und bereits die Antworttaste gedrückt hielt. Auf die Reaktion musste er dennoch mindestens fünfzehn Sekunden warten. Nur sehr langsam, aber absolut geräuschlos, schwang das Riesentor auf. Problemlos konnte er mit seinem Dienstwagen, in den er zwischenzeitlich wieder eingestiegen war, die Einfahrt passieren. Nach zwanzig Metern stellte er das Fahrzeug vor dem Eingangsportal ab, um dann die elf Stufen zur Eingangstür hinaufzusteigen. Wie von Geisterhand schwang die rechte Seite dieser monströsen Tür auf. Kalkove musste spontan darüber nachdenken, ob er mit einem Jahresgehalt auskommen würde, um allein nur diese Türkonstruktion bezahlen zu können.

Hätte schon damals als Jugendlicher darüber nachdenken sollen, ob ich das Holz der Lagerfeuer nicht lieber hätte versilbern können, anstatt es zu verbrennen. Da ist doch scheinbar eine Menge Geld mit zu machen.

Diese Gedanken beschäftigten ihn, während er die riesige Diele betrat. Eine Bewegung am oberen Treppenabsatz holte ihn aus seinen Gedanken. Er wartete geduldig, bis sich der Treppenlift bis auf seine Ebene bewegt hatte. Eine junge Frau entstieg dem Sitz. Während er zusah, wie sie einer Halterung einen Gehstock entnahm und leicht humpelnd die letzten Meter auf ihn zukam, nahm er die Gelegenheit wahr, sie näher zu betrachten. Die kurzgeschnittenen, einst blonden Haare standen wirr nach allen Seiten ab, was den Gesamteindruck einer gewissen Verwahrlosung weckte. Ihr Gesicht entsprach nicht unbedingt den bestehenden Schönheitsidealen, war mit viel gutem Willen als durchschnittlich zu bezeichnen. Das Kleid hatte mit diversen Schmutzflecken zu kämpfen, wobei der Schnitt wohl auch der Mode der siebziger Jahre entsprungen war. On top entstand bei

Kalkove die Gewissheit, dass diese junge Frau noch kurz zuvor die Hand an der Flasche hatte. Die Lider waren halb geschlossen.

»Hey ... endlich mal ein richtiger Mann im Haus!«, lallte sie. »Kommen Sie doch mit in die Küche, ich mach uns einen kleinen Drink zum Kennenlernen«, sagte sie und humpelte bereits auf eine etwas versteckt liegende Tür zu. Bevor sie diese erreichen konnte, tauchte wie aus dem Nichts Rainer Holzberg auf, legte erstaunlich sanft seinen Arm um die Schulter der Frau und sprach leise auf sie ein.

»Nein, ich möchte nicht auf mein Zimmer ... ich habe Besuch, wie du siehst.«

Weiterhin sehr sanft drängte er sie jedoch zurück Richtung Treppenlift, setzte sie vorsichtig hinein, legte einen Sicherungsbügel um und drückte auf den Aufwärtsknopf.

»Ich komme dich nachher noch besuchen, dann spielen wir wieder, Cornelia. Der Herr will zu mir.«

Freude über diese Ankündigung sah eigentlich anders aus, als sich ihr Gesicht beleidigt verzog und die Augen trotzig zur Decke gerichtet wurden. Ihre Hände krallten sich zornig um die Griffe des Liftes. Holzberg wartete geduldig, bis der Lift oben verschwand, um sich dann Kalkove zuzuwenden.

»Na ja, meine Tochter haben Sie ja bereits kennengelernt. Es geht ihr nicht so gut im Augenblick, und sie braucht absolute Ruhe. Was kann ich für das LKA tun oder besser gesagt, was kann ich zur Klärung dieses Mordes beitragen?«

Diese Begrüßung war so übertrieben ölig, dass Kalkove sämtliche Sinne schärfte. Menschen, die sich dermaßen zuvorkommend zeigten, obwohl sie zuvor starke Ablehnung ihm gegenüber an den Tag gelegt hatten, wollten etwas kaschieren. Mit ebenfalls freundlicher Miene folgte Kalkove dem Hausherrn auf seine einladende Bewegung hin in das

Wohnzimmer. Der Raum hätte auch gut und gerne als Ballsaal dienen können. Riesige Bücherwände säumten zwei Seiten dieses Zimmers und verdunkelten es. Ein großes Fenster mit Durchgang zur Terrasse versuchte, die Lichtverhältnisse wieder auszugleichen, was wiederum schwere Vorhänge größtenteils zu verhindern wussten. Mitten im Raum dominierten eine übergroße Couchlandschaft und ein Tisch. Deren Anordnung erinnerte irgendwie an die Optik des Oval-Office im Weißen Haus. Er war sich dessen bewusst, dass er sich mitten im Befehlsstand des Holzberg-Imperiums befand.

»Kann ich Ihnen etwas anbieten? Ein Wasser? Einen Cognac? Aber nein, Sie dürfen ja im Dienst nichts Alkoholisches trinken ... ich vergaß.«

»Ein Wasser reicht mir völlig aus. Ich mache mir nichts aus Alkohol. Ich weiß, was er bei vielen Menschen anrichten kann.«

Kalkove konnte die kurzfristige Versteifung Holzbergs gut erkennen, obwohl der ihm den Rücken beim Einschenken zudrehte.

»Sind Sie bei Ihren Ermittlungen mittlerweile einen Schritt weitergekommen?«, überspielte Holzberg diese Szene geschickt und drehte sich mit einem Lächeln auf den Lippen um, während er das Wasserglas direkt vor Kalkove auf einem Lederuntersatz abstellte. Es war wohl dem sündhaft hohen Preis der Sofagarnitur geschuldet, dass Kalkove mit seinem Gewicht nicht die Federkerne zerstörte. Anerkennend musterte er die Polster, während er den Zweck seines Besuches erklärte.

»Sie wissen, Herr Holzberg, dass der größte Teil unserer Ermittlungsarbeit aus Routinebefragungen besteht. Genau deshalb bin ich hier. Ich lasse die Bewohner derzeit von meinen Mitarbeitern befragen. Wir überprüfen Alibis, recherchieren, und vor allem bitten wir alle, die über sechzehn Jahre alt sind, uns freiwillig Speichelproben zu überlassen. Da Sie uns vielleicht noch zusätzliche Auskünfte geben könnten, habe ich mich persönlich auf den Weg zu Ihnen gemacht. Wären auch Sie bereit, mir diese Speichelprobe freiwillig zu liefern?«

Kein Muskel bewegte sich im Gesicht des Bürgermeisters, nur sein Mittelfinger der rechten Hand schien plötzlich ein Eigenleben zu entwickeln und tippte in ständigem Stakkato auf die Sessellehne.

»Ich habe nichts zu verbergen. Doch ist das wirklich rechtens? Ich meine damit das mit der Speichelprobe.«

»Rechtens ist das auf jeden Fall, solange Sie es freiwillig tun. Nach den Ermittlungen zu diesem Fall werden diese Proben alle wieder vernichtet - so will es das Gesetz. Wenn Sie die Probe verweigern, können wir Sie nicht dazu zwingen, solange keine richterliche Verfügung vorliegt. Sie gehören dann allerdings automatisch zum engeren Kreis der Verdächtigen. Ich hoffe, ich habe mich verständlich ausgedrückt.«

Das Tippen mit dem Mittelfinger wurde langsam chronisch und zeigte dem LKA-Mann, dass er an diesem Punkt weiterbohren musste.

»Wo waren Sie am Mittwoch und Donnerstag vergangener Woche?«, schob Kalkove schnell hinterher, um die Nervosität und Unentschlossenheit seines Gegenübers auszunutzen.

»Diesbezüglich muss ich Sie um etwas Geduld bitten, da meine Sekretärin meine Termine koordiniert. Sie können sich sicherlich vorstellen, dass meine Position als Bürgermeister viele Termine beinhaltet, wobei die geschäftlichen

Verpflichtungen noch hinzukommen. Ich glaube allerdings, dass ich Ihnen zumindest beim Mittwoch schon jetzt helfen kann. An diesem Tag hatte ich etwa ab zwölf Uhr bis ungefähr siebzehn Uhr ein Geschäftsessen mit Oberstaatsanwalt Grüner aus Arnsberg.«

Genüsslich lehnte er sich in seinem Sessel zurück und wartete hoffnungsvoll darauf, dass Kalkove sich davon beeindruckt zeigte. Tatsächlich pfiff er leise anerkennend durch die Zähne.

»Das ist natürlich ein hieb- und stichfestes Alibi. Hoffentlich halten die Angaben zu den verbleibenden dreiundvierzig Stunden der Prüfung gleichermaßen stand.«

Kalkove holte gerade zur nächsten Frage aus, als sich die Tür zum Wohnzimmer erneut öffnete und ein blonder Mann mittleren Alters, gut gekleidet und mit gepflegter Langhaarfrisur ins Zimmer stürmte. Rainer Holzberg hob nur kurz den linken Arm, was dem Eintretenden scheinbar deutlich machte, dass er ein Sprechverbot strikt einzuhalten hatte.

»Das ist mein Sohn Franz. Franz, begrüße doch bitte Herrn Kalkove vom LKA Düsseldorf. Er hat die Ermittlungen wegen dieses dubiosen Leichenfundes im Wald übernommen. Er wird sicherlich auch Fragen an dich haben. Setz dich doch bitte einen Augenblick zu uns.«

Holzberg zeigte auf einen Sessel, der ihm genau gegenüberstand, sodass er seinen Sohn im direkten Blickfeld hatte. Kalkove hatte diese Maßnahme schnell erfasst und beeilte sich, seine Fragen an Franz Holzberg zu stellen. »Sind auch Sie mit der Entnahme einer Speichelprobe einverstanden?«

Die Antwort ließ nicht lange auf sich warten.

»Dazu kann mich keiner zwingen. Das werde ich auf keinen Fall machen. Vater, sollten wir nicht unseren Anwalt informieren? Der Mann darf das doch gar nicht ohne dringenden Tatverdacht und ohne richterlichen Auftrag.« Franz Holzberg richtete das Wort nun direkt an Kalkove. »Was glauben Sie eigentlich, mit wem Sie es hier zu tun haben?«

Trotzig erhob sich Franz von seinem Sessel und war schon auf dem Weg zur Tür, als die scharfe Stimme seines Vaters ihn stoppte: »Franz, was erlaubst du dir gegenüber dem Herrn? Wir haben doch nichts zu verbergen. Herr Kalkove tut nur seine Pflicht.«

Zornesröte überzog das Gesicht des Bürgermeisters, änderte jedoch nichts daran, dass sein Sohn mit schnellen Schritten und ohne weitere Antwort das Zimmer verließ. Die Tür fiel hart in das Schloss. Mit größter Gelassenheit griff Kalkove in die kleine Tasche neben dem Revers und zauberte mit zwei Fingern eine Visitenkarte hervor, die er dem Bürgermeister auf den Tisch legte. Während er die Sitzgelegenheit von seinem Gewicht befreite, kommentierte er das Geschehen in aller Gelassenheit.

»Teilen Sie bitte Ihrem Sohn mit, dass ich ihn morgen um elf Uhr auf dem Polizeirevier erwarte. Er kann dann dort seine Aussage machen. Wenn er möchte, darf er gerne dazu seinen Anwalt mitbringen. Ich finde alleine hinaus. Noch einen schönen Tag, Herr Holzberg.«

»Aber so warten Sie doch, Herr Hauptkommissar. Das lässt sich doch alles regeln unter Gentlemen. Franz meint es nicht so, wie es für Sie klingen mag. Er ist etwas unbeherrscht, das gebe ich ja zu. Das hat er von seiner Mutter. Aber ist das denn unbedingt nötig? Ich meine das mit der Speichelprobe.«

Kalkove blieb auf halber Strecke zum Ausgang stehen und drehte sich dem Hausherrn zu.

»Eigentlich finde ich es schade, dass Sie diese Unbeherrschtheit, wie Sie es nennen, Ihrer verstorbenen Frau zuschieben wollen. Sie kann dazu keine Stellungnahme mehr äußern. Nehmen Sie mir meine Direktheit bitte nicht übel. Aber im Wald habe ich einen guten Eindruck davon erhalten, wie Sie, Herr Bürgermeister, gewohnt sind, Ihre Angelegenheiten zu regeln.«

Dass die Worte wie Speere bei Holzberg einschlugen, war dem erfahrenen Polizisten nicht entgangen. Geduldig ertrug er die Reaktion des Bürgermeisters.

»Ich glaube nicht, dass ich mir Ihre Frechheiten gefallen lassen muss. Sie scheinen ja schon in der kurzen Zeit Ihres Aufenthaltes ergiebige Auskünfte über unsere Familie eingeholt zu haben. Ist es in Ihrer Dienststelle üblich, sich die Verdächtigen zuerst in der besseren Gesellschaft zu suchen? Alternativen schließen Sie wohl von vorneherein aus. Sehe ich das richtig?«

»Damit wir in diesem Punkt Klarheit erhalten. Vergessen Sie, dass ich mich von dem Wunsch leiten lasse, den Wohlhabenden innerhalb unserer Gesellschaft was ans Zeug flicken zu wollen. Meine Ermittlungen bewegen sich außerhalb dieser Neiddebatte. Vor Ihnen steht kein Student mit verkorksten Ideologien. Sie werden feststellen können, dass wir von jedem erwachsenen Bewohner Ihrer Gemeinde eine Speichelprobe einholen. Die Bestimmung der DNA gehört heutzutage zu den modernen und erfolgversprechendsten Ermittlungsmethoden. Wir sehen uns also morgen. Und bitte seien Sie und Ihr Sohn pünktlich, da ich Sie beide ansonsten vorführen lassen muss.«

Den Moment, als Holzberg mit geöffnetem Mund in seinem Sessel erstarrte, nutzte Kalkove, um den Raum zu verlassen. Als er sich mit seinem Wagen endlich auf der

Straße befand, dachte er darüber nach, ob dieser Franz Holzberg etwas zu verbergen hatte oder das ganze Gehabe wirklich nur pure Arroganz und Unbeherrschtheit waren.

8

Es war ein kurzer Kampf mit seinem Widerwillen, bevor der Entschluss in Patrick reifte, doch an dieser unwürdigen Jagd auf jeden Fall teilzunehmen. Zum einen war er näher am Geschehen und konnte alles für sein Buch verwenden. Zum anderen hatte er so die Möglichkeit, eventuell Schlimmeres zu verhindern. Er wollte sich einfach nicht vorstellen, wozu ein solcher Mob fähig war. Ralf Pieper fühlte sich offensichtlich wohl in seiner neuen Rolle als Heerführer und hoffte darauf, dass die gesamte Aktion ohne Probleme ablief und er vor Rainer Holzberg und den restlichen Dorfbewohnern am Ende als wahrer Held und perfekter Organisator dastehen konnte. Jeder im Ort wusste um die kleine Hütte der Familie Kamman oben am alten Skihang, etwa sechs Kilometer vom Ortskern entfernt. Dorthin zog es Paul immer, wenn er von seinem Vater gezüchtigt worden war. Die Fahrzeugkolonne fuhr in militärischer Ordnung Richtung Ortsausgang, nachdem Pieper nochmals eindringlich darauf hingewiesen hatte, dass man sich zwingend an seine Anweisungen zu halten hatte. Nichts durfte auf eigene Faust geschehen. Stumm nickend hatte die Meute die Fahrzeuge besetzt und schon ging's los.

Unterhalb des Skihanges gab es einen großflächigen Parkplatz, auf dem sich die Fahrzeuge verteilten. Mit kurzen, knappen Anweisungen teilte Pieper die einzelnen Gruppen so ein, dass man die Hütte von vier Seiten gleichzeitig erreichen konnte. Das Gelände war leicht ansteigend und der Wald relativ dicht, sodass man schon gewisse Ortskenntnisse mitbringen musste, um sich hier nicht zu verlaufen. Patrick hielt sich dicht bei Pieper. Heftig schrak er zusammen, als der plötzlich stehen blieb und die Fäuste in die Hüften stemmte. Sein Gesicht hatte eine ungesunde Farbe angenommen, als er lospolterte.

»Wer hat diese Saufziege mitgenommen, verdammt noch mal?«

Wütend zeigte Pieper auf den kichernden Holger Stelker, der scheinbar sein Überlebenspensum an Alkohol vollständig im Voraus getankt hatte und mit einem Baseballschläger bewaffnet schwankend in vorderster Reihe stand. Betretenes Schweigen. Pieper gab schließlich auf.

»Scheiße, passt mir bloß auf die Schnapsdrossel auf, dass der nichts Verrücktes anstellt! Jetzt aber los ... und seid verdammt noch mal leise.«

Sofern es überhaupt möglich war, dass sich dreißig Menschen lautlos durch einen Wald bewegten, versuchte jeder sein Bestes. Lediglich Stelker schaffte es mit traumwandlerischer Sicherheit, jedem Ast, der im Wege lag, ein überlautes Knacken zu entringen. Mehrfach mussten ihm Nachbarn wieder auf die Füße helfen, da er krachend hingeschlagen war. Die gesamte lokale Tierwelt befand sich wahrscheinlich auf der Flucht oder versteckte sich in den Behausungen.

Auch Paul Kamman konnte die aufkommende Gefahr nicht entgangen sein. Tatsächlich spürte er instinktiv die sich nahende Meute und lief in seinem doch bisher so sicheren Versteck auf und ab.

Wo soll ich jetzt hin? Was wollen die alle von mir? Ich habe doch niemandem etwas getan. Wo war bloß Mutter?

Jegliche Antwort auf seine Fragen wurde ihm verwehrt. Wild entschlossen, sein bisschen Leben so teuer wie möglich zu verteidigen, bewaffnete er sich mit dem Luftgewehr des Vaters. Er durfte manchmal zusehen, wenn dieser auf die widerlichen Krähen schoss, die ständig einen Höllenlärm veranstalteten. Das Gewehr versteckte er immer unter einer Holzplanke neben dem alten Küchenschrank. Die kleinen Bleigeschosse befanden sich in einer der Schubladen. Nach etlichen Fehlversuchen schaffte er es endlich, die Holzbohle anzuheben. Das Gewehr lag schwer in seiner Hand, verlieh ihm eine trügerische Form von Sicherheit. Zwei Dosen, prall gefüllt mit Bleigeschossen, lagen vor ihm auf der grobgehauenen Tischplatte. Der gesamte Inhalt verschwand in seiner Hosentasche. Sogar ein Lächeln zeigte sich auf seinem ansonsten angespannten Gesicht. Zur Freude blieb ihm allerdings keine Zeit, da die Geräusche der sich nähernden Meute immer näher kamen.

»Sollen sie ruhig kommen. Werde denen schon mächtig einheizen«, sprach er sich selber Mut zu und verstärkte den Griff um den Kolben des Luftgewehrs. Durch die blinde Scheibe konnte er undeutlich sehen, dass draußen viele Gestalten durch das Unterholz geisterten, die krampfhaft versuchten, einen Sichtschutz hinter den Baumstämmen zu finden. »Glauben die vielleicht, ich bin schwerhörig oder bekloppt«, dachte er laut. Eine Schweißschicht überzog mittlerweile Pauls Gesicht, obwohl es eigentlich recht kühl in der Hütte war. »Niemand wird mich hier rausholen.« Dessen war er sich ganz sicher und murmelte diese Worte immer wieder vor sich hin, verschaffte sich damit innere Sicherheit. Die Waffe hielt er verkrampft in beiden Händen und starrte mit wilden Augen und zusammengekniffenen Lippen auf das Geschehen draußen. Immer wieder wechselte er das Fenster, um alles genau im Blick zu behalten. Abwartende Stille. Lediglich das schwere Atmen und Räuspern der Männer war hier und dort zu hören. Die Hütte hob sich nur noch schemenhaft vor der dunklen Kulisse des dahinterliegenden Waldes ab. Die untergehende Sonne schickte lediglich noch gespenstisches Orange durch das Blattwerk. Alles hätte für einen Wanderer beruhigend und sogar erhebend wirken können, wäre da nicht diese spürbare Atmosphäre gewesen, die tödliche Gefahr ausstrahlte. Dann zerrissen die Worte wie eine Detonation die Stille.

»Hey Paul – hier ist Polizeiobermeister Pieper. Du kennst mich doch? Wir sind doch Freunde. Ich möchte nur mit dir reden – nur wir beide. Kommst du da raus oder soll ich besser zu dir reinkommen?«

Niemand hatte so richtig registriert, dass Pieper ein kleineres Megafon mitgebracht hatte. Entsprechend groß war das Erschrecken über den immensen Lärm. Auch Patrick musste zugeben, dass ihm das Herz in die Hose gerutscht und beinahe die Taschenlampe aus seinen klammen Händen geglitten war, als Piepers laute Durchsage den Blutdruck allgemein in die Höhe trieb.

»Aiiiiih – lasst mich in Ruhe – geht weg, ihr Idioten!« Es war mehr ein schrilles Kreischen, was als Antwort aus der Hütte zurückkam. »Verpisst euch bloß. Ich will nur meine Ruhe – haut ab, sonst passiert noch was!«

»Paul, sei vernünftig! Wir wollen dir nichts tun, wir wollen nur reden! Komm doch einfach raus!«

Piepers Stimme klang mittlerweile gestresst. Er hatte jetzt auf die Hilfe dieses Höllengerätes verzichtet.

»Lasst uns das Schwein da rausholen, ich will heute noch nach Hause, Ralf«, zischte es aus dem Umfeld.

Es war aus Patricks Position nicht erkennbar, wer da versuchte, Pieper unter Druck zu setzen. Noch reagierte dieser nicht auf den Zuruf, beendete jedoch die Taktik der vorsichtigen Annäherung.

»Ich gebe dir noch fünf Minuten, Paul. Dann kommen wir. Das willst du doch sicher nicht, oder? Paul, sei vernünftig, und lass uns das hier beenden. Ich möchte dich nur befragen.«

Bei der Polizeischulung zu Konfliktlösungen musste Pieper wohl eine längere Auszeit genommen haben. Geduldiges Verhandeln war nicht seine Stärke und es zeigte sich deutlich, wie ausgeprägt seine Profilneurose war.

»Was wollen die anderen hier, wenn du mich nur was fragen willst? Warum verstecken sich die Arschlöcher hinter den Bäumen? Ich werde keinen Fuß vor die Tür setzen, solange die nicht abgehauen sind. Lasst mich in Ruhe. Ich habe nichts angestellt.«

Pieper fand keine befriedigende Erklärung für die Anwesenheit der restlichen Meute und schwieg dazu. Nichts weiter tat sich in der Hütte. Lediglich unerklärliches Stöhnen und dieses sich wiederholende schrille Kreischen waren zu hören. Hin und wieder tauchte Pauls Gesicht schemenhaft hinter den Scheiben auf, um sofort wieder zu verschwinden. Minutenlange, zermürbende Stille belastete das Nervenkostüm aller Beteiligten. Umso brutaler wirkte das Geräusch einer zersplitternden Scheibe. Wegen der bereits eingetretenen Dunkelheit war schwach zu erkennen, dass sich durch das entstandene Loch in der Scheibe links neben dem Eingang ein Gewehrlauf geschoben hatte. Es folgte ein kaum hörbares dumpfes Geräusch, welches aus Richtung Hütte kam. Fast gleichzeitig erfolgte ein ›Plop‹ in der Nähe von Piepers Standort. Es hätte eine Szene aus einem drittklassigen Klamaukfilm sein können, als sich geschätzte zwanzig erwachsene Männer mit unterschiedlichsten Urschreien hinter die nächstbeste Deckung warfen. Wenn die Situation nicht so ernst gewesen wäre, hätte man darüber lachen können.

»Die irre Sau schießt auf uns. Wo hat der die Knarre her? Los Leute, machen wir ihn fertig, bevor einer von uns noch verletzt wird! Stürmen wir die Bude einfach und hängen das Schwein an den nächsten Baum.«

Dieser verbalen Aufforderung folgten noch weitere in ähnlich direkter Form aus unterschiedlichen Richtungen. Die Nerven lagen blank. Damit hatte kein Beteiligter gerechnet. Alle waren davon überzeugt, einen verängstigten heulenden Mann vorzufinden, dem sie, ohne selbst in Gefahr zu geraten, das Fell gerben konnten.

»Leg die Waffe weg, Paul. Du kannst doch nicht auf die Polizei und unbescholtene Menschen schießen. Du machst es nur noch schlimmer. Zum letzten Mal. Komm raus und dir passiert nichts!«

Pieper war jegliche Sicherheit in der Stimme abhandengekommen. Das Beben darin, was seine Angst und Hilflosigkeit offenbarte, konnte er nicht verbergen.

»Ihr verdammten Schweine – ich hab euch nichts getan. Geht weg hier. Die sind nicht unschuldig. Glaubt Ihr, ich habe das gerade nicht gehört? Aiiiiih. Keiner von euch rührt mich an.«

Wieder war dieses beängstigende, unmenschlich klingende Kreischen in Pauls Stimme, was zumindest Patrick das Blut in den Adern gefrieren ließ. Die Stimme war nun von Angst und wilder Verzweiflung geprägt. Sie klang auf eine besondere, beängstigende Art unwirklich. Von allen Seiten erklang leises Getuschel, was bei Patrick Schreiber

Beklemmungen verursachte. Obwohl er sich bemühte, konnte er kein einziges Wort deutlich verstehen. Genau das bereitete Angst. Die Dunkelheit des nahenden Abends hatte nun die Szenerie endgültig eingefangen, sodass dieser kleine, sich jedoch schnell vergrößernde Lichtfleck seitlich der Holzhütte kaum zu übersehen war. Ein kurzes Rascheln lenkte für einen Moment von dem Bild ab, das sich vor allen Anwesenden entwickelte. Mit unvorstellbarer Geschwindigkeit breiteten sich Flammen an der dem Wind zugewandten Seite der Hütte aus, sodass sich das Inferno ausschließlich in Richtung Hütte rasend schnell weiter aufbaute. Dieser Wahnsinn konnte nur durch einen Brandbeschleuniger ausgelöst worden sein, den jemand mitgebracht haben musste.

War das alles hier von langer Hand geplant worden? Wer war für diesen Wahnsinn verantwortlich?

Während Patrick diese Fragen durch den Kopf gingen, fraßen sich die Flammen über das Dach. Die Hütte stand in kürzester Zeit komplett in Flammen. Das Feuer fraß sich unaufhaltsam an allen Wänden hoch. Das trockene schilfbedeckte Dach hatte dem Ganzen nichts entgegenzusetzen. Die Trockenheit der letzten Tage lieferte dem Feuer zusätzliche Nahrung. Die Nackenhaare stellten sich blitzschnell auf, als sich die Tür mit einem Ruck öffnete und eingehüllt in lodernde Flammen eine menschliche Gestalt wild um sich schlagend auf die Lichtung herausstürzte. Niemals in seinem Leben würde Schreiber diese wahnsinnigen, verzweifelten Schreie einer derart gequälten Kreatur vergessen können. Das Gekreische hallte immer wieder aus den dichten Baumkronen zurück, fraß sich in seine Gedanken und erzeugte nie gekanntes Schaudern. Der Wunsch, dem Leidenden helfen zu wollen, wurde verhindert durch das unbeherrschbare Beben seiner Knie. Der Schock zeigte seine volle Wirkung und lähmte ihn in Sekundenschnelle. Jegliches Zeitgefühl hatte sich verflüchtigt, während sein Blick unentwegt auf dem Feuerball ruhte, dessen Bewegungen immer schwächer wurden. Die Schmerzensschreie verebbten immer mehr. Es musste mehrere Minuten gedauert haben, bis dieses Etwas, das irgendwann einmal ein Mensch gewesen war, endlich ohne weitere Zuckungen liegen blieb. Die unmenschlichen Schreie jedoch hatten sich tief in Patricks Unterbewusstsein fest eingebrannt, hallten immer wieder nach. Der Geruch von verbranntem Fleisch hing in der Luft und ließ bei den meisten Umstehenden einen starken Würgereiz aufkommen. Dieser Aufforderung des Magens kamen auch mehrere Anwesenden umgehend nach, sodass man in diesem Chaos auch noch die Geräusche der sich Erbrechenden vernahm. Plötzlich Stille. Selbst das Atmen schienen manche eingestellt zu haben. Nur das Prasseln der immer noch lodernden Flammen war unüberhörbar. Geisterhaft hob sich die brennende Hütte gegen den dunklen Himmel und die dahinterliegende Waldfront ab. Berauschende Stille – nur das lähmende Geräusch der Flammen verriet, was hier vor wenigen Minuten geschehen war. Die Tore der Hölle hatten sich für einen begrenzten Zeitraum geöffnet und gezeigt, wozu Menschen in ihrem Hass fähig waren.

»Ralf – hörst du? Du musst die Feuerwehr rufen!«

Ein Mann, der sich relativ schnell wieder gefasst hatte, zerrte am Ärmel von Piepers Uniform. Selbst einen Pamela-Anderson-Striptease hätte Ralf Pieper in diesem Augenblick wahrscheinlich nicht wahrgenommen. Alles war für ihn aus den Fugen geraten. Das war der reine Wahnsinn. Mit seinen weit aufgerissenen Augen wirkte der Polizist wie der Welt entrückt. Es dauerte seine Zeit, bis er endlich die Frage kaum verständlich hervorwürgte.

»Wer war das?«

Die Worte dachte er mehr, als dass er sie sprach.

»Was hast du gesagt, Ralf?«

»Wer in Gottes Namen hat das Feuer gelegt?«

Diese Frage war nun wohl bis zum Dorfplatz zu hören gewesen. Mit sich überschlagender, an Wahnsinn grenzender Stimme schossen diese Worte über seine bebenden Lippen.

»W e r ?«

Selbst Holger Stelker schien die kürzeste Ernüchterungsphase seines gesamten kümmerlichen Daseins erlebt zu haben und sah aus klaren, wenn auch rotgeränderten Augen auf Pieper. Stelkers Mund war ungläubig geöffnet und ermöglichte dadurch einen Blick auf seine unappetitlichen lückenhaften Zahnreihen. Sein schütteres fettiges Haar hing ihm ins Gesicht. Fragende, ratlose Blicke in die Runde. Nichts. Da man davon ausgehen konnte, dass Paul Kamman nicht selbst außerhalb seiner Hütte gezündelt hatte, blieb die Frage, wer denn nun das Feuer gelegt hatte. Ratlosigkeit machte sich breit. Minutenlange Stille, nur unterbrochen vom Scharren der Stiefel.

»Und wenn ...?«

»Was und wenn ...?«, wurde der Versuch eines ersten Redeversuchs durch Pieper brutal unterbrochen.

»Na ja, wenn er es aber doch selbst getan hat – ich meine Paul. Immerhin ist das dem Irren zuzutrauen?«

Zaghaft stotterte Fred Klausen das, was wohl viele der Anwesenden selbst für möglich hielten, letztlich sogar favorisierten.

»Hat er aber nicht – du Wahnsinniger. Hast du vielleicht nachgeholfen? Schließlich hast du vor dem Haus von Kamman am lautesten geschrien, man soll ihn aufknüpfen.«

»Nein, nein – um Gottes willen! Das könnte ich niemals tun – so was doch nicht«, beeilte sich Fred Klausen hinterherzuschieben.

»Ralf, jetzt sei doch mal vernünftig!«

Das war die Stimme von Klaus Rinter, der den Lebensmittelmarkt an der Hauptstraße leitete und als vernünftig angesehen wurde.

»Glaubst du ernsthaft, dass sich einer von uns dazu bekennt und damit den Kopf riskiert? Und dann noch für dieses bescheuerte Arschloch? Was war schon passiert? Wir wollten Paul ganz friedlich da rausholen, damit du ihn dann in aller Ruhe im Revier vernehmen kannst. Der Irre macht in Panik, schießt auf unschuldige Bürger und – ja, steckt in seinem Wahn seine Hütte an. Was sollten wir da machen? Wer konnte das auch ahnen? Wir müssen darüber reden, uns einen Plan zurechtlegen.«

Betretenes Schweigen in der Runde. Bei Schreiber stellten sich die Haare auf.

»Aber hallo, meine Herren. So einfach ist das aber nicht! Wir sprechen über Mord. Die Logik muss mir einer erklären. Der arme Mann schießt auf euch, da er sein Leben verteidigen möchte. Im nächsten Augenblick überlegt er es sich anders und fackelt sich selber ab. Das macht kein Mensch und ergibt keinen Sinn. Das nimmt euch kein Richter ab.«

Wie auf Kommando richteten sich alle Blicke auf den Sprecher, um gleichzeitig weiter vorzurücken.

So etwas gab es doch nur in amerikanischen Filmen. War ich hier unter den Ku-Klux-Klan geraten, der sich ohne Wissen der Öffentlichkeit in Winterberg niedergelassen hatte?

Eine bedrohliche Mauer tat sich vor ihm auf, die klare Signale aussandte, dass ihm im Falle der fehlenden Solidarität Pauls Schicksal ebenfalls ereilen könnte.

»Ein Mensch würde das tatsächlich nicht tun. Paul war aber kein Mensch. Das war ein Monster, eine elende Missgeburt! Warum wollen Sie sich überhaupt als Außenstehender unbedingt zum Anwalt eines jetzt toten Mörders aufschwingen und dabei riskieren, dass ...?«

»Halt die Schnauze, Klaus, quassel dich nicht um Kopf und Kragen!«, bellte Ralf Pieper dazwischen, der, wie es schien, seine Fassung wiedergewonnen hatte. »Der Kerl ist keiner von uns.«

Gefährlich langsam kam er auf Patrick zu. Der senkte seinen Kopf, damit diesem Polizisten mit der Größe einer Parkuhr, nicht die Chance verwehrt wurde, aus dieser Entfernung in sein Augenpaar blicken zu können.

»Schreiber, das ist doch Ihr Name, oder? Also Herr Schreiber, der Ablauf war tatsächlich so, wie er von Klaus Rinter treffsicher formuliert wurde. Möchten Sie Schreiberling etwa behaupten, dass sich dreißig hier anwesende, ehrenwerte Männer geirrt haben und nur einer, nämlich Sie, etwas anderes beobachtet haben? Haben Sie einen Brandstifter ausgemacht? Hat ihr krankes Hirn, das eigentlich nur Gespinste in Romanform hervorbringt, gesehen, dass einer der hier Anwesenden die Hütte in Brand steckte? Einer dieser guten Bürger soll ein Mörder, ein Brandstifter sein? Denken Sie genau darüber nach, bevor Sie eine solche Falschaussage machen, die sich nicht mit dem von mir erstellten Protokoll bis ins Detail deckt.«

Schreiber musste zugeben, dass diese Ansprache, diese versteckte Warnung sehr deutlich in seinen Verstand eindrang. Mit einem unguten Gefühl und rein mechanisch schluckte er und nickte.

»Darauf trinken wir nachher im ›Hirschen‹, Schreiberling«, jodelte Klaus Rinter nun sichtlich erleichtert und schlug dem Querulanten dabei auf die Schulter. Ein gekünsteltes Lachen folgte, bevor er sich abdrehte und mit den anderen zu den Fahrzeugen marschierte. Alle folgten ihm den Abhang hinunter. Paul Kamman lag verkohlt und einsam auf der Lichtung. Hinter ihm loderten immer noch die Glutnester der Hütte. Alles Weitere war nun Aufgabe der Feuerwehr. Ihre Sirenen waren schon in der Ferne vernehmbar. Noch lange glitten Schreibers Augen über die Szenerie, die sich in seine Gedanken einfraß und wohl niemals wieder verschwinden würde. In den Akten würde dieser Brand später als göttliche Strafaktion für einen Mörder auftauchen.

9

Das schrille Klingeln des Handys riss Patrick äußerst unsanft aus dem Schlaf, den er endlich nach tausenden Körperdrehungen und einigen Drinks gefunden hatte.

»Was in Gottes Namen ...?«, murmelte er unfreundlich, nachdem er das Höllengerät in einer seiner Jackentaschen gefunden und aktiviert hatte.

»Patrick? Bist du das?«

Sie war es! Klar und deutlich erkannte er Claires Stimme. Die hätte er aus tausenden herausgehört. Aber das konnte einfach nicht sein. Claire war doch Geschichte. Sie hatten vereinbart, dass sie sich nie wiedersehen würden ... nach all dem, was geschehen war. Besser gesagt, nach all dem, was er ihr zugemutet hatte, nämlich Enttäuschungen am laufenden Band. Keine Frau ertrug das über einen längeren Zeitraum, wenn der Partner sich in alkoholische Exzesse flüchtete, nur weil die Schreibblockade nicht verschwinden wollte. Gut, das wäre vielleicht zu verzeihen gewesen, doch nicht, dass man ihn auch noch mit anderen Frauen im Bett erwischte, deren Namen er noch nicht einmal kannte. Nicht gut, gar nicht gut. Das brachte dann das Fass zum Überlaufen. Sie besprachen die Trennung bei einem Glas Rotwein in einer Bar in Vancouver. Jetzt, während des Anrufs tauchte ihr Bild vor seinen Augen auf, wie sie ihm gegenüber saß und ihn mit Augen betrachtete, die neben der Entschlossenheit auch eine gewisse Trauer zeigten. An diesem Abend trank selbst sie ein Gläschen zu viel und ließ ihren Wagen stehen. Als sie in das Taxi stieg, glaubte Patrick fest daran, dass es ihr letztes Treffen gewesen wäre. Was konnte diese Aktion bedeuten?

»Bist du noch dran, Patrick. Ich bin's, Claire. Es tut mir leid, dass ich dich mitten in der Nacht anrufe, aber hier ist es erst neunzehn Uhr. Bin am Flughafen in Boston und auf dem Weg nach Frankfurt – zu einem wichtigen Meeting bei einem Buchverlag.«

Kurze Pause am anderen Ende. Er versuchte, die Gedanken aus dem Kopf zu bekommen, die sein Auffassungsvermögen stark beeinträchtigten. Der leichte Kater tat sein Übriges.

»Hörst du mir überhaupt zu, Patrick?«, bemerkte Claire, die es eilig zu haben schien.

»Mmh ...«, versuchte er, so ausführlich es eben ging zu antworten.

»Oh Gott, hast du schon wieder ...?«

»Ja, ich habe. Aber was soll das Ganze ... jetzt ... mitten in der Nacht?«, konterte er verärgert, bereute es jedoch im gleichen Moment.

»Bist du wenigstens alleine?«, ließ sie nicht locker und spürte im gleichen Augenblick, dass sie zu weit gegangen war. »Sorry, war nicht so gemeint, sorry. Das geht mich ja auch nichts an.«

»Was willst du, Claire? Ich bin müde und will weiterschlafen.«

»Zwei Dinge, mein Guter. Erstens bin ich immer noch die Person, die mit dir vor Jahren ein Lieferabkommen über zwei Bücher pro Jahr getroffen hat. Schließlich zahlt dir mein Verlag deine Honorare, und das pünktlich zum

Quartalsanfang. Im Gegenzug erhalten wir momentan allerdings keine Manuskripte. Über dieses Missverhältnis will ich einmal mit dem Bestsellerautor ... nein, dem ehemaligen Bestsellerautor reden. Es geht um deine zukünftigen Einkünfte. Bist du jetzt wach?«

»Ja, aber ...«

»Und zweitens«, unterbrach sie seinen zaghaften Einwand resolut, »möchte ich mit eigenen Augen sehen, welches menschliche Wrack aus diesem einst liebenswerten Naturburschen aus den kanadischen Wäldern wurde. Du warst schließlich irgendwann einmal ein Bursche, in den sogar eine erfolgreiche Verlegerin wie ich unsterblich verliebt war. Die Betonung liegt auf war. Nun ja, die Details hierzu ersparen wir uns an dieser Stelle.«

Pause. Er musste das Gesagte erst verdauen.

»Verdammt, Patrick, sag jetzt endlich etwas, oder bist du tatsächlich wieder eingeschlafen?«

Claire schrie diese Frage förmlich durch die Leitung und ließ ihn zusammenfahren. Warum er ihr seine augenblicklichen Gefühle spontan darstellte, konnte dem Umstand geschuldet sein, dass er die Gefahr sah, seine Brötchengeberin zu verärgern. Doch sie saßen immer noch tief in ihm und ließen sich nicht auf Dauer unterdrücken.

»Claire, es tut mir so leid. Ich meine das mit uns. Ich würde heute bestimmt alles anders machen. Hatte damals einfach keine gute Zeit.«

Mittlerweile war er nüchtern und hatte sich im Bett aufgesetzt, weil er spürte, dass es hier nicht nur um Smalltalk ging, sondern sein Leben, seine Zukunft wieder einmal zur Disposition standen. Er fuhr fort, da er am anderen Ende der Leitung ein Schweigen spürte, das wahrscheinlich einem Erstaunen zuzuordnen war.

»Und das mit dem Schreiben ... ich glaube, das habe ich inzwischen wieder im Griff. Ich schreibe ...«

»Was heißt im Griff, mein lieber Patrick? Ich sehe seit ungefähr sechs Monaten, nein – sieben Monaten nicht eine Zeile von dir! Du hast nichts im Griff.«

Die Stimme von Claire ließ keinen Zweifel daran, dass sie diese Ausflüchte schon viel zu oft von ihm zu lesen bekommen hatte. Immer wieder hatte er sie auf Anfrage damit vertröstet, dass er diverse Storys wieder verworfen hatte und etwas Neues beginnen würde. Sein vorheriges Eingeständnis hatte sie erstaunlich schnell verarbeitet, es einfach ignoriert.

»Ich bin am Samstag mit meinen Besprechungen durch und möchte dann ein ernsthaftes Gespräch mit dir führen. Wo bist du eigentlich im Augenblick? Zu Hause konnte ich dich nicht über das Festnetz erreichen.«

Längst baumelten seine Beine über der Bettkante. Er war hellwach und beeilte sich, eine Erklärung abzugeben, die plausibel klang.

»Genau das wollte ich dir ja gerade erzählen! Bin mitten in einer Recherche für ein wirklich gutes Buch. Ich wohne in der Nähe von Winterberg. Das liegt im Sauerland. Das Zimmer habe ich im Gasthof *Zum Hirschen* gefunden. Wir können uns gerne treffen und über alles reden.«

Gespannt wartete er auf eine Reaktion am anderen Ende.

»Claire ... hast du gehört? In Winterberg.«

»Ja, ja ..., ich muss nachdenken. Nun gut, ich bin Samstag so gegen siebzehn Uhr vor Ort. Sieh zu, dass du wenigstens dann nüchtern bist.«

Ein Rauschen in der Leitung machte ihm klar, dass sie die Verbindung ohne weitere Verabschiedung unterbrochen hatte. *Was konnte das Ganze bedeuten? Eines auf jeden Fall:*

Ich musste mich in Kürze gleichzeitig meiner Vergangenheit, der Gegenwart und der Zukunft stellen, um die ich mir jetzt zusätzlich Sorgen machen dürfte.

In Claires Leben gab es nur selten Kompromisse. Vor allem in geschäftlichen Dingen konnte sie knallhart sein. Ließ man in der internationalen Buchszene den Namen Claire Forman fallen, besaß man die volle Aufmerksamkeit der Gesprächspartner! Während Patrick verzweifelt versuchte, sich wieder die richtige Einschlafposition zu suchen, baute sich eine Gestalt vor ihm auf. Das Bild einer Frau, deren ebenmäßige Gesichtszüge und traumhafte Figur, gekleidet in teuren und meist eng sitzenden Kleidern stets für Aufsehen sorgte. Das lange dunkelbraune Haar ließ sie immer locker über die Schultern fallen und verstand es, mit einem koketten Kopfschwung, die richtige Lage dieser Mähne zu bestimmen. Wie verrückt musste ein Mann sein, die Zuneigung einer solchen Frau aufs Spiel zu setzen? Die Person, auf die diese Beschreibung zu hundert Prozent zutraf, versuchte gerade wieder, erholsamen Schlaf zu finden. Was ihn erwartete, waren wilde Träume, in denen ein in Flammen gehüllter Mensch seinen Schmerz kreischend herausstieß.

10

Es gab Tage, die wesentlich besser für ihn begannen. Der morgendliche Muntermacher tauchte nicht auf. Statt Rita gab sich die missmutige Wirtin höchstpersönlich die Ehre und servierte Patrick das Frühstück. Grundsätzlich war ihm egal, wer bediente, doch man konnte sich sehr schnell an einen Geschmacksverstärker, wie ihn die hübsche Kellnerin darstellte, gewöhnen. Der dezente Geruch von Achselschweiß ließ sich auch mit dem blumigen Deo der Wirtin nicht vollends überdecken.

»Hat Rita heute einen freien Tag?«, konnte er sich nicht verkneifen zu fragen.

»Hat sie nicht«, blaffte seine geschätzte Wirtin ungehalten zurück, »Sie ist heute einfach nicht gekommen. Die kann sich auf was gefasst machen! Ich kann mich nämlich nicht zerreißen. Gerade heute ist das gar nicht lustig, wo die Lebensmittellieferungen eintreffen sollen. Du kannst dich auf die jungen Dinger einfach nicht verlassen.«

Sie verschwand mit wehender Schürze in der Küche. Nun ja, der Kaffee war heiß, die Brötchen knusprig, die Wurst frisch – was wollte er mehr? Wer war schon Rita? In Gedanken war er dabei, das bisher Erlebte als grobes Manuskript festzuhalten, damit Claire am Samstag auch sah, dass ihn zumindest derzeit keine Schreibblockade am Arbeiten hinderte. Aus den Augenwinkeln konnte er die Bewegung an

67

der Tür wahrnehmen, bevor sich der Durchgang durch das Eintreten von Franz Kalkove verdunkelte. Seine imposante Gestalt näherte sich Patricks Tisch.

»Mit den frischen Brötchen werden Sie wenig Glück haben. Das hier war gerade das Letzte.«, versuchte er den Griesgram beim Näherkommen auf die Schippe zu nehmen und hielt eines in die Luft.

»Ich lach mich später darüber kaputt«, kam es ungewohnt knurrig aus seinem Mund. Im gleichen Moment irritierte er ihn mit einer Frage. »Wann haben Sie eigentlich die Kellnerin zum letzten Mal gesehen?«

Das kam absolut unerwartet, weshalb er den Namen überflüssigerweise erwähnte: »Rita?«

»Gut. Dann formuliere ich das anders. Wann haben Sie die Kellnerin Rita zum letzten Mal gesehen?«, präzisierte er seine Frage nun und verdrehte dabei die Augen.

»Gestern Morgen beim Frühstück. Glaube ich zumindest«, erwiderte er etwas stockend und konnte nicht verhindern, dass sich in seinem Magen ein Kloß festsetzte. »Sie hat mir wie immer das Frühstück gebracht. Danach habe ich sie nicht mehr gesehen. Was ist mit ihr? Sie betonen das so seltsam.«

»Wollen Sie mitkommen?«, fragte Kalkove, bevor er sich einfach wegdrehte und dem Ausgang zustrebte. Der Unterton seiner Stimme nahm ihm jegliche Wahlfreiheit. Draußen fand Patrick ihn inmitten seiner Ermittlermannschaft, die er zwischenzeitlich angefordert hatte. Kalkove diskutierte mit dem Dorfpolizisten Ralf Pieper, der ihm in diesem Augenblick noch gedrungener vorkam, als er sowieso schon war. Die sichtliche Überforderung war ihm unschwer anzusehen.

»Besorgen Sie verdammt noch mal endlich die Hunde!«, schrie Kalkove. Mir schwante Fürchterliches. Mit wild entschlossenem Blick wandte er sich Schreiber zu. »Sie können bei mir mitfahren, Schreiber!«

Schon als Rekrut hatte Patrick früh gelernt, wann man sich klaren Befehlen widersetzt und wann man besser die Füße stillhielt. Hier war Letzteres angeraten, zumal sich neuer Stoff für sein Buch abzuzeichnen schien. Eindeutig! Schweigend fuhren sie auf der B236 in Kolonne Richtung Hallenberger Wald und machten an einem Waldweg Halt, den wohl nur Einheimische kannten, so versteckt lag dieser zwischen mächtigen Bäumen. Equipment wurde von der Spurensicherung ausgeladen, das ihm vom letzten Ausflug her schon bekannt vorkam. Schreibers Gefühl im Magen verbesserte sich keinesfalls, und er wünschte sich tausende von Meilen fort. Kristallklare Aufgabenverteilungen folgten an das Team. Alle sollten sich jedoch noch in Bereitschaft halten, bis die Hundestaffeln eintreffen würden.

»Was ist hier eigentlich los?«, erlaubte sich Patrick nach mehreren Minuten allgemeinen Schweigens vorsichtig zu fragen. Sein Mut war mittlerweile wieder angewachsen.

»Ach ja, das können Sie ja noch gar nicht wissen. Sorry. Zwei Jäger trafen vor etwa drei Stunden im örtlichen Polizeirevier ein, um dort dem Polizei-Hirni Pieper mitzuteilen, dass sie eine Person von Weitem beobachtet hätten, die etwas Schweres durch den Wald trug. Man äußerte den Verdacht, dass es sich um einen menschlichen Körper gehandelt haben könnte. Sie haben die Person allerdings dann beim Verfolgen aus den Augen verloren. Beschreibung liegt auch nicht vor, da die Entfernung zu groß war. Das war hier im Hallenberger Wald. Eigentlich wollten sie wohl rüber zum Osterkopf, entschieden jedoch, dass diese Meldung wichtiger war. Etwa zwei Kilometer zuvor hatten sie ein Fahrzeug verlassen abseits der Straße stehen sehen. Sie notierten sich das Nummernschild, um es dem Pieper mitzuteilen. Dieses dämliche Arschloch, entschuldigen Sie bitte meine Wortwahl, hat es bis zu meinem Eintreffen nicht für nötig erachtet, den Besitzer des Fahrzeugs zu ermitteln. Wir konnten dann allerdings sofort in Erfahrung bringen, dass der kleine Fiat der Kellnerin Rita gehört. Nun liegt die Vermutung nahe, dass wir schlimmstenfalls einen zweiten Fall haben, obwohl sich ja der angebliche Mörder bereits vor dem Verschwinden von Rita selbst gerichtet haben soll. Aber damit bin ich noch lange nicht fertig.«

Das Letztere äußerte er mit einem gefährlichen Unterton in der Stimme. Kalkove erklärte seine Bedenken in aller Deutlichkeit, was sich mit Schreibers Überlegungen weitestgehend deckte.

»Ich stelle mir immer noch die Frage, wie es wohl Paul Kamman angestellt haben mag, seine Hütte mit Hilfe eines Brandbeschleunigers von außen nach innen abzufackeln, ohne dass es von euch beobachtet werden konnte. Bei so vielen Zuschauern hätte doch mindestens einer was bemerkt haben müssen. Dass die Bude von draußen angesteckt wurde, bestätigte mir auch der Brandsachverständige. Wenn ich eine Selbstverbrennung vorhabe, dann begieße ich mich mit Benzin und zünde mich an, aber nicht zuerst die Hütte. Warum sollte ich meine Qualen noch zusätzlich verlängern?«

Was Kalkove hier vortrug, war einleuchtend, zumal Patrick ja selbst dieses seltsame Geräusch neben der Hütte mitbekommen hatte. Aus gutem Grund schwieg er vorerst dazu. Trotzdem bohrte er weiter, da er das sicherlich für seinen Roman verwenden konnte.

»Sie sprechen also von Brandstiftung. Woran macht das der Kollege fest? Gibt es klare Beweise für ein Fremdverschulden?«

Zuerst dachte Schreiber, dass Kalkove nicht bereit war, ihm das zu erklären, als er sich abwandte. Doch er schien es sich überlegt zu haben. Er atmete tief durch und legte los.

»Sie müssen sich das so vorstellen, dass der Brandverlauf ja irgendwo seinen Anfang finden muss. Den suchte der Kollege natürlich und hatte ihn schnell an der rechten Seite der Hütte ausgemacht. Dort fand er Spuren eines Brandbeschleunigers und verräterische Rußpartikel, die sich in einer V-förmigen Ablagerung an der Wand abzeichneten. Der Fußpunkt des Brandtrichters weist auf den Brandausbruchbereich hin. Von dort aus züngelte die Flamme V-förmig nach oben und entwickelte sich weiter in Windrichtung.«

Zugegeben, daran hatte Patrick bis dahin noch keinen Gedanken verschwendet. Kalkove war mit seiner Mannschaft auf etwas gestoßen, was eine geplante Hinrichtung immer wahrscheinlicher werden ließ. *Warum, verdammt, hatte ich aber auch nicht gesehen, wer das Rascheln neben der Hütte verursacht hatte?*

Hundegebell war für alle das Zeichen, dass die Staffeln endlich auf der Suche waren. Zwei Hundertschaften der Polizeibereitschaft gingen nun breit gestreut durch das Unterholz des Hallenberger Waldes und suchten nach etwas, das eigentlich keiner finden wollte. Die Suche wurde noch unangenehmer, als es dunkel wurde und man nur noch die aufblitzenden Taschenlampen der Beamten zwischen den Bäumen sehen konnte. Allmählich begann Schreiber, diesen Wald zu hassen, der ihm in den letzten Tagen dermaßen viel abverlangte. Mörderjagden und Opfersuche gehörten nun einmal nicht zu seinen Lieblingsbeschäftigungen. Seine Kernkompetenz sah er im Schreiben, weniger in dieser Art von Recherche. Ein Schmerzensschrei von weit rechts ließ alle innehalten und lauschen. Ein nicht stubenreiner Fluch hallte kurz darauf durch den abendlichen, aber nicht mehr unschuldigen Wald.

»Verdammt tut das weh. Aber hier ist was, Kollegen!«

Mehrere Beamte hatten sich bereits beim Eintreffen um den Kollegen versammelt, der mit seinem rechten Bein im Waldboden am Rande eines leicht abfallenden Hanges eingebrochen war und sich hässliche Schnittwunden am Bein zugezogen hatte. Holzsplitter steckten zentimetertief in seinem Oberschenkel und sorgten dafür, dass sich derzeit kein Lächeln auf seinem angespannten Gesicht zeigte. Im Licht der Taschenlampen zog man das Bein vorsichtig heraus und legte damit das brüchige Dach eines mit Laub verdeckten Holzschuppens frei. Das morsche Material hatte dem Gewicht des Beamten nicht standgehalten. An der Vorderseite, dem Hang zugewandt, konnte man schwach die Eingangstür erkennen.

»Den Kollegen sofort notversorgen und dann in die Klinik fahren! Haben wir keinen Sani dabei?«

Kurz und knapp kamen die Anweisungen des Einsatzleiters der Hundertschaft. Kalkove verteilte seine einhundertdreißig Kilo in der Art, indem er sich auf das Dach gelegt hatte. Niemand der anderen Beamten besaß den Mut, das Dach zusätzlich zu belasten. Während Kalkove hineinleuchtete, analysierte er das Innenleben der Hütte.

»Versucht bitte von vorne hineinzukommen! Aufbrechen, wenn nötig. Das riecht ja erbärmlich da drin. Aber vorsichtig, damit wir keine verwendbaren Spuren zerstören!«

Kalkove kannte sich aus mit diesen charakteristischen Gerüchen und ahnte sicher schon, was man unten finden würde.

»Lasst bitte die Leute von der Spurensicherung zuerst rein!«, war seine klare Anweisung. Für Schreiber war sie nicht von Bedeutung. Nicht für eine komplette Nacht mit Naomi Campbell wäre er freiwillig in diesen Verschlag gestiegen. Die Mannschaft machte sich nun daran, das kleine, aber saubere Vorhängeschloss mit einem Seitenschneider zu öffnen. Ohne Mühe ließ sich die Holztür dann nach links außen öffnen. Das ausbleibende Quietschen ließ die Vermutung zu, dass sie vor gar nicht langer Zeit bewegt worden war. Der Blick war frei in den Innenbereich. Taschenlampen blitzten auf. Lichtstrahlen irrten wie Gespenster durch den Innenraum. Die Hütte ging tiefer in den Hang hinein, als man hätte vermuten können. Spinnen hatten über Jahre dicht gewebte Kunstwerke geschaffen, was diesem Raum zusätzliche Gruselreize verlieh. Die aufgescheuchten Asseln am Boden schien das bisher nicht gestört zu haben. An der Rückwand des Raumes war lediglich eine alte Werkbank zu sehen, die wohl schon lange nicht mehr ihre eigentliche Aufgabe erfüllte. Allerdings musste sie vor nicht allzu langer Zeit verrückt worden sein. Das hatten die geschulten Augen der Männer sofort an Schleifspuren auf dem Boden erkannt. In den modrigen Geruch mischte sich unangenehm ein widerlicher Gestank, den alle Beamten, die schon lange bei der Spurensicherung tätig waren, nur zur Genüge kannten. Alle setzten die Masken auf und näherten sich vorsichtig der Werkbank. Der Geruch verstärkte sich mehr und mehr und ließ die nachfolgenden Männer einen Augenblick verharren. Als sie sich genügend gesammelt hatten, versuchten sie der Ursache des Geruchs auf den Grund zu gehen. Im Umfeld der Werkbank war nichts Verdächtiges zu finden.

»Wo bleiben die Scheinwerfer und die Batterien? Bitte auch weitere Masken aus unserem Wagen mitbringen. Mir schrumpfen ja bereits die Schleimhäute.«

73

Kalkove war darin geübt, Anweisungen zu geben. Seine Stimme ließ keinen Einwand zu. Als die Gerätschaften aufgebaut waren und Licht den Raum erhellte, begannen die Männer den Raum genauestens zu untersuchen. Auffällig war, dass alle Holzwände relativ vermoost waren und dass lediglich die Wand hinter der Bank weniger vergammelt wirkte. Wie auf einen geheimen Befehl stellten sich die Männer um die Werkbank und rückten diese ab. Sofort lösten sich zwei breite Bretter, die nur notdürftig zwischen zwei Pfosten eingeklemmt worden waren. Sie offenbarten Schreckliches. Selbst die hartgesottenen Ermittler konnten sich nicht daran erinnern, so etwas je erlebt zu haben. Drei blaue Plastiksäcke waren hinter die Verkleidung gepresst worden und drückten sich jetzt den Leuten entgegen. Schon an den Konturen ließ sich der Inhalt erahnen. Herausragende Gliedmaßen ließen keinen Zweifel daran, dass es sich um menschliche Überreste handelte.

»Chef, sollen wir aufschneiden? Können wir das evtl. draußen tun? Hier drin ist das nicht zumutbar.«

Der Kollege der Spurensicherung, den Patrick von außen recht gut erkennen konnte, hatte Mühe, den Brechreiz zu unterdrücken.

»Tragt die Säcke vorsichtig nach draußen. Aber bitte nicht ziehen, damit wir keine Spuren zerstören!«

Kalkove trat zur Seite, um das Hinaustragen zu verfolgen. Allein das Anfassen und Tragen der wabbeligen Säcke erfüllte die Männer mit Grauen und Abscheu. In zwei der Säcke schwappte Flüssigkeit, die Ergebnisse eines Zersetzungsprozesses waren. Die weißen Kabelbinder, mit denen die Säcke verschlossen waren, wurden vorsichtig durchgekniffen und sofort verbreitete sich der bestialische Geruch im weiten Umkreis. Zwei Männer, die bereits Gasmasken trugen, öffneten die Säcke vollends und betrachteten die Inhalte. Alle anderen, die keine Masken trugen, stürmten zur Seite, um diesem unglaublichen Verwesungsgeruch zu entkommen.

»Wir brauchen neue Bänder zum Verschließen. Da gehen wir so nicht dran.«

Eiligst wurden die blauen Säcke wieder zugebunden, sodass der Geruch sich nach wenigen Minuten größtenteils verflüchtigte.

»Was war drin?«, befragte Kalkove vorsichtig seine Männer.

»Leichen, nein – besser gesagt: Leichenteile. Was womit jeweils zusammengehört, muss die Rechtsmedizin herausfinden. Eine war noch gut erhalten, hatte also erst vor kurzer Zeit den Tod gefunden. Die anderen dürften nach unserer Erfahrung schon mehrere Wochen alt sein. Kann man aber jetzt und hier schlecht beurteilen, da sie ja weitestgehend luftdicht verpackt waren.«

»Pieper, wo ist dieser verdammte Pieper?«

Polizeiobermeister Pieper beeilte sich, den kleinen Hang zu erklimmen und salutierte überflüssigerweise vor dem Hauptkommissar. Der Geruch machte ihm augenscheinlich zu schaffen. Verzweifelt presste er ein Taschentuch vor den Mund.

»Lassen Sie die Säcke, so wie sie sind, in die Rechtsmedizin bringen. Und das bitte gestern.«

»Selbstverständlich, Herr Hauptkommissar. Das werde ich sofort veranlassen.«

Unterhalb der Hütte führte ein schmaler Weg vorbei, auf dem sich bereits die Einsatzfahrzeuge gesammelt hatten. Vor dem ersten Polizeifahrzeug, dem Pieper entstiegen war, versammelten sich die Beamten des Ortes und diskutierten die

Vorgänge lautstark. Pieper hatte drei seiner Leute freigestellt für die Suche. Nur unterbrochen von dem aufgeregten Bellen der Hunde war die Stille unangenehm spürbar, legte sich auf das Gemüt der Menschen. Hier war etwas Unvorstellbares geschehen, das keiner der Umstehenden sich vorstellen mochte, jedoch jeder bis in die Haarspitzen spürte. Selbst die Hunde schwiegen plötzlich, als einer der Ermittler langsam und mit ernster Miene zu den abseits Wartenden trat. Er gab den Polizeibeamten die Anweisungen weiter, dass der Fundort im Umkreis von dreihundert Metern komplett abgesperrt werden sollte. Keine Nachrichten nach außen, keine Infos an die Presse!

»Was sollen wir denn nicht weitergeben? Was ist da passiert?«, ereiferte sich einer der Schutzpolizisten, was für Patrick eine logische Folge des Wartens war. Viele von ihnen hatten nur ansatzweise mitbekommen, was man in dieser versteckten Hütte gefunden hatte. Gerüchte machten bereits die Runde, die jedoch die Wirklichkeit nicht annähernd wiedergeben konnten.

»Klar, Sie haben ja recht!«, erkannte der Kollege Kalkoves und klärte die Männer und Frauen auf. »Also. Wir haben diverse Leichenteile in einem verbretterten Verschlag gefunden. Vermutlich alle weiblich, wenn wir die Kleidung als Kriterium heranziehen dürfen. Genaueres lässt sich noch nicht mit Bestimmtheit sagen. Eine Person ist erst vor wenigen Tagen ermordet worden und scheint tatsächlich die gesuchte Kellnerin Rita Meiler aus dem ›Hirschen‹ zu sein. Die anderen Leichen zeigen schon sehr starke Verwesungsspuren. Alle wurden übrigens zerstückelt. Ob sie auch sexuell missbraucht wurden, wird erst die Obduktion zeigen müssen. Jochen, schaffst du bitte weitere Scheinwerfer und Batterien runter. Die anderen sperren nun bitte ab!«

Der angesprochene Kripomann nickte und drängte die Kollegen der Bereitschaftspolizei zurück. Die Ermittler versammelten sich wieder vor der Hütte und berieten sich, bevor sie sich an die unerquickliche Arbeit der Spurensicherung innerhalb der Hütte machten. Es wirkte sehr gespenstig, als die in weiße Schutzanzüge gehüllten Männer ihre Arbeit auch im Umfeld des Fundortes aufnahmen. Wieder stand Schreiber innerhalb weniger Tage an einem Ort, an dem grausame Morde stattgefunden hatten, und konnte nicht fassen, dass es Menschen gab, die solcher unvorstellbarer Taten überhaupt fähig waren.

Welche menschlichen Abgründe hielten diese ansonsten idyllischen Orte noch für uns bereit?

Es waren Orte, an denen sonst ahnungslose Familien mit ihren Kindern die verdiente Erholung suchten. Eigentlich war er hierhin gereist, um sein eigenes Desaster im Inneren zu beseitigen, Ruhe zu finden. Er befand sich, das wusste er zu diesem Zeitpunkt noch nicht, erst im Vorhof zur Hölle.

11

Nun ja, immerhin hatte er schon vierzehn Seiten seines neuen Romans in seinen Laptop getippt, als er das zaghafte Klopfen an der Zimmertür hörte und irritiert aufsah. Wer sollte ihn hier besuchen? Einen Zimmerservice kannte man im ›Hirschen‹ nicht. Und Rita als Einzige, die das gerne einmal anbot, hatte man augenscheinlich getötet. Die Überraschung stand Patrick wohl ins Gesicht geschrieben, als er die Tür zögerlich öffnete und dahinter die Visage des Bürgermeisters Holzberg entdeckte. Ein in Frauenkleider gehüllter Grizzly hätte ihn nicht mehr aus der Fassung bringen können.

»Wollten Sie wirklich zu mir, Herr Holzberg?«

»Aber ja, Herr Schreiber! Ich wollte mich persönlich für das Auftreten meines Sohnes vorige Tage noch mal entschuldigen und Sie fragen, ob ich Ihnen irgendwie behilflich sein kann – ich meine damit natürlich Ihre Schreiberei. Kann ich einen Augenblick hereinkommen?«

Schreibers Gesicht drückte wohl sehr deutlich aus, was er in diesem Moment über Holzbergs Besuch dachte, trat dennoch zurück und ließ Holzberg eintreten.

»Das ist sehr nett von ihnen. Darf ich mich setzen?«

Da dieses Zimmer lediglich eine Zwei-Sterne-Ausstattung besaß, blieb Holzberg nur der einzige mit rotem Stoff bezogene Polsterstuhl aus Kaiserzeiten, wobei Patrick nur noch das Bett zur Verfügung stand. Einen Seitenblick auf Schreibers Laptop werfend, der noch vor ihm auf dem Schreibtisch auf weitere Eingaben wartete, bemühte Holzberg sich erst gar nicht, um den heißen Brei zu reden. Es war eine mehr unterbewusst ausgeführte Bewegung, als Patrick den Laptop zuklappte.

»Sie schreiben bereits an Ihrem Buch, sehe ich. Das soll vermutlich die Geschehnisse aus diesem Ort zum Inhalt haben, sagt man. Nun müssen Sie verstehen, dass ich als Bürgermeister nicht unbedingt von dem Gedanken begeistert sein kann, dass diese unangenehme Geschichte in der Öffentlichkeit in einem falschen Licht geschildert wird, und die Touristen ...«

»In einem falschen Licht?«, unterbrach er diesen arroganten Fatzke und spürte, wie sich Zorn in ihm aufbaute. »Herr Holzberg, Sie scheinen etwas nicht ganz zu verstehen. Ich schreibe hier kein Protokoll, wie bei den Ermittlungsbehörden, sondern ein Buch.« Dieses Wort dehnte er besonders, um keine Irrtümer aufkommen zu lassen. »Ich verwende darin lediglich Geschehnisse aus der Realität, verändere jedoch Namen, Firmen und Örtlichkeiten, damit man keinen direkten Bezug herstellen kann und ich vor Rechts- und Persönlichkeitsverletzungen geschützt bin. Sie können beruhigt schlafen, da der Ruf dieses doch so unschuldigen Dorfes in keiner Zeile meines Romans besudelt wird. Ich garantiere Ihnen jedoch, dass diese ungeheuerlichen Taten eines Serienmörders und die unwürdige Menschenjagd Niederschlag in den Berichten des LKA und in Kürze auch in der Tagespresse finden werden. Glauben Sie, dass man solche Schreckenstaten vor der Öffentlichkeit geheim halten kann? Hier wäre mein Buch nur eine marginale Ergänzung und Ihr geringstes Problem.«

Er hatte sich, ohne dass es beabsichtigt war, in Rage geredet. Die Röte in Holzbergs Gesicht zeigte, dass er ihn an der richtigen Stelle getroffen hatte. Ob Holzberg latent unter Kurzatmigkeit litt, konnte er nicht beurteilen. Doch der Griff an den Kragen zeigte, dass es sich wohl um einen besonders schlimmen Anfall handeln musste.

»Herr Schreiber«, setzte er schwer atmend an, »so habe ich das nicht gemeint. Mir geht es einzig und allein darum, dass keine Unwahrheiten verbreitet werden, die dem Ansehen der hier lebenden Menschen schaden.«

»Sie meinen wohl eher damit Ihren Ruf als Geschäftsmann? Oder irre ich mich da? Ich wiederhole deshalb noch mal nur für Sie, Herr Bürgermeister: andere Orte, andere Namen. Allerdings gestatten Sie dem Autor auch schriftstellerische Freiheiten. Er kann die Geschichte aus seiner Sicht jederzeit nach Gutdünken verändern, solange er sich dabei nicht darauf beruft, dass sich sämtliche Geschehnisse tatsächlich so abspielten. Ist das jetzt auch für Sie klar? Ihr Name, lieber Herr Holzberg, wird nirgendwo auftauchen. Es sei denn, Sie wünschen das.«

Während er diesen Monolog vortrug, hatte er seinen Oberkörper so weit nach vorne gebeugt, sodass er den Atem seines Gegenübers unangenehm im Gesicht spürte. Sofort griff er in Richtung Konsole und umfasste die dort stehende Wasserflasche, die unschuldig den Blick auf den Cognac verdeckte, der dahinter noch vom Vorabend stand. Jetzt musste er den aufgestauten Ärger den trockenen Hals hinunterspülen. Dazu goss er etwas Mineralwasser ins Glas, schwenkte kurz die Reste des Cognacs frei und ließ das Ganze im Topf der sowieso vertrockneten Grünpflanze auf der Fensterbank verschwinden. Nachdem das Glas nun endgültig mit klarem Mineralwasser gefüllt wurde, verschlug es ihm schon etwas die Sprache, als Holzberg ihm das Glas einfach von der Konsole nahm und den Inhalt mit einem Zug austrank. Sein langgezogenes Aaahh sollte wohl verdeutlichen, dass die Flüssigkeit seinem Empfänger Wohlbehagen gebracht hatte. Das leere Glas reichte er Schreiber mit einer beeindruckenden Unschuldsmiene zurück.

»Kann ich noch etwas für Sie tun, Herr Bürgermeister?«, versuchte er den Besucher zu entlassen, während er aufstand und zur Tür lief.

»Das war ja nur der eine Grund für meinen Besuch, Herr Schreiber. Hören Sie: Wir sind ja beide lediglich Beobachter in dieser Sache und genießen dennoch den Vorteil, über alle Ermittlungsergebnisse im Bilde sein zu dürfen. Da wir unterschiedliche Quellen haben, Sie den Herrn Kalkove, ich Herrn Pieper wäre es doch vielleicht von Nutzen, wenn wir uns dahingehend, wie sagt man, auf dem Laufenden halten. Ein Abgleich im Wissensstand wäre doch für beide ein Vorteil. Nicht, dass Sie denken, ich hätte etwas zu verbergen, aber es ist ja immer gut, auf dem aktuellen Stand zu sein.«

Mit der unschuldigen Miene eines frischgeborenen Welpen sah er Patrick erwartungsvoll in die Augen und lächelte abwartend, während dieser fassungslos die Unterlippe fallen ließ.

War dieser erfolgsverwöhnte, arrogante Fatzke wirklich der Meinung, dass ich mit ihm auch nur das kleinste Geheimnis teilen würde? Hatte er andere als die von ihm genannten Gründe, um hier ausgiebig informiert zu werden?

»Lieber Herr Holzberg. Sind Sie etwa der Meinung, dass man mich als Außenstehenden seitens der Polizei über Ergebnisse informiert? Solange kein klarer Verdacht gegen eine Person besteht, ist jeder verdächtig ... auch Sie und ich. Ist Ihnen das nicht klar? Kalkove teilt mit mir nicht jeden

Ermittlungsfortschritt, da er mich noch immer auf seiner Liste der Verdächtigen führt. Ich habe das Mädchen schließlich gefunden. Nicht allzu oft glaubt die Polizei dabei an solche Zufälle.«

Die Miene des Bürgermeisters verfinsterte sich schlagartig.

»Ich sehe, Sie wollen meine Sorge und meine guten Absichten nicht erkennen. Man hätte ja eventuell die Ermittlungsarbeiten unterstützen können. Gut, dann eben nicht, Herr Schreiber«, bemerkte Holzberg und erhob sich sichtlich verärgert.

»Ich empfehle Ihnen, sich bezüglich der Zusammenarbeit direkt an den Ermittler, Herrn Kalkove, zu wenden. Der ist dankbar für jeden Hinweis aus der Bevölkerung. Der wird Ihre Bemühungen, aktiv die Ermittlungen vorantreiben zu wollen, mehr schätzen, als ich es vermag.«

Diese Bemerkung konnte Schreiber einfach nicht unterdrücken, während Holzberg Richtung Zimmertür strebte. Hart schlug sie ins Schloss, bevor der Mann die Treppe erreichte. Patrick interessierte jetzt brennend, was Kalkove wohl von dieser Unterhaltung halten würde? Die vorgeschobenen Argumente dieses Wichtigtuers waren ihm einfach zu augenscheinlich.

12

Schreiber zählte sich in mancher Hinsicht doch zu den Gewohnheitstieren. Mit Ritas Abwesenheit musste er sich aus gegebenem Anlass abfinden. Doch Kalkoves Gesellschaft gehörte schon zum morgendlichen Ritual. Sein Frühstück am Samstagmorgen musste er zu seinem Erstaunen allein einnehmen. Kalkove schien wie vom Erdboden verschluckt und hatte sich auch am Freitag nicht mehr sehen lassen. Die Stimmung im ›Hirschen‹ war in den letzten Tagen spürbar gedrückt. Die Leichenfunde im Hallenberger Wald waren verständlicherweise Thema Nummer eins und wurden in der Öffentlichkeit und an den Stammtischen der umliegenden Gaststätten heiß diskutiert. Nur im ›Hirschen‹, der Arbeitsstätte eines der Opfer, schien man das Geschehene nicht laut ansprechen zu wollen. Mit hochgezogenen Schultern und auf den Boden gerichtetem Blick ging das Personal routinemäßig seinen Aufgaben nach. Alle versuchten, jedes die Morde betreffende Gespräch zu vermeiden. Die massiven Anfragen der Presse waren mittlerweile nervig. In Interviews wurden immer wieder die gleichen Fragen nach Verdächtigen gestellt. Da sich die Polizeibehörde in Schweigen hüllte, erhoffte man sich Neuigkeiten von den Bewohnern. Gott sei Dank war es bisher nicht offenkundig, dass er das erste Opfer gefunden hatte. Auf diese Art von Publicity konnte

Patrick verzichten. Angst lag über dem Ort, wobei ein aufziehendes Tief mit Nieselregen und fehlender Sonne seinen Teil dazu beitrug. Schon beim Aufwachen und dem Blick aus dem Fenster hatte Schreiber beschlossen, den Tag dem Schreiben zu widmen, damit Claire nachmittags wenigstens einen gewissen Arbeitsansatz bei ihm feststellen konnte. Mittlerweile hatte er erkannt, wie stark er von ihrem Wohlwollen abhängig geworden war. Da sein Appetit am Morgen lediglich für ein Brötchen, ein Ei und zwei Tassen Kaffee reichte, belegte er das verbleibende Brötchen mit Käse und nahm es als Wegzehrung für den laufenden Tag mit aufs Zimmer. Das Zimmermädchen Marianne war gerade damit beschäftigt, die Betten neu zu beziehen und das Bad zu reinigen. Er sah darin eine Gelegenheit, ihre Meinung zu den Morden einzuholen. Marianne war schließlich hier in der Gegend geboren und kannte deshalb fast jeden Bewohner persönlich. Doch kaum hatte er diesbezüglich die erste Frage an sie gerichtet, zuckte sie zusammen, als hätte sie der Blitz getroffen. Die Angst war vor allem in der weiblichen Bevölkerung allgegenwärtig und stets spürbar. Seine Wiederholung der Frage holte sie zurück, als sie wieder im Bad verschwinden wollte.

»Kannten Sie eigentlich Rita gut? Ich meine damit, waren Sie beide nicht sogar befreundet? Gab es bei ihr vielleicht Bekanntschaften mit Männern?«, begann Patrick vorsichtig das Gespräch.

»Wir kannten uns eigentlich nur flüchtig, wie man eben jemanden so kennt. Wir waren ja immer getrennt tätig im Haus«, beeilte sie sich zu erklären. Sie sah zur Tür, als ob sie sich vergewissern wollte, ob der einzige Fluchtweg noch frei war.

»Nun ja, aber man trifft sich doch hin und wieder auch privat in der Freizeit. So wahnsinnig viel Abwechslung gibt es doch hier im Ort nicht und der ›Hirsch‹ ist nun mal der Haupttreff.«

»Ich gehe nach dem Dienst sofort zurück nach Hause und versorge meine Mutter. Die ist schon seit Jahren behindert. Das Getratsche im ›Hirschen‹ abends mag ich nicht, habe genug im Haus zu tun. Unsere Tiere müssen ja auch noch versorgt werden. Da gibt es abends keine Zeit für Tanz und Liebschaften.«

Wenn man dieses biedere, arbeitsame Wesen ansah, das mit seinen geschätzten vierundzwanzig Jahren um viele Jahre älter aussah, konnte man Mitleid empfinden. Neben der lebensbejahenden Rita wirkte dieses Geschöpf wie eine Distel an der Seite einer verführerischen Rose. Der Unterschied bestand nur darin, dass die herrliche Rose längst verblüht war. Aus einem Taktgefühl heraus ließ Patrick Marianne in Ruhe ihre Aufgaben erledigen. Anschließend nahm ihn der Text voll in Anspruch, sodass die Zeit wie im Fluge verging. Erst der Hunger am Mittag sorgte dafür, dass er relativ zufrieden auf sein Tagwerk blickte, das Gerät zuklappte und das Zimmer Richtung Restaurant verließ. Das belegte Brötchen war zwischenzeitlich zäh und damit für ihn ungenießbar geworden.

»Der Sauerbraten ist heute besonders zu empfehlen, Herr Schreiber. Möchten Sie ein Glas Roten dazu?«

Die Ansprache der Wirtin, wie immer sehr emotionslos vorgetragen, erreichte ihn schon, bevor überhaupt sein Tisch in Sichtweite kam.

»Den Braten nehme ich, aber heute bitte nur mit Mineralwasser! Ich bekomme nachher Besuch und muss einen klaren Kopf bewahren.«

»Na dann«, bemerkte sie, zuckte mit den Schultern und verschwand in der Küche.

Das Essen im ›Hirschen‹ war wirklich sehr empfehlenswert, besonders, wenn man über großen Hunger verfügte. Das traf auf Schreiber allerdings derzeit nicht unbedingt zu. Nach der Hälfte der Mahlzeit stocherte er daher lustlos darin herum und malte sich im Kopf bereits aus, wie das Gespräch mit Claire wohl ablaufen könnte. Sie hatten sich mindestens ein Jahr nicht gesehen, lediglich sachlich formulierte E-Mails zugeschickt. Die Zeit mit ihr war zugegebenermaßen sehr aufregend gewesen und weckte einige gute Erinnerungen. Ja, bis es ihr reichte und sie ihm die rote Karte zeigte. Er war eben kein Mann, der für längere Verbindungen geschaffen war. Es glich einer Selbstaufgabe, als er seine wenigen Habseligkeiten damals packte. Der übereilte Umzug nach Deutschland entwickelte sich mehr zu einer Flucht vor sich selbst und den scheinbar unüberwindlichen Problemen. Zu dieser Zeit wollte er sich dieser ausweglosen Situation auf keinen Fall stellen. Es gab da ja noch dieses kleine Helferlein ... den Alkohol. Keine gute Idee, wie er nach etlichen Versuchen der Eigentherapie feststellen musste. Er musste sich nicht extra umdrehen, um erkennen zu können, wer gerade die Gaststube betrat. Kalkove warf einen großen Schatten und allein das Vibrieren beim Auftreten war in den Holzdielen spürbar.

»Sie sind schon fertig mit Essen, Schreiber? War es gut?«

Dabei sah er neugierig auf die Reste seiner Mahlzeit, wartete die Antwort aber gar nicht ab, sondern blickte sich suchend um.

»Für mich das Gleiche!«, rief er der Wirtin zu, die neugierig unter der Durchreiche zur Küche herauslugte. Sie schien es wohl an den Schwingungen im Dielenboden zu spüren, wenn ihr Umsatzfavorit die Gaststube betrat.

»Auch nur mit Mineralwasser?«

Mittlerweile hatte die Wirtin die Küche verlassen und näherte sich. Ungläubig betrachtete Patrick ihr Lächeln, mit dem sie normalerweise äußerst sparsam umging und es nur wenigen Gästen gönnte. Er gehörte definitiv noch nicht zu dem erlesenen Kreis der Auserkorenen.

»Mit was?«, wollte der Hauptkommissar wissen. Kalkoves Augenbrauen hoben sich verwundert, und sein Blick war dabei fragend auf Schreiber gerichtet.

»Geht es Ihnen heute nicht gut? Da muss was Schreckliches passiert sein. Wasser? S i e ?«

Etwas gereizt erklärte der ihm, dass er wichtigen Besuch erwartete. Obwohl es die Realität perfekt beschrieb, wollte ihm diese Frage bezüglich seines Trinkgebarens nicht wirklich gefallen. Eine weitere Erklärung blieb er dem Polizisten schuldig.

»Na dann! Für mich bitte wie immer einen kleinen Roten«, rief Kalkove der Wirtin hinterher, bevor sie wieder in der Küche verschwand. Ohne weitere Einleitung wandte er sich wieder seinem Gegenüber zu. »Komme gerade aus Düsseldorf. Die Speichelproben haben wir nun durch, und keine einzige DNA ist bei den gefundenen Körpern sowie an den Gerätschaften in der Hütte aufgetaucht. Der Täter oder die Täterin muss sehr clever sein und hat wahrscheinlich stets Handschuhe, vielleicht sogar Schutzkleidung getragen.«

»Täterin?«

»Herr Schreiber, wir dürfen hier nicht blind davon ausgehen, dass es zwingend ein Mann war. Das kann auch die Tat einer kräftigen Frau sein. Was mir noch etwas Kopfzerbrechen macht, ist die Tatsache, dass wir auch in der Umgebung des zweiten Tatortes nicht eine Spur fanden, die auf die Art des Transportes Hinweise liefern könnte.«

Während er das mitteilte, stellte ihm die Wirtin wortlos das Essen und den Wein auf den Tisch. Es konnte eine optische Täuschung sein, aber Patrick hatte den Eindruck, als wäre Kalkoves Portion noch etwas reichlicher ausgefallen als seine zuvor. Diese Überlegung fand ein relativ schnelles Ende, da er den Braten in rekordverdächtiger Zeit seiner Bestimmung zuführte und den leeren Teller zur Tischmitte neben Schreibers schob.

»Gut war das«, war die knappe Bemerkung, während die Wirtin abräumte. Ein vorwurfsvoller Blick in Patricks Richtung sollte wohl deutlich machen, dass sie den halbvollen Teller nicht unbedingt als Kompliment bezüglich ihrer Kochkunst erachtete.

»Kaffee, der Herr?«, wurde die Frage auch einzig an Kalkove gerichtet. Ein Grinsen in Kalkoves Gesicht sollte wohl Ja bedeuten. Zumindest reichte es aus, um die Wirtin tätig werden zu lassen. Er erinnerte sich daran, Bericht zu erstatten, und legte wieder los.

»Übrigens ist uns eines klar: In beiden Fällen handelte nicht unbedingt der gleiche Täter. Wir haben die Leichen nun identifiziert, die Körperteile den entsprechenden Personen zugeordnet und dann weitere pathologische Untersuchungen angestellt. Wie Sie bereits wissen, handelte es sich bei dem von Ihnen gefundenen Opfer um Miriam Rotthof. Das letzte Opfer aus der Grube ist eindeutig Rita Meiler. So heißt sie übrigens vollständig. Wir sind dann die Vermisstenliste der letzten zwölf Monate durchgegangen und haben nach eingehenden Abgleichen und Recherchen feststellen können, dass die anderen Opfer ebenfalls kurz vor ihrem tragischen Tod zugereist waren. Niemand aus der Nachbarschaft hat sie daher vermisst, nur die Verwandten wunderten sich über fehlende Rückmeldungen.«

»Seid ihr denn bei den anderen Opfern fündig geworden? Die sahen ja schließlich nicht mehr appetitlich aus, wie ich hörte.«

Absolut unbeeindruckt klärte Kalkove auf. Alles legte Patrick in seinem Gedankenspeicher ab, um es in der Story an passender Stelle einfügen zu können.

»Was vor vielen Jahren noch als unmöglich galt, ist heutzutage kein Hexenwerk mehr. Die moderne Rechtsmedizin und der Fortschritt in den Laboren kann zum Beispiel anhand von DNA Tatsachen bestimmen, die selbst uns Ermittler manchmal verwundern. Die können feststellen, was ein ägyptischer Pharao als letzte Mahlzeit zu sich nahm und ob er kurz vor seinem Tod noch Sex hatte. Doch die Identität eines Menschen festzustellen, ist mittlerweile eine Kleinigkeit.«

»Das heißt, dass Sie mittlerweile sogar Namen haben?«

»Natürlich, Schreiber. Da haben wir zum Beispiel Helga Mathes. Sie war dreiundzwanzig, recht attraktiv, dunkelbraunes Haar und lebenslustig, wohnhaft in Altenberg. Das Gleiche könnte man über die sechsundzwanzigjährige Anita Worms behaupten, nur dass sie eher brünett war. Sie stammte aus Remscheid. Die Todesursache war in allen drei Fällen Ersticken. Wir vermuten mittels Plastiktüten, da keine Würge- oder Strangulierungsmale vorhanden waren. Lediglich recht unscheinbare Male am Hals wiesen auf eine schmale Schnur hin, wie wir sie als Verschluss an Plastiktüten finden können. Anschließend nahm man posthum die Zerstückelung vor. Und jetzt kommt's: Die Opfer in der Hütte wurden chirurgisch sauber mit einer Trennscheibe zerlegt. Glatte Schnitte, wie man sie von Hand nicht ausführen könnte. Bei Miriam Rotthof jedoch benutzte der Täter eine handelsübliche Holzsäge, in deren Handhabung er allerdings ziemlich ungeübt scheint. Das erkennen wir an dem mehrfachen Ansetzen der Säge. Der Fundort ist jedoch nicht der Tatort, da wir keinerlei Blutspuren fanden. Fußspuren waren nicht mehr klar erkennbar, wie Sie sich ja gut vorstellen können.«

Schreiber hatte das Gefühl, dass der Begriff der Blutleere augenblicklich auch auf sein Gesicht zutraf. Sofort erinnerte er sich daran, wie er rund um die Fundstelle gewütet hatte. Den Rest erledigten die ungeübten Dorfpolizisten in Piepers Gefolge. Er stellte sich die Beschreibungen der Opfer immer vor seinem geistigen Auge vor. Eigentlich erleichterte ihm diese Gabe das Schreiben, doch in diesem speziellen Fall verfluchte er sie, zumal sie grausame Realität waren und blutige Details zeigten.

»Geht es Ihnen gut, Herr Schreiber? Soll ich Ihnen nicht doch einen Cognac bestellen?«

Ein zaghaftes Nicken muss Kalkove ausgereicht haben, sein Vorhaben in die Tat umzusetzen. Höchstens eine Minute später stand jeweils ein doppelter Cognac vor ihnen. Mit der größten Selbstverständlichkeit der Welt reichte er das Glas und stieß lächelnd an. Zumindest beim Trinken war Schreiber ihm ebenbürtig, sodass sie fast gleichzeitig die Gläser absetzten. Das Getränk gab Patrick relativ schnell wieder die Fassung und eine gesunde Gesichtsfarbe zurück, sodass sein Gehirn wieder die ihm zugedachten Aufgaben übernahm.

»Wie ungemein beruhigend, dass wir es hier in diesem beschaulichen Nest jetzt sogar mit zwei Serienkillern zu tun haben. Alles andere wäre ja auch viel zu simpel gewesen. Meine Leser werden es mir zu danken wissen.«

Dass Patrick in diesem Augenblick zu feinem Sarkasmus fähig war, war wohl der beruhigenden Wirkung des Cognacs zuzuschreiben. Kalkove schien unbeeindruckt, jedoch interessiert auf weitere Ausführungen von ihm zu warten. Er schaute ihn völlig gelassen an, als er schließlich die Feststellung traf.

»Ich glaube nicht daran, dass wir es mit Serienkillern zu tun haben, Schreiber. Die meisten Menschen verwechseln in diesem Zusammenhang die Begriffe. Ein Serienmörder sucht sich seine Opfer willkürlich aus, verfolgt keine besondere Strategie bei der Auswahl. Meiner Meinung nach handeln in unserem vorliegenden Fall Mehrfachtäter. Der Unterschied besteht darin, dass diese ihnen bekannte Opfer töten, meist aus Rache oder Habgier. Uns fiel zumindest eine Ähnlichkeit zwischen den Frauen auf und dass sie alle zugereist waren. Der Vollständigkeit halber möchte ich aber in diesem Zusammenhang auch den Intensivtäter erwähnen. Der wiederum zeichnet sich dadurch aus, dass er in schneller Folge verschiedene Straftaten begeht, wobei selbst Mord nicht ausgeschlossen wird. Allen dreien ist aber eines gemein: Ihnen fehlt jegliches Unrechtsbewusstsein, wobei sie die Taten ohne jede Reue begehen. Es geht nur um das Ausüben von Macht.«

Kalkove warf seinem Gegenüber einen forschenden Blick zu und schockierte ihn mit einem überraschenden Themenwechsel.

»Wo waren Sie eigentlich am Montag, sagen wir einmal nach dem Frühstück?«, kam es völlig emotionslos aus seinem Mund. Ungläubig sah Schreiber seinen Tischnachbarn an und konnte nicht glauben, dass er das gerade gefragt wurde.

»Das kann doch nicht Ihr Ernst sein, dass Sie mich als Verdächtigen einstufen?«, setzte er an.

»Wo waren Sie nach dem Frühstück, also in der mutmaß-lichen Tatzeit, besser gesagt bei Ritas Ermordung?«, wieder-holte Kalkove seine Frage ohne jede weitere Regung.

»Habe das Frühstück gemeinsam mit Ihnen eingenom-men, daran werden Sie sich ja wohl erinnern?«

Aus ausdruckslosen Augen sah ihn Kalkove wortlos an und wartete scheinbar auf weitere Ergänzungen.

»Als ich gerade auf mein Zimmer gehen wollte, erschien dann dieser Franz Holzberg, der Sohn vom alten Holzberg.«

»Ich weiß, wer Franz Holzberg ist. Erzählen Sie weiter!«

Patrick erzählte ihm ausführlich von dem grandiosen Auf-tritt dieses Wahnsinnigen. Es war feststellbar, dass Kalkove hierbei sehr interessiert die beiden Lauscher hochgestellt hatte und seinen Ausführungen aufmerksam folgte.

»Bin danach, so um etwa zwölf Uhr rüber zum Tinten-shop, weil mein Drucker Nachschub benötigte. Der Inhaber wird das bestätigen, weil er auch Schwierigkeiten mit meinen HP-Patronen hatte. Das Nachfüllen mit der billi-geren Tinte war ziemlich langwierig. Habe dann auf dem Zimmer die Patronen in den Drucker eingesetzt und einige Seiten aus dem Internet ausgedruckt. Ja, warten Sie einmal. Ach so, dann gab es ja die Versammlung vor Kammans Haus und wir sind alle zur Hütte raufgefahren. Was dann geschah, wissen Sie ja.«

»Gut, Schreiber, dann hätten wir das ja geklärt. Danke!«

Kalkove erhob sich und verschwand mal wieder ohne jede weitere Anmerkung. Noch lange dachte Patrick über das Gespräch beziehungsweise das Verhör nach und kam letzt-lich zu dem Schluss, dass Kalkove nur seine Pflicht tat. *Er versucht lediglich, den Kreis der Verdächtigen einzugrenzen. Schließlich gehörte ich erstaunlicherweise zu jenen, mit denen er sich intensiv austauschte. Das setzte natürlich voraus, dass man diesem Menschen auch restlos vertrauen konnte.* Nach diesen Erkenntnissen kehrte Ruhe bei Schreiber ein, sodass er sich entspannt auf sein Bett legte und ihn das Reich der Träume sehr schnell fest in die Arme nahm.

13

Die Ereignisse der letzten Tage hatten es wohl bei Schreiber installiert. Er besaß plötzlich ein Alarmsystem. Das Gefühl, nicht mehr allein im Raum zu sein, ließ ihn blinzeln und mit einem Ruck in die Senkrechte schießen. Auf ihrem Reisekoffer sitzend, betrachtete ihn Claire in aller Ruhe. Ihr Gesichtsausdruck konnte alles gleichzeitig ausdrücken – Mitleid, Sorge oder Spott. Er war sich nicht sicher, was er momentan mehr fürchten musste. Claire hatte es irgendwie geschafft, ins Zimmer zu kommen. Wie, blieb ihr Geheimnis. Es hätte ihn allerdings interessiert, als was sie sich bei der Wirtin ausgegeben hatte. Jeder wusste im Haus, dass er Single war. Egal. Jetzt hieß es, das Beste aus der Situation zu machen.

»Hi, Claire. Habe mich nur ein wenig nach dem Essen hingelegt, um dann ausgeruht weiterschreiben zu können«, log er ganz spontan mit müder Stimme. Der Ausdruck in ihrem Gesicht zeigte nun nur noch Spott, wobei er die Quittung für seine Notlüge prompt serviert bekam.

»Ich rieche den Grund bereits für deine Schaffenspause, großer Meister. Scheinbar hast du deinen Lebensstil perfektioniert. Früher kamst du nach deinen Saufereien nicht so schnell aus dem Bett. Die Flasche Cognac hättest du anstandshalber besser verstecken können. Schließlich wusstest du, dass ich heute komme.«

»Die erste Runde geht klar an dich. Treffer – versenkt!«, antwortete Patrick kampfeslustig. »Ich denke, dass ich dich nicht davon überzeugen kann, dass alles ganz anders ist, als es aussieht?«

»Ich glaube nicht, dass du meine Nase davon überzeugen kannst, dass sie einem Irrtum unterliegt und du dein Rasierwasser neuerdings aus einer allgemein bekannten Brennerei beziehst«, reagierte sie schnippisch. In ihrer typischen Art warf sie das lange gepflegte Haar mit einer geübten Bewegung des Kopfes nach hinten. Obwohl er von dieser Geste sofort beeindruckt war und alte Gefühle spontan hochkamen, versuchte Patrick, absolut cool zu bleiben.

»Spar dir bitte deine Ironie und lass uns nicht da weitermachen, wo wir vor langer Zeit aufgehört haben. Das hilft uns bei unseren Problemen in keiner Weise weiter!«

»Hört, hört, da regt sich plötzlich Widerstand. Ein gutes Zeichen nach deinem so beschämenden Abgang. Deine Selbstaufgabe war damals abstoßend und deiner nicht würdig. Nun, vielleicht hast du wenigstens die Achtung vor dir selbst wiedergefunden. Den Alkohol scheinst du ja als deinen engsten und wohl auch einzigen Partner bereits akzeptiert zu haben.«

Er wollte sich nicht auf diese Diskussion einlassen. Nein, nicht jetzt, nicht hier. Und während sie versuchte, ihm den Spiegel vorzuhalten, betrachtete er sie genauer und musste feststellen, dass die Zeit zwar winzig kleine Fältchen um ihre Augen hat entstehen lassen, ihre Attraktivität jedoch auch weiter verstärkt hatte. Menelaos, der König von Sparta, konnte in der Antike mit der göttlichen Helena nur eine billige Kopie von Claire gewählt haben, so wie sie jetzt vor ihm saß. Claire war eine der Frauen, die es schafften, mit den Jahren an Attraktivität zuzulegen. Eine Frau saß vor ihm, die jeden Mann verzaubern konnte – ob durch Schönheit, Klugheit oder Verschlagenheit. Sie besaß von allem eine gewaltige Portion.

»Bitte Claire, lass uns wie zwei Erwachsene miteinander reden. Ich möchte doch nicht mit dir streiten. Ich kann und will das nicht mehr. Können wir uns nicht auf Frieden einigen?«

»Wie weit bist du mit deinem neuen Buch?«, kam statt einer Antwort die gezielte Frage, ohne dass sich ihr Gesichtsausdruck grundlegend verändert hatte. Enttäuscht über ihre Reaktion, erinnerte er sich an viele Gründe, die er ihr geliefert hatte und ihre Missbilligung rechtfertigten. Wie oft hatte er sie durch seine blamablen Auftritte bei Treffen mit Freunden oder Geschäftspartnern verletzt. Der Alkohol stand immer zwischen ihnen. Und doch hatte sie jahrelang seine Eskapaden geduldet, sie entschuldigt und erst, als es gar nicht mehr ging, die Reißleine gezogen. Das, was er ihr zum Schluss mit anderen Frauen antat, war einfach nicht mehr zumutbar. Tausendfach habe er all das bereut, was in dieser Zeit geschehen war, doch Claire war für ihn verloren, unerreichbar geworden. Es musste vor allem für sie sehr nachhaltig gewesen sein, weil er niemals von einer folgenden Männerbekanntschaft hörte. Claire hatte einen Weg ohne neuen Partner gewählt. Wer wollte es ihr verübeln?

»Dein Buch, Patrick – hallo.«

»Ach ja .... es wird eine Geschichte, die ihren Ursprung in diesem Ort hat«, legte er mit der Absicht los, ihr zu imponieren.

»Habe schon etwas von dieser Weltmetropole gesehen. Die Story wird bestimmt aufregend. Dann haben wir ja schon die Basis für deinen neuen Bestseller und sind aus dem Schneider.«

Der Zynismus war unüberhörbar, sodass es ihm Mühe bereitete, nicht im gleichen Ton dagegen zu halten.

»Claire, das geht so nicht. Wir müssen eine Basis finden, auf der wir reden können. Trenne das Persönliche einmal für kurze Zeit vom Geschäftlichen. Wenn du dem Mann in mir schon kein Vertrauen mehr schenkst, was ich übrigens gut verstehen kann, lasse es doch wenigstens zu, wenn es um unser Geschäft geht.«

Zumindest erreichte Patrick, dass sie die Stirn leicht in Falten legte, kurz mit den Fingern auf das Kinn tippte, um ihm dann wieder trotzig, aber wenigstens interessiert, ihr Gesicht zuzuwenden.

»Gut, machen wir es so«, erklärte sie sich mit einem selbstsicheren, dennoch koketten Lächeln auf den vollen Lippen bereit. Ihm fiel ein Stein vom Herzen.

»Kann man in dieser Weltstadt wenigstens irgendwo etwas Vernünftiges essen? Ich habe einen Bärenhunger.«

Dieser so unerwartete, plötzliche Stimmungswechsel signalisierte ihm äußerste Vorsicht, da er jetzt Claire Forman vor sich hatte, die knallharte Verlegerin. Das war ihr Verhandlungsgesicht bei Geschäftstreffen. Ablenkung war das Zauberwort. Gut, dass er darauf vorbereitet war. Oft genug hatte er miterleben müssen, wie sie sperrige Verhandlungen durch einen geschickten Planwechsel zu ihren Gunsten umbog. Sie besaß viele Gesichter.

»Wir werden uns mit der Hauskarte begnügen, da wir ansonsten in den Hauptort fahren müssten. Aber das Essen ist hier absolut genießbar.«

Claire ließ den Koffer und ihren schicken Mantel in seinem Zimmer. Als er seine Haare etwas gerichtet hatte, fühlte er sich gewappnet, um dieser Frau seine volle Aufmerksamkeit zu widmen. Das Sakko vervollständigte sein

Outfit, und er öffnete ihr galant die Tür. Als sie den Gastraum betraten, fiel ihm die plötzlich eintretende Stille auf. Hätte er einen lila Tiger mit gelber Schleife am Halsband geführt, wäre das Erstaunen nicht größer gewesen. Zwangsläufig mussten sie an dem Tisch vorbei, an dem Kalkove eine Vesperplatte Vergangenheit werden ließ. Während Patrick die beiden miteinander bekannt machte, revidierte er seine Meinung über diesen grantigen LKA-Mann gewaltig. Gentlemanlike erhob er sich von seinem Stuhl, um auf der angebotenen Hand von Claire einen Handkuss anzudeuten.

»Es ist mir eine Ehre, Sie kennenzulernen ... Claire, so ist doch Ihr Name, oder? Endlich geht in diesem dunklen Nest auch einmal am Abend die Sonne auf.«

»Sie sind sehr charmant, Herr Kalkove. Ich hoffe, dass wir in den nächsten Tagen noch einmal die Gelegenheit haben werden, uns zu unterhalten. Ihnen noch weiterhin einen guten Appetit!« Im Weitergehen stellte sie Patrick gegenüber fest, ohne sich umzudrehen: »Ist das ein netter Mann, Patrick. Man sollte gar nicht meinen, dass er in einem solch schweren und verantwortungsvollen Beruf arbeitet.« Unvermittelt neigte sie plötzlich verschwörerisch ihren Kopf in seine Richtung. Ein angenehmer Duft von Blumen, der ihm allerdings unbekannt war, verwöhnte seine Nase. Ein Duft, der diese Frau wie ein Kokon umhüllte und hervorragend zu ihrer Erscheinung passte. Er bestätigte ihre Feststellung mit einem Schmunzeln. Als er ihr den Stuhl zurechtgerückt hatte, erschien wie gerufen die Wirtin. Sie zauberte, man konnte es kaum glauben, ein Lächeln auf ihr Gesicht und händigte den beiden die Speisenkarte aus. Da er die bereits auswendig kannte, empfahl er Claire das Black Angussteak mit Mandelkroketten. Da er sie gut kannte, bestellte er es Medium und dazu eine Flasche Pino Grigio.

Claire bedankte sich mit einem geheimnisvollen Schmunzeln und wartete, bis die Wirtin davongeeilt war.

»Was ist das für eine Geschichte? Bitte ein kurzes Exposé und den Titel. Und vor allem: Wann glaubst du, dass du das Ganze lektoratsreif servieren kannst?«

»Jetzt wird es schwierig.«

»Schwierig? Was kann an der Beantwortung einer so einfachen Frage dermaßen schwierig sein?«

»Du musst wissen, dass die Story sich erst entwickelt, dass sie eigentlich real ist und von mir lediglich eine personelle sowie örtliche Veränderung erfährt. Kurz gesagt, die Morde haben hier gerade erst stattgefunden.«

Das Gesicht seiner Königin erstarrte einen kurzen Augenblick, bevor sie sich flüchtig umdrehte und Kalkove musterte. Als sie sich wieder Patrick zuwandte, wirkte sie erstaunlich aufgewühlt.

»Du ... du willst mir erzählen, dass hier, gerade jetzt, Morde geschehen und man noch nach dem Mörder sucht?«

»Nicht nach dem Mörder ... man sucht nach mindestens zwei Mördern, Claire.«

Er hätte eigentlich flüstern können, da sie den Kopf verschwörerisch über den Tisch geneigt hatte. Nun kam sie eiligst um den Tisch herum, platzierte sich direkt neben ihn und stellte weitere Fragen. Um sie nicht weiter hinzuhalten, erzählte er ihr möglichst detailgetreu, was bisher geschehen war. Wie ein Kind hing sie an seinen Lippen. Das Fieber hatte sie in einer Art gepackt, die er bisher an ihr nicht oft erlebt hatte. Patrick spürte, dass er etwas an Land und Zuversicht gutmachen konnte. Immer wieder blickte sie verstohlen zu Kalkove rüber, der sich allerdings nach seinem allabendlichen Absacker mit einem freundlichen Nicken in ihre Richtung verabschiedet hatte.

»Das ist ja unglaublich. Weißt du Patrick, ich hatte schon Storys, die über reale Mordgeschichten berichteten. Doch niemals war ich während der Ermittlungen dabei. Wer weiß, was da noch alles passiert?«

»Na, hoffentlich nichts mehr!«

»Mensch Patrick, ich habe nicht gemeint, dass da noch jemand ermordet werden soll! Ach, wie gruselig wäre das denn? Hast du denn bis hierher alles geschrieben, was wir morgen vorab ins Lektorat schicken können?«

»Tja, Claire, da waren immer zwischendurch die Ermittlungen, bei denen ich auch eingebunden war ...«

»Also nein, ... noch nichts Verwertbares. Ich hätte es mir denken können.«

Enttäuscht wechselte sie ihren Platz wieder zur anderen Tischseite und vergrößerte ein Loch in der Tischdecke, indem sie wie ein Kind mit der Gabel darin herumstocherte.

»Du wirst deine erste Sendung bis übermorgen erhalten – versprochen.«

Auf Anhieb veränderte sich ihre Miene. Sie grinste und er konnte sich des Eindrucks nicht erwehren, dass sie genau diesen Satz hatte hören wollen. Mit zwei Tellern bewaffnet erschien nun die Wirtin, und sie machten sich genüsslich über das Essen her. Bevor die Wirtin den Tisch verließ, bat er sie um eine weitere Zimmerreservierung für Claire auf unbestimmte Zeit.

»Das habe ich schon auf Bitten Ihrer Begleitung erledigt, Herr Schreiber.«

Claire feixte ihn auf hintergründige Art und Weise an, als sie in Patricks Gesicht das Erstaunen registrierte. Sie erhoben die Gläser und widmeten sich dem guten Pino Grigio.

14

Eigentlich sollte es nur ein Kurzbesuch werden, so hatte es Ralf Pieper wenigstens angekündigt, als er vor etwa zwei Stunden plötzlich vor der Tür stand. Nun war er schon so lange oben bei Cornelia, dass Rainer Holzberg zu der Überzeugung kam, einmal nach dem Rechten sehen zu müssen. Wann hörte das endlich auf? Mit dieser unwürdigen Verbindung war er nun einmal gar nicht einverstanden, denn allein die gesellschaftliche Stellung stand dieser so seltsamen Zweisamkeit im Wege. Doch schienen sich diese beiden Menschen auf eine besondere Art und Weise verbunden. Aus der Küche hörte er das zischende Geräusch, welches ihm signalisierte, dass die Kaffee-Maschine mit der Zubereitung des Kakaos für Cornelia fertig war. Dieses Prozedere leitete normalerweise die allabendliche Zusammenkunft von Vater und Tochter ein, worauf Holzberg sehr großen Wert legte. Sie kannte den Zeitpunkt und den Ablauf dieser Prozedur sehr genau, der exakt bei 20:30 Uhr lag. Heute jedoch hatte er beim Eintreten den Eindruck, als ob er äußerst ungelegen kam. Pieper und Cornelia saßen sich gegenüber und hatten ihre Köpfe ungewohnt eng zusammengesteckt. Die leise geführte Unterhaltung wurde abrupt beendet, und beide sahen Holzberg erstaunt entgegen.

»Ach, ist es schon so spät, Vater?«, äußerte sich Cornelia.

»Ich bin dann so weit, Conny, wir können gleich nach dem Essen noch spielen, bevor du ins Bett gehst.«

Holzberg ignorierte die Bemerkung seiner Tochter und trat näher.

»Will ich nicht, nein. Heute möchte ich nicht spielen, Vater. Ralf ist doch bei mir. Ich unterhalte mich noch etwas mit ihm. Vielleicht morgen wieder.«

Eine Mischung vorsichtiger Zurückhaltung, innerer Ablehnung und Trotz war in diesem Augenblick bei ihr spürbar. Auch im Gesicht von Pieper zeichnete sich deutlich ab, dass Vater Holzberg störte. Holzbergs Gedanken ließen zu, dass er sich eine Intimität zwischen den beiden ausmalte, die für ihn eigentlich unvorstellbar war.

Nicht Conny mit diesem armseligen Befehlsempfänger, dem ungebildeten Uniformträger ... niemals. Das werde ich auf keinen Fall zulassen!

»Herr Pieper, wie weit sind Sie eigentlich mit Ihren Ermittlungen?«, versuchte Holzberg eine Konversation in Gang zu bringen, die schnellstmöglich in einer Verabschiedung enden sollte.

»Vater ... ich habe Besuch. Wir waren gerade mitten im Gespräch ... bitte!«

Empört sah Cornelia ihren Vater an. Sie entnahm seinen Händen schnell die Kakaotasse, um sie sodann auf der Kommode abzustellen. Etwas Ungewöhnliches spielte sich hier ab, was Holzberg nicht einzuordnen vermochte. Dass diese beiden zurückgebliebenen Menschen eine geheime Macht verband, war ihm schon lange klar. Doch heute trat eine besondere Verbundenheit, eine Vertrautheit zutage, die ihm absolut nicht gefallen konnte. Er war hier nicht willkommen und wollte schon die Konsequenzen ziehen, als er es sich doch noch überlegte und konkreter wurde.

»Pieper, hören Sie zu. Es gefällt mir nicht, dass Sie sich zur Abendzeit im Zimmer meiner Tochter aufhalten. Ich möchte Ihnen keine unlauteren Absichten unterstellen, doch ich finde, dass es sich für einen Ehrenmann nicht schickt. Sie wissen genau, dass bei meiner Tochter die Fähigkeit zu eigenen Entscheidungen leicht eingeschränkt ist. Sie ist nicht in der Lage, zu erkennen, ob gute oder eher ehrenrührige Absichten hinter einer Annäherung stehen.«

»Was erzählst du da, Vater?«, empörte sich Cornelia und blickte Rainer Holzberg in einer Art an, die vermuten ließ, dass sie sich gleich auf ihn stürzen würde. »Du kannst doch nicht gegenüber Franz behaupten, dass ich verrückt bin.«

»Ach nein, du nennst diesen Mann schon bei seinem Vornamen? Ist er schon intim geworden? Hat dich der Kerl etwa angefasst? Du musst es mir sagen!«

Dass Cornelia bereits dem Alkohol zugesprochen hatte, erkannten beide Männer daran, dass sie leicht schwankte, als sie sich aufrichtete und auf ihren Vater zugehen wollte. Ralf Pieper hielt sie zurück und stellte sich zwischen die beiden.

»Das, Herr Holzberg, nehme ich Ihnen übel. Sie haben sich gerade uns beiden gegenüber sehr im Ton vergriffen und ich erwarte eine Entschuldigung. Jetzt und hier.«

Cornelia versuchte, sich mit zum Schlag erhobener Hand an Pieper vorbeizudrängen. Ihre Augen zeigten pure Ablehnung, beinahe schon Hass. Ralf Pieper umklammerte ihren Körper und strich ihr beruhigend über das Haar, als sie sich etwas beruhigt hatte.

»Hast du nicht gehört, was Ralf dir gesagt hat? Entschuldige dich gefälligst bei ihm. Bei mir brauchst du das nicht, da es mir scheißegal ist, was du über mich denkst. Aber du darfst so was nicht zu meinen Freunden sagen. Also? Sag ihm, dass es dir leidtut!«

Längst hatte Holzberg eingesehen, dass er in seiner Ablehnung gegenüber diesem Mann weit über das Ziel hinausgegangen war. Er kämpfte mit seinem Stolz und der Unbeherrschtheit, bevor er es herauspresste.

»Es tut mir leid, Pieper. Vielleicht habe ich mich falsch ausgedrückt. Ich wollte eigentlich ...«

Wieder bemühte sich Cornelia, den Vater mit ihren Händen zu erreichen. Sie schrie schließlich heraus, was sie empfand.

»Was du eigentlich sagen wolltest, haben wir gehört. Du hast es so gemeint, wie du es gesagt hast. Versuche nicht, das zu beschönigen. Ich hasse dich wegen deiner Arroganz und deiner verfluchten Eifersucht gegenüber deiner eigenen Tochter. Geh! Geh einfach weg und lass uns in Ruhe. Vergiss die verfickte Entschuldigung, weil sie doch nicht ehrlich gemeint ist.«

Nur langsam beruhigte sich Cornelia und hinkte zurück zum Bett, als sie sich aus Piepers Armen befreit hatte. Noch immer stand Holzberg mitten im Zimmer und starrte ungläubig auf seine Tochter, deren Wutausbruch ihn schockiert hatte. Pieper wandte sich zur Tür, blieb aber neben dem Hausherrn stehen. Seine leise gesprochenen Worte verstand nur Holzberg.

»Ich habe Ihre Tochter nicht berührt. Das schwöre ich bei meinem Leben. Wir sind nur Freunde. Übrigens ist es mir egal, was Sie über mich denken. Doch sollten Sie sich Ihrer Tochter gegenüber mehr beherrschen. Sie hat es verdient, dass man sie gut behandelt, weil sie schon genug gelitten hat und vom Leben bestraft wurde. Denken Sie mal darüber nach, warum sie trinkt.«

Holzberg schluckte eine Entgegnung hinunter, da er wusste, wie recht Pieper hatte. Völlig in Gedanken gehüllt verließ er nach Pieper den Raum.

Hatte dieser popelige Polizist ihn gerade vor seiner Tochter bloßgestellt? Wieso erlaubte sich dieses Nichts überhaupt, ihn zu maßregeln? Das sollte er noch bereuen.

15

»Hast du gut geschlafen, Claire?«, versuchte Patrick höflich Konversation zu betreiben, als sie zum Frühstück an seinem Tisch Platz nahm. Es war nicht zu übersehen, dass der Wein des gestrigen Abends verräterische Spuren in ihrem Gesicht hinterlassen hatte, was ihrer natürlichen Schönheit jedoch nur marginal schaden konnte.

»Geschlafen ... was ist das? Ausgerechnet du fragst mich das? Zuerst pumpst du mich voll mit diesen Gruselgeschichten, um mich dann anschließend auf dein Trinkniveau herabzuziehen. Und jetzt fragst du mich, ob ich gut geschlafen habe? Ich habe ständig zur Tür und zum Fenster geschielt, ob sich dort etwas bewegt.«

»Du hättest ja nur anklopfen brauchen. Mein Zimmer ist doch direkt gegenüber.«

Wenn Blicke Felswände einreißen könnten, wäre er augenblicklich unter einer Geröllhalde verschüttet worden. Missmutig betrachtete sie den Rest seines Frühstücks und ließ dabei die Mundwinkel fallen.

»Wurst, Käse und Rührei, wie Herr Schreiber?«, wollte die Wirtin, die am Tisch auftauchte, höflich von ihr wissen.

»Sag bloß, dass du ganz normal essen konntest? Du sahst ja schlimm aus? Aber was frage ich dich da? Du bist ja Profi!« An die wartende Wirtin gewandt, kam die von ihm bereits erwartete Antwort. »Mir nur eine Kanne starken Kaffee und bitte eine Schmerztablette, wenn Sie haben!«

Sie hätte ihm schon leidtun können, wenn ... ja, wenn sie nicht ständig diese Seitenhiebe ausgeteilt hätte. Da half nur eines: Lächeln. Das schien ihr auch nicht zu gefallen, was unschwer an ihren blitzenden Augen auszumachen war.

»Du strahlst irgendetwas Erotisches aus, wenn du dich böse und abweisend gibst. Ich mag das.«

Mit nichts anderem hätte er sie mehr schocken können, als mit dieser banalen Bemerkung. Völlig aus der Fassung geraten, sah sie ihn irritiert an und startete ein spontanes Ablenkungsmanöver.

»Wie erbarmungswürdig diese arme Frau dort wirkt. Ganz in Schwarz gekleidet, ohne jeglichen Schmuck am Körper und so unendlich traurig.«

Er folgte ihren Augen in Richtung eines Tisches in der äußersten Ecke der Gaststube.

»Kein Wunder, bei dem, was diese Frau ertragen musste!«

Aufmerksam hörte ihm Claire zu, als er ihr die traurige Geschichte um die Treibjagd auf ihren Sohn Paul mit seinem unglaublichen Ende noch einmal detaillierter wiederholte. Angela Kamman sah wirklich bemitleidenswert aus, viel vergrämter als er sie schon von vorher kannte. Die grauen strähnigen Haare waren zu einem schlichten Knoten auf ihrem Kopf eilig zusammengebunden und man konnte sich des Eindrucks nicht erwehren, dass sie erst kurz zuvor wieder gedemütigt worden war. Ein auffallender roter Fleck seitlich an ihrem Hals fand seine Ursache sicher nicht in einer Allergie. Ihre Anwesenheit im ›Hirschen‹ schien eher eine Flucht vor ihrem Peiniger zu sein.

»Kann man dieser armen Frau denn nicht irgendwie helfen?«, ließ sich Claire zaghaft vernehmen. Es schien ihr ernst mit der Frage zu sein, denn ihr Blick war dermaßen mitfühlend, dass Patrick den seinen einfach nicht von ihrem Gesicht abwenden konnte. Wie oft hatte er früher in diese manchmal so warmen Augen blicken und die so zärtlichen Hände spüren dürfen. Erst wenn man wertvolle Dinge verliert, empfindet man es tatsächlich als Verlust. Geschenke wie diese wunderbare Frau setzte man nicht einfach aufs Spiel ... es sei denn, man heißt Patrick Schreiber und ist Alkoholiker. Er hatte das Gefühl, dass sie seine Gedanken lesen konnte, als sie unvermittelt den Blick wieder auf ihn richtete. Das Ablehnende war aus ihren grünen Augen verschwunden, die ihm das Gefühl gaben, in die Tiefen eines kristallklaren Bergsees zu blicken. Sehr nachdenklich wirkte sie, als sie unvermittelt sagte: »Warum hast du mich nicht damals so angesehen, Patrick?«

Schnell überwand er seinen Schock und ging spontan auf ihre Bemerkung ein.

»Das habe ich, Claire. Ich habe nur den Wert dessen nicht klar erkannt, was ich zu sehen bekam. Außerdem versäumte ich, um dich zu kämpfen. Ich war mir deiner Verbundenheit, deiner Liebe zu mir zu sicher. Es hört sich jetzt bestimmt seltsam und verlogen an, doch ich habe nie aufgehört, an dich zu denken. Das weiß ich heute, habe das nur stets in Alkohol ertränkt. Alles, was ich dir angetan habe, habe ich schon tausendfach bereut. Es fehlte mir bisher nur an Mut, dir das zu gestehen. Nun, jetzt weißt du es ja. Alles tut mir so leid.«

»Schon gefrühstückt, ihr Turteltauben?«

Er besaß das Talent, zur falschen Zeit am falschen Platz zu sein. Kalkove hatte keine Ahnung, wie groß für ihn die Gefahr war, das nächste Mordopfer zu werden. Patrick hasste ihn dafür, dass er genau in diesem Augenblick auftauchte. Claire hatte sich als Erste gefasst und lächelte den Riesen freundlich an.

»Setzen Sie sich doch zu uns, Herr Kolchose. Sie würden uns eine Freude damit bereiten.«

»Kalkove, liebste Frau Forman. Nennen Sie mich auch weiterhin bei dem Namen«, korrigierte er sie mit einem verbindlichen Lächeln, während er sich vorsichtig neben sie setzte. Mit der rechten Hand machte er in Richtung Wirtin die allseits bekannte Handbewegung zum Mund, was sie als Bestellung des Frühstücks verstand.

»Haben Sie beide gut geschlafen? Ich hörte, dass Sie gestern zu den letzten Gästen mit der höchsten Getränkerechnung gehörten.«

Diese Frage untermauerte er mit einem Grinsen und einem kleinen Augenzwinkern in meine Richtung.

»Wir hatten nur eine längere geschäftliche Unterredung«, versuchte Patrick ihm mit ernstem Gesicht deutlich zu machen.

»Oh, entschuldigen Sie bitte die Zweideutigkeit meiner Bemerkung! Das war sehr unhöflich von mir, und es tut mir sehr leid. Es sah für mich nur so aus, als hätten sich zwei alte Freunde wieder getroffen und würden das gebührend feiern. Nochmals, entschuldigen Sie bitte!«

Es schien ihm wirklich ernst zu sein mit seiner vorgetragenen Entschuldigung und der sicher nicht gespielten Verlegenheit, sodass Patricks Unmut schnell verflog. Claire übernahm elegant.

»Aber Herr Kalkove, das haben wir auch nicht zweideutig verstanden. Wir kennen uns tatsächlich schon sehr lange und waren auch einmal ... Freunde.«

Bei dem Wort Freunde zögerte Claire und bemühte sich redlich, Patricks fragenden Blick auszuweichen. Irritiert winkte er der sie beobachtenden Wirtin, dass sie zumindest bei ihm abräumen konnte.

»Sie sagten, dass Sie eine geschäftliche Unterredung hatten. Dann gehe ich einmal davon aus, dass Sie auch in der schriftstellerischen Ecke tätig sind, Frau Forman?«, setzte Kalkove seinen Smalltalk fort und schielte scheinbar hungrig in Richtung Küchentür.

»Ja, eigentlich schon. Ich versuche aus dem grundsätzlichen Talent zum Schreiben, wobei ich allerdings nur Herrn Schreiber damit meine, Kapital zu schlagen. Ich verlege unter anderem die Titel, die Herr Schreiber anbietet. Wenn er sein unbestritten vorhandenes Schreibgenie voll einsetzt, ist der Bestseller vorprogrammiert. Der Mann ist wirklich gut, Herr Kalkove. Er selbst ist da nicht so von überzeugt.«

Mit dermaßen viel Lob hatte Patrick nicht gerechnet. Es war allerdings eine feine Spitze herauszuhören, zumindest wenn man mit ihrer gemeinsamen Geschichte vertraut war. Er wurde das Gefühl nicht los, dass Kalkove das *wenn er* richtig interpretiert hatte. Seltsamerweise fühlte sich Patrick stets gläsern, wenn er diesem scharfsinnigen Beamten gegenübersaß. Sein geschultes Auge und der scharfe Verstand bemerkten Nuancen und Untertöne, die dem normalen Zuhörer in der Regel entgingen. Sein Blick ruhte auf Claire, die jetzt Blut geleckt hatte.

»Herr Schreiber erzählte mir, natürlich nur sehr grob, dass Sie derzeit in mehreren Mordfällen ermitteln. Ich finde das äußerst aufregend. Haben Sie denn schon einen Verdächtigen?«

Claire spielte geschickt die ahnungslose Naive und versuchte, so an Informationen heranzukommen. Kalkove wirkte amüsiert, als er sich ihr zuwandte und nach einer Kunstpause die Frage aufgriff.

»Verdächtige wäre im Augenblick etwas übertrieben ausgedrückt. Sagen wir einmal, wir schließen zumindest eine Vielzahl von Personen aus. Der Kreis wird übersichtlicher.«

»Herr Kalkove. Sie wollen mich doch jetzt nicht veralbern und mit dieser ausweichenden Antwort abspeisen? Sie klingen wie ein Politiker.«

Claire versuchte erst gar nicht, so zu tun, als ließe sie sich mit dieser diplomatischen Aussage abspeisen. Wie zufällig lag ihre Hand auf seinem Arm.

»Aber nein, schöne Frau, das ist tatsächlich der Stand der Dinge. Natürlich sind wir noch in der Phase, in der wir die pathologischen Ergebnisse auswerten. Das Gleiche gilt für die Speichelproben. Darüber hinaus überprüfen wir sehr intensiv die Alibis der Personen, die, aus welchen Gründen auch immer, die Abgabe verweigert haben. Ein weiterer Komplex ist die Suche nach Motiven. Wer in diesem Ort hat ein berechtigtes Interesse am Tod dieser vier Frauen? Ist der Täter oder die Täterin überhaupt in diesem Ort zu suchen, oder ist der Ablageort willkürlich gewählt worden? Was verbindet diese Frauen eventuell miteinander? Das Einzige, was wir bisher sicher sagen können: Alle vier waren sehr attraktiv und erst kurz vor ihrem Tod zugereist. Zumindest konnte bisher keine Verbindung zu ortsansässigen Personen festgestellt werden. Ach ja ... alle vier hatten langes dunkles Haar und sahen einmal sehr gut aus. Das ist zugegebenermaßen noch etwas dürftig, doch Ungeduld ist hier ein schlechter Ratgeber.«

Kalkove setzte die Kaffeetasse wieder ab, als er sich die Lippen am dampfenden Inhalt verbrannte.

»Mir ist immer noch schleierhaft, worum es dem Täter eigentlich geht. Keine der Frauen wurde kurz vor ihrem Tod sexuell missbraucht, denn Spermaspuren wurden nicht gefunden. Das hätte uns die Suche sicherlich erleichtert. Findet der Täter lediglich Befriedigung in der Folterung? Nachgewiesen ist, dass die Opfer allesamt vor ihrem Tod gefoltert wurden. Allerdings hat er sie erst nach dem Eintritt des Todes zerstückelt. Da ist sich der Rechtsmediziner sehr sicher. Wie die eigentlich dilettantische Entsorgung vonstattenging, ist Ihnen ja bekannt, denke ich. Es fehlt uns seltsamerweise auch der Großteil an Kleidungsstücken der Opfer. Hat er sie als Trophäe irgendwo aufbewahrt? Wir wissen es noch nicht.«

Auch Schreiber hörte konzentriert zu und schob eine Frage hinterher.

»Wie sind Sie eigentlich beim Holzberg-Sohn, dem Franz, weitergekommen? Der hatte doch die Speichelprobe verweigert und wollte den Anwalt einschalten.«

»Diesbezüglich warten wir noch auf das Gesprächsergebnis zwischen seinem Anwalt und dem Staatsanwalt. Da zeichnet sich allerdings eine Einigung ab, da auch Vater Holzberg alle Verdachtsmomente gegenüber seiner Familie ausschließen möchte. Weiterhin konnte Franz Holzberg zumindest für die Tatzeit an der Kellnerin ein stichhaltiges Alibi vorweisen. Er war die ganze Nacht mit Freunden in der Dortmunder Spielbank. Dass er die Speichelprobe verweigerte, schreibe ich eher seiner grenzenlosen Arroganz zu.«

Man konnte den Eindruck gewinnen, dass die Polizei auf der Stelle treten würde. Kein einziger Anhaltspunkt, kein zwingend Verdächtiger. War das die Tat eines unglaublich gerissenen Psychopaten, der es verstand, jegliche Beweise zu beseitigen oder gar nicht erst zu schaffen?

Kalkove schien einmal mehr Schreibers Gedanken gelesen zu haben. Er fügte an:

»Wir haben den Computer bemüht und auch Gespräche mit unseren Profilern geführt. Gab es in der jüngeren Vergangenheit schon ähnliche ungeklärte Fälle in Deutschland? Wie hat man sich ein solches Monster vorzustellen? Das Ergebnis war nur zu ernüchternd. Ähnliche Fälle gab es zumindest in den letzten dreißig Jahren nicht, und die Gruppe der Täter erfasst alle über 20-Jährigen, männlich wie weiblich. Damit hätten wir hier etwa sechsunddreißigtausend Verdächtige, wenn wir Kinder, die beiden Pflegeheime und die bettlägerigen Patienten des Krankenhauses einmal ausklammern.«

Claire schaute Patrick resigniert an, und er spürte, dass sie verzweifelt nach weiteren Ansatzpunkten suchte. Sie war warmgelaufen wie ein Bluthund auf der Spur des Jagdwildes. Bei ihr stand nur die Fertigstellung des Buches im Vordergrund. Zwischenzeitlich hatte Kalkove sein Frühstück fast verzehrt. Es war nicht zu übersehen, dass auch sein Blick währenddessen auf der bemitleidenswerten Angela Kamman ruhte, die jetzt von der Wirtin umsorgt wurde. So viel Mitgefühl hatte Patrick dieser gar nicht zugetraut. Immer wieder sprach sie energisch auf die Gepeinigte ein, und beide schauten hin und wieder rüber zu uns. Man konnte vermuten, dass sie Frau Kamman dazu bringen wollte, doch mit Kalkove zu sprechen.

»Herr Kalkove ...«, setzte Patrick an.

»Schon gesehen, Schreiber«, unterbrach er ihn. Sein Blick stur auf den Teller gerichtet kaute er genüsslich zu Ende. »Kümmere ich mich gleich drum.«

Was war mit diesem LKA-Mann? Kannte er auch schon die Lottozahlen vom kommenden Samstag? Eigentlich könnte ich das Sprechen auslassen und nur auf kognitiver Ebene mit ihm kommunizieren.

Es erinnerte ihn ungemein und schmerzhaft an das gedankliche Zusammenspiel zwischen seiner Pflegemutter und ihrem damaligen Hund Lauren. Hier war auch nur selten ein klarer Befehl nötig. Alles lief ab, als unterhielten sich die beiden auf einer höheren Ebene. Claires Stimme riss Patrick aus diesen trüben Gedanken.

»What is your Problem, my Dear?«, verfiel sie in ihre Muttersprache, dessen sie sich wohl in diesem Augenblick nicht so recht bewusst war.

»Ich lasse Sie beide jetzt einmal allein, Sie haben sich sicher noch viel zu erzählen.«

Während Kalkove das immer noch kauend in ihre Richtung sprach, errötete Claire so süß, dass er und Patrick grienten, was natürlich ihre Rotfärbung verstärkte. Es war so schön, auch bei Claire einmal Verlegenheit erleben zu dürfen. Weltgewandtheit zeichnete dieses Wesen immer aus, Schwächen konnte und wollte sie nicht zulassen. Es war eine fließende Bewegung: Der Griff zur Handtasche, Aufstehen und durch die Haarpracht streichen.

»Die Herren entschuldigen mich einen Augenblick? Wo finde ich die Damentoilette?«

Jetzt war es an ihnen, diese Situation nicht unnötig zu verschärfen. Kalkove erhob sich wie ein Gentleman und wies ihr den Weg mit seiner linken Hand, während er in der anderen die Kaffeetasse jonglierte. Als Claire, immer noch zart errötet, dem angezeigten Ziel zustrebte, setzte Kalkove zügig die Tasse ab, um ein Schlabbern zu vermeiden.

»Oh, oh, ich werde dann mal wieder meinen Aufgaben nachgehen und Sie jetzt allein lassen«, erklärte Kalkove und unterdrückte ein Glucksen. Sein Anlaufpunkt sollte Frau Kamman sein, die ihn mit wachsender Unruhe auf sich zukommen sah. Gerne wäre Schreiber ihm gefolgt. Seine

Neugierde wäre endlich befriedigt worden, und es hätte ihm die unausweichliche Szene mit Claire erst einmal erspart. Sein Erschrecken war groß, da der Moment schneller kam, als er es sich vorgestellt hatte – doch weniger bedrohlich.

»Ach wie schade. Ist Herr Kalkove schon gegangen?«, erklang Claires wohltuend klingende Stimme aus der Richtung, in der sie zuvor verschwunden war. »Ich möchte gerne etwas von der Umgebung sehen, Patrick. Hast du Zeit? Können wir vielleicht sogar zum ... na wie hieß er noch ... ach ja ... Hallenberger Wald hinausfahren? Würde mir gerne einmal ein reales Bild von den Fundorten machen. Außerdem würde mich die abgebrannte Holzhütte interessieren. Natürlich vor Ort.«

Da war sie wieder, seine Claire, die Frau, die absolut nichts aus der Ruhe brachte. Sie war immer Herr der Lage.

16

»Hallo Frau Kamman. Hätte noch die eine oder andere Frage an Sie. Haben Sie einen Augenblick Zeit für mich? Darf ich mich zu Ihnen setzen?«, eröffnete Kalkove sein Gespräch mit einer zitternden Frau, die ihm angstvoll entgegenblickte, während er einen Stuhl heranzog und ihr gegenüber Platz nahm. Es war Frau Kamman deutlich anzumerken, dass sie am liebsten die Flucht ergriffen hätte. Die Augen irrten wie gehetzt durch den Raum zur Tür, als ob sie jeden Augenblick den Satan persönlich erwartete. Völlig ruhig legte Kalkove die Hand auf ihren Arm und sah sie ganz entspannt an, so wie man ein ängstliches Kind betrachtete.

»Niemand wird Ihnen hier etwas Böses tun, glauben Sie mir. Alles wird gut.«

Dabei tätschelte er ihr den Arm und es war spürbar, wie eine gewisse innere Ruhe unaufhaltsam in ihren Körper zurückströmte. Er gönnte ihr noch eine kleine Pause und versuchte eine erste Frage.

»Was ist passiert?«

»Nichts, nichts ... was soll passiert sein?«

Unbeeindruckt von ihrer Antwort wies sein Finger auf ihren Kopf. Seine Hand legte sich beruhigend auf ihre.

»Was ist mit Ihrem Hals passiert, Frau Kamman? Woher kommt dieser Bluterguss? Sollen wir Sie zu einem Arzt bringen?«

»Um Gottes willen, da ist nichts ..., die Stalltür ..., es war so dunkel.«

»Frau Kamman, hieß diese Stalltür zufällig Hermann? Sie können auf dem Revier Anzeige erstatten. Wir schützen Sie auf jeden Fall. Wir können ihn fernhalten, sogar einsperren. Häusliche Gewalt ist strafbar, auch wenn es der eigene Mann ist. Frau Kamman, sprechen Sie mit mir!«

Kalkove hatte sich vorgebeugt und sah sie unverwandt an. Er kannte diese Szenen zu Genüge. Schlagende Ehemänner waren ihm ein Gräuel und machten ihn immer wieder sehr wütend, da die Opfer nur selten Anzeige erstatteten. Wenn doch, zogen sie diese zumeist kurz danach zurück und es blieben Hilflosigkeit bei den Beamten und weitere Pein bei den Betroffenen.

»Sie hatten doch Fragen an mich, Herr Kalkove«, wechselte Frau Kamman das Thema, zog ihre Hände zurück und presste sie krampfhaft zwischen ihren Beinen zusammen. Kamman war sich dessen bewusst – hier und jetzt würde sie sich nicht gegen ihren Mann stellen. Die Angst war übermächtig und man wollte schließlich keine Schande über die Familie bringen. Das war ihr anerzogenes Gesetz. Er wollte abwarten, ob nicht die Zeit und weitere Erniedrigungen einen Wandel in ihrer Bereitschaft zur Trennung herbeirufen würden.

»Ja gut, Frau Kamman. Es muss leider sein, dass ich Sie noch einmal zu dem Tag befragen möchte, als Ihr Sohn im Wald ...«

Bevor Kalkove die Frage ganz stellen konnte, schlug sie die Hände vor das Gesicht. Ihr Körper zuckte unter dem aufkeimenden Weinkrampf.

»Sollen wir lieber später ...?«

»Nein, nein, bitte ... bitte fragen Sie«, erwiderte sie eilig und wischte sich die tränennassen Finger an ihrem Rock ab.

Ein zweites Mal fuhren die abgearbeiteten Hände über die so todtraurigen Augen, sodass sich diesem harten Mann der Magen verkrampfte. Immer wieder stellte er sich aufs Neue die Frage, warum diese gequälten Menschen das Martyrium wortlos ertrugen, statt sich dagegen aufzulehnen. Diese Frau muss unglaublich viel Leid ertragen haben, und er selbst war völlig hilflos.

»Also, an dem besagten Tag sind ja viele Menschen in den Wald gegangen, wo dieses Unglück geschah«, setzte er nochmals an.

»Ein Unglück? Warum sagen Sie das, Herr Hauptkommissar? Das war kein Unglück. Alle wollten ihn hier weghaben ... alle. Die da haben ihn ermordet!«

Während sie die Anschuldigung mit verzerrtem Gesicht ausstieß, wiesen ihre Hände in die Runde. Diejenigen, die diese Szene bisher neugierig verfolgt hatten, wandten schnellstmöglich ihren Blick ab und führten plötzlich irgendwelche imaginären Gespräche. Angela Kamman war aufgesprungen. Sie deutete an, ihren Platz zu verlassen und auf die Tische zuzugehen. Kamman konnte sie im letzten Moment am Arm zurückhalten. Sanft auf sie einredend drückte er sie wieder auf den Stuhl, reichte ihr sogar eine Serviette, die er neben dem Ascher fand. Er wartete noch einen Moment, in dem sie erneut die Tränen abtupfte. Ihre Augen besaßen allerdings jetzt etwas Kämpferisches, was er mit Wohlwollen registrierte.

»Was lässt Sie zu dieser Überzeugung kommen?«, fuhr Kalkove fort.

»Sie haben es schon einmal geschafft, ihn mir wegzunehmen, diese Pharisäer. Sie wollten ein sauberes Dorf. Die Touristen sollten es nicht mit einem Irren, wie sie ihn nannten, zu tun bekommen. Paul soll gewalttätig gewesen sein, soll damals dieses Kind angeblich fast zu Tode gewürgt haben. Paul war an diesem Tag aber zu Hause. Er war bei mir zu Hause. Das habe ich vor Gericht unter Eid ausgesagt. Mein Mann hat es jedoch als Lüge hingestellt, als verzweifelten Versuch einer Mutter, ihr Kind zu beschützen. Doch weil er geistig etwas zurückgeblieben ist, musste er es ja gewesen sein. Das war alles so einfach, so klar. Selbst der Richter glaubte den Lügen meines Mannes und verurteilte ihn. Eingesperrt haben sie Paul jahrelang in dieser Anstalt, diese Schweine. Sie haben ihn mir einfach weggenommen. Pfui.«

Angewidert spuckte sie auf den Boden. Niemand außer Claire und Patrick sahen sie dabei an.

»Die Drecksau ist endlich tot«, kam es relativ leise, aber dennoch deutlich zu hören, von einem der Tische.

»Wer war das?«

Angela Kamman war schneller auf den Füßen, als es ihr irgendjemand zugetraut hätte. Nur das erneute beherzte Zugreifen Kalkoves verhinderte, dass sie an die Tische stürzte.

»Das würde mich jetzt aber auch interessieren«, stellte er nüchtern fest, während er Frau Kamman fest im Arm hielt und die weinende Frau zu stützen versuchte. Seine kalten Augen suchten in jedem Gesicht der Gäste nach verräterischen Spuren. So wie es zu erwarten war, meldete sich natürlich niemand. Alle waren in eigene Gespräche vertieft und spielten ihre erbärmlichen Rollen weiter. Ich war mir ziemlich sicher, dass selbst ein Kalkove in dieser Situation unberechenbar und unbeherrscht werden konnte. Aber es kam anders!

»Setzen Sie sich doch bitte wieder, Frau Kamman. Hier kommen wir nicht weiter. Wo waren Sie und Ihr Mann, als das mit Paul geschah?«

Irritiert sah sie den LKA-Mann an und wollte nicht begreifen, was sie da gerade gefragt wurde. Selbst zu Patricks Tisch warf sie einen Blick herüber, ohne dass er ihr helfen konnte.

»Wo ich war, als man meinen Sohn umbrachte? Halten Sie mich etwa für mitschuldig am Tod meines eigenen Kindes?«

Das ungläubige Staunen in ihren Augen war so erschütternd, dass auch Patrick sich fragte, warum Kalkove ihr das antat. Die Frau rang nach Luft.

»Wir müssen jedes Detail dieser Nacht peinlich genau festhalten, um der Wahrheit näher zu kommen. Kein Mensch verdächtigt Sie, Frau Kamman. Doch wo befand sich Ihr Mann?«

Unerschütterlich hielt er an seiner Frage fest.

»Hermann? ... Hermann war ... Hermann war oben, glaube ich.«

Absolut überzeugt sein sah anders aus. Kalkove spürte die Unsicherheit bei ihr.

»Glauben Sie?«

»Er ist, als dieser elende Ralf Pieper mit den anderen verschwand, nach oben gegangen, ohne sich weiter um mich zu kümmern. Er hatte mich vorher geschlagen ... ins Gesicht hat er mich geschlagen ... in aller Öffentlichkeit, dieser Dreckskerl.«

Wieder entstand ein Anflug von Trotz und Auflehnung, verschwand jedoch schnell wieder.

»Haben Sie ihn denn an dem Abend noch einmal gesehen?«

»Ich bin in meine Kammer gegangen und habe eine Schmerztablette genommen, später noch eine Schlaftablette. Das war alles zu viel für mich.«

»Hätte Ihr Mann denn, ohne dass Sie es bemerken, das Haus verlassen können?«, bohrte Kalkove unerbittlich weiter. Schreiber bemerkte, worauf er anspielte, und war gespannt auf ihre Antwort. Auch die bestand nur aus einer vagen Vermutung. Aus den Augenwinkeln beobachtete Patrick Claire, die der Unterhaltung ebenfalls aufmerksam folgte. Sie war von einem Fieber befallen worden, das er in der Intensität noch nicht bei ihr kannte.

»Ich denke schon. Der würde sich doch bei mir niemals abmelden.«

Kalkove wirkte plötzlich sehr nachdenklich, sah auf die Uhr und fragte höflich.

»Möchten Sie, dass ich Sie nach Hause begleite, oder darf ich Ihnen zumindest für diese Nacht hier im ›Hirschen‹ ein Zimmer bestellen? Morgen sehen wir dann weiter.«

»Ich kann mir kein Zimmer leisten, mein Mann lässt mir keinen Cent. Er meint, dass Paul diese Krankheit ja nur von mir haben kann. Diese Bestie.«

Wieder sank sie mit einem Weinkrampf auf ihrem Stuhl zusammen. Kalkove führte sie zur Theke und sprach dort mit der Wirtin. Die nickte eifrig und übernahm sehr liebevoll diese gepeinigte Seele. Beide verschwanden durch die Tür zum Wohnbereich. Zunächst machte Kalkove Anstalten, an Patricks Tisch zu kommen, änderte jedoch seine Meinung und drehte sich um. Mit schweren Schritten ging er Richtung Ausgang. Als sich die Tür hinter ihm geschlossen hatte, kreuzten sich Claires und Patricks Blicke.

»Darf ich heute bei dir schlafen?«, fragte sie sichtlich betroffen. »Ich fühle mich nicht so gut.«

Mechanisch nickte er, dachte aber erst viel später über diese Frage und deren Bedeutung nach.

17

»Haben wir die Analyse des Brandsachverständigen schon vorliegen? Ich muss schnellstmöglich die Bestätigung in Händen halten, ob das Feuer definitiv von außen gelegt wurde und welche Substanz bei dem Brandsatz verwendet wurde.«

Kalkove machte jetzt telefonisch Druck, da ihm die Untersuchungen viel zu lange dauerten. Seine Stellvertreterin, Anna Riese, kannte die Ungeduld ihres Vorgesetzten sehr gut und unterstützte ihn, wo es auch immer möglich war.

»Chef, wir haben noch den Fall in Duisburg mit dem Drogenkrieg. Das braucht alles seine Zeit«, versuchte sie die Verzögerungen zu entschuldigen.

»Lass sich die Irren doch selbst reduzieren, die Geschehnisse hier sind wichtiger.«

»Aber Chef, so kenne ich Sie ja gar nicht, das sind ja ganz neue Züge an Ihnen!«, erklang es spöttisch am Ende der Leitung. »Ich werde aber Druck machen und melde mich dann wieder«, ergänzte sie.

»Damit Sie das nicht in den falschen Hals bekommen, Riese. In Duisburg legen die Dealer sich gegenseitig um. Es trifft also nie den Falschen. Hier aber sterben unschuldige junge Frauen. Den Unterschied sehe ich dabei schon. Und jetzt noch etwas anderes. Ich brauche außerdem einen richterlichen Durchsuchungsbeschluss für einen Hermann Kamman. Es besteht meiner Meinung nach ein dringender Tatverdacht gegen ihn wegen Mordes an seinem eigenen Sohn. Ich vermute, dass er selbst, nachdem er den Mob zuvor aufgehetzt hat, ein Feuer gelegt hat, in dem sein Sohn umkam. Sie sind ja im Thema. Bitte geben Sie die Sache zum Staatsanwalt, und machen Sie es dringend!«

»Werde mein Möglichstes tun, Chef, aber ohne schlüssige Beweise ...?«

Anna Riese, das wusste Kalkove, konnte sehr gut mit dem Staatsanwalt. Man munkelte, dass da mehr als eine lockere Freundschaft war. Ihm sollte es recht sein, wenn dadurch die Ermittlungen flüssiger liefen. Bis der Durchsuchungsbeschluss bei ihm eintraf, konnte er ja schon einmal dem liebenswerten Kamman einen Besuch abstatten.

»Sie kriegen das hin, Riese. Da bin ich mir sicher. Nun muss ich aber los. Will dem Herrn Kamman auf den Pelz rücken. Gruß an den Herrn Staatsanwalt.«

Er wartete die Reaktion Rieses nicht ab und unterbrach schmunzelnd die Verbindung.

»Kalkove, Franz Kalkove, Hauptkommissar des LKA Düsseldorf.«

»Ich weiß, wer Sie sind, Mann. Was wollen Sie von mir?«, unterbrach ihn Kamman unwirsch und gönnte dem gezückten Dienstausweis nur einen flüchtigen Blick. Die Haustür war nur zur Hälfte geöffnet, und es hatte nicht den Anschein, als wolle sich Kamman auf einen längeren Dialog einlassen.

»Ich ermittle in den Mordfällen vom Hallenberger Wald und befrage eigentlich alle Bewohner des Ortes. Ich denke, dass auch Sie nichts dagegen haben werden, mir bei den

Ermittlungen behilflich zu sein? Sie wissen doch – jeder Hinweis kann helfen.«

Kalkove verstand sich darauf, Suggestivfragen zu stellen, die eigentlich nur eine Antwort zuließen. Es sei denn, der Befragte wollte sich unnötig verdächtig machen.

»Ich kann Ihnen bestimmt nicht helfen, ich halte mich aus allem hier heraus, und die lassen mich auch in Ruhe.«

»Das sind ja auch nur Routinefragen, Herr Kamman. Kann ich einen Moment hereinkommen? Ich werde Sie bestimmt nicht lange aufhalten. Versprochen.«

Während er dies sagte, setzte Kalkove schon den Fuß auf die oberste Stufe und betrat anschließend den dunklen Flur. Hinter ihm schloss Kamman mürrisch die Tür und begleitete den Hauptkommissar in die Wohnküche. Hier herrschte zwar peinliche Sauberkeit, was wohl einzig und allein seiner bemitleidenswerten Frau zu verdanken war. Doch strahlte dieses Haus eine Kälte aus, die schwer erklärbar war. Es gibt Wohnungen, das wusste Kalkove aus seiner langen Praxis, da hatte man das Gefühl, dass sich die innere Kälte der Bewohner auf das gesamte Haus ausdehnte. Hier wohnte das Böse, dachte Kalkove und fröstelte.

»Routine, Herr Kamman, nur Routine«, baute er sich vorsichtshalber eine erneute Brücke zur ersten Frage. »Wo befanden Sie sich am Tag des Brandes? Ich meine besonders – währenddessen?«

Kamman wurde bleich wie die Kalkwand und sprang auf, um scheinbar den Garten vor dem Fenster zu betrachten. Kalkove wusste, dass die Befragten damit lediglich verhindern wollten, dass ihre Mimik sie verriet. Außerdem ergab sich Zeit zum Überlegen. Die Bedenkzeit dehnte er noch weiter aus, indem er sich ein bereits halb gerauchtes Zigarillo aus dem Aschenbecher nahm und umständlich wieder anzündete.

»Soll ich die Frage noch einmal wiederholen, Herr Kamman? Haben Sie mich nicht verstanden?«

Statt sich dazu zu äußern, stellte Kamman die Gegenfrage.

»Haben Sie das alle Bewohner gefragt, oder möchten Sie das nur bei dem leiblichen Vater tun? Ist der Vater der Hauptverdächtige für Sie? Wir haben wohl noch nicht genug gelitten.«

»Ich hörte davon, dass sich Ihre Trauer bezüglich des Ablebens Ihres Sohnes in Grenzen hielt. Wie ich schon sagte, Herr Kamman, das ist nur vom Hörensagen. Überzeugen Sie mich davon, dass Ihnen daran gelegen ist, den oder die Täter zu ermitteln, die für den Tod von Paul verantwortlich sind. Außerdem gehen Sie einfach davon aus, dass dies eine Routinefrage ist, wie ich es eingangs bereits erwähnte. Waren Sie auch oben im Wald, oder hat es Ihnen gereicht, die aufgebrachten Massen auf Ihren Sohn zu hetzen. Wollten Sie sich nicht selbst davon überzeugen, ob Ihre Aktion erfolgreich war? Also, noch einmal: Wo waren Sie, als Ihr Sohn den Tod fand?«

Die Stimme Kalkoves hatte jegliche Freundlichkeit verloren. Die Schärfe darin ließ Kamman leicht zusammenzucken. Er wirkte verunsichert, als er sich umdrehte und die Angaben machte.

»Ich war die ganze Zeit im Haus, das kann meine Frau bezeugen«, beeilte er sich festzustellen.

»Sehen Sie, Herr Kamman, genau das kann Ihre Frau nicht, da sie allein in ihrem Zimmer war und sich von den Prügeln erholte, die Sie ihr zuvor verabreicht hatten. Verlassen Sie sich also bitte nicht auf das Erinnerungsvermögen Ihrer Frau, zumal sie unter dem Einfluss von Schmerz- und Schlafmitteln stand. Gibt es andere Zeugen, die Ihre Anwesenheit im Haus bezeugen können? Sie haben jetzt die

Möglichkeit, das klarzustellen, bevor ich die Leute aus dem Ort dazu befragen werde. Falls Sie unterwegs waren, wird sich jemand daran erinnern. Da können wir uns sicher sein. Also?«

Kammans Reaktion kam für Kalkove nicht unvorbereitet. Er hatte sein Ziel erreicht, diesen Scheißkerl zu provozieren und zu verunsichern. Dessen Antwort schrie er Kalkove förmlich entgegen.

»Verlassen Sie sofort mein Haus! Das muss ich mir nicht sagen lassen. Sie dürfen mich gar nicht verhören. Hauen Sie bloß ab! Verschwinden Sie und suchen Sie woanders. Sie sind ja irre, wenn Sie den eigenen Vater als Täter vermuten.«

Kalkove wusste, wo ihm durch das Gesetz Grenzen gesetzt wurden, und überreichte Kamman seine Visitenkarte, begleitet von der Bemerkung »Morgen, bitte um elf Uhr in der Dienststelle der Ortspolizei. Sie können gerne ihren Anwalt hinzuziehen. Bitte seien Sie pünktlich, ansonsten lasse ich Sie vorführen! Danke, ich finde allein hinaus.«

Er verließ die Wohnküche ohne jede Eile, wobei er seine Blicke sorgfältig in jeden Winkel und durch die angrenzenden Räumlichkeiten streifen ließ. Mit der Schuhspitze blieb er an der Teppichkante hängen, sodass er sich an der Küchenspüle abstützen musste.

Du verbirgst ein Geheimnis, da bin ich mir vollkommen sicher. Dir werde ich zeigen, dass man mich nicht ungestraft anlügt. Dich kriege ich noch bei den Eiern.

Es waren nur wenige Schritte bis zur Wache, wo er sich vor Tagen einen Raum hatte abteilen lassen, der ihm als Büro diente. Dort erfuhr er, dass sich Ralf Pieper in Sundern befand, um nach seinem Bruder zu sehen, der schwer erkrankt war. Also informierte er stattdessen den zweiten

Wachhabenden darüber, dass Hermann Kamman morgen um elf Uhr zum Verhör geladen war. Man sollte ihn auf keinen Fall wieder gehen lassen, bevor Kalkove ihn vernommen hatte. Kaum war er im Büro, als sein Diensttelefon klingelte und die fröhliche Stimme von Anna Riese ihn aufheiterte.

»Na Chef, schon gefrühstückt, geduscht und das Morgengebet gesprochen?«

Kalkove kannte und schätzte die Scherze von Anna Riese sehr gut und wusste, darauf einzugehen.

»Haben Sie heute Morgen schon einen Kasper gefrühstückt? Möchten Sie nicht besser zur Sache kommen? Vielleicht gehe ich dann anschließend mit Ihnen ins Gebet.«

»Ist ja schon gut, war nur ein Scherz am Morgen. Also, wir wissen jetzt durch die Gaschromatographie, dass es sich bei dem Brandbeschleuniger um einfachen Spiritus gehandelt hat, den man in jeder Drogerie frei kaufen kann. Allerdings«, hier machte sie eine bedeutsame Pause, »haben unsere Leute der Spurensicherung bei der Ortsbesichtigung eine Plastikflasche in der Nähe der Hütte gefunden. In der wurde die Flüssigkeit wohl zum Tatort transportiert. Und jetzt wird es besonders interessant.«

Diese jetzt folgende Pause war Kalkove dann doch zu lang, sodass er zweimal kräftig mit dem Hörer auf den Tisch klopfte und rief: »Na, Fräulein Riese, haben Sie Ihre Sprache jetzt wiedergefunden?«

»Mensch Chef, muss doch auch mal Luft holen dürfen. Also, auf dieser Flasche haben wir brauchbare Fingerabdrücke gefunden. Die Datenbank gibt allerdings nichts Verwertbares her. Da war ein unbescholtener Bürger am Werk. Na, waren wir gut oder waren wir gut?«

»Ich könnte dich küssen, Mädel. Das war große Klasse!«

»Na ja, soweit muss der Dank nun auch wieder nicht führen. Ein Vorschlag zur Beförderung würde mir schon völlig ausreichen, Chef.«

»Sobald Sie mehr über die Speichelanalysen erfahren, halten Sie mich bitte auf dem Laufenden, Riese«, sprach er und legte zufrieden lächelnd den Hörer in die Schale. Diebstahl ist eine Straftat, das wusste er nur zu gut! Doch manchmal verirren sich Gegenstände in große graue Manteltaschen, bei denen man den Weg nicht zweifelsfrei nachvollziehen konnte. So ging es ihm mit der etwas verkrusteten Gabel, die er aus seiner linken Manteltasche zauberte. Vorsichtig wickelte er die Gabel in eine Papierserviette und übergab das Päckchen einem Polizeimeister aus der Wachstube.

»Bitte nehmen Sie die Fingerabdrücke von dieser Gabel und legen Sie mir die Ausdrucke schnellstmöglich auf den Tisch.«

Endlich einmal ein kleiner Erfolg, wenn auch nur im Brandfall, dachte er sich zufrieden und wartete ungeduldig auf das Ergebnis. Nach etwa einer Stunde tauchte Polizeimeister Rohde mit einem Blatt Papier auf und legte ihm damit einen Ausdruck vor, auf dem mindestens vier bis fünf verschiedene Prints zu sehen waren.

»Ich danke Ihnen, Rohde. Wo finde ich das Faxgerät?«

»Hinter der Kaffeemaschine, Herr Hauptkommissar.«

»Eigentlich können Sie das ja auch für mich machen. Faxen Sie bitte dieses Blatt kommentarlos an diese Nummer! Ich werde in dieser Zeit die Leute am anderen Ende informieren. Danke!«

Erst nach dem dritten Versuch kam er bei Anna Riese mit seinem Anruf durch.

»Haben Sie bereits das gesamte Dezernat über Ihre bevorstehende Beförderung unterrichtet? Riese, hören Sie zu: Da ist ein Fax unterwegs. Lassen Sie bitte die Prints mit denen auf der Flasche abgleichen! Und noch was ... sofort das Ergebnis an mich. Doch bevor Sie das zurückfaxen, rufen Sie mich an! Ich traue hier keinem über den Weg und will das selbst in Empfang nehmen.«

»Klar Chef«, flötete Riese gut gelaunt ins Gerät und beendete das Telefonat. Mit keinem Wort ging sie auf die Verzögerung ein, die Kalkove zuvor wütend gemacht hatte. Schneller als erwartet kamen der Anruf und anschließend auch das Fax. Kalkove las das Ergebnis und legte das Papier sehr nachdenklich zur Seite.

18

Die Sonne, die sich durch einen Schlitz im Vorhang stahl, kitzelte in der Nase. Sie riss Schreiber aus angenehmen Träumen. Noch etwas verkatert öffnete er die Augen und wunderte sich gleichzeitig, dass er den linken Arm nicht bewegen konnte, um das Haar aus der Stirn zu wischen. Er war es so gewohnt, dass sein vernebeltes Gehirn stets verzögert zum Körper wach wurde. Doch die Gliedmaßen traten gewöhnlich ihren Dienst an, wenn sich die Augen an die Umgebung gewöhnt hatten. Der Arm schien blockiert und forderte dazu auf, nach dem Rechten zu sehen. Es tat seinen Augen gut, was sie zu sehen bekamen. Umrahmt von ihrer unglaublich schönen und voluminösen Haarpracht lag sie da, engelgleich mit trotzig nach vorne geschobenen vollen Lippen und zuckenden Augenlidern. Selbst im Schlaf schien sie zu kämpfen, stets bereit, ihr Territorium zu verteidigen. Die samtene Haut schien die letzten einundzwanzig Lebensjahre ignoriert zu haben. Claires Zellen hatten womöglich am vierundzwanzigsten Geburtstag den Alterungsprozess eingestellt. Er wusste, dass Claire sehr auf ihr Äußeres achtete, doch sie pflegte sich ausschließlich auf natürlicher Basis. Darauf legte sie großen Wert. Chemie war ihr zuwider, zumindest, wenn es um ihre Körperpflege ging. Ihr Kopf ruhte auf seinem Oberarm, ihren linken Arm hatte sie auf seine Brust gelegt. Das seidige hauchzarte Negligé zeigte mehr, als es verhüllte. Dieser Körper war dem Schöpfer ausgesprochen gut gelungen und ließ so viele Männerherzen höher schlagen, auch wenn sie ihn nur sorgfältig bekleidet zu Gesicht bekamen. Das linke Bein, das sie über der Decke liegen hatte, wurde im Schlaf plötzlich angewinkelt und schob sich über seine Beine. Bewegungsunfähig versuchte er, den Anblick dieses Wesens aufzusaugen, um ihn anschließend nie wieder aus dem Gedächtnis zu verlieren. Ihr Mund formte in diesem Augenblick undeutliche Worte und schloss sich danach wieder lächelnd. Momente, die man niemals enden lassen und die man bis zum Tod genießen wollte. Er wünschte sich in dieser Sekunde, dass man ihn auf künstliche Ernährung umstellt und alles ewig so belassen würde.

Vielleicht war es lediglich Hunger, eher aber reine Intuition, die Claire genau jetzt erwachen ließ. Erst waren es kleine Schlitze, bevor man die grünen Augen unter den perfekten Brauen blitzen sah. Das Lächeln blieb um ihren Mund, und der Körper räkelte sich wohlig unter der Decke. Falls das überhaupt möglich war, näherte sie sich dabei noch mehr und ein Schauer durchlief sein Inneres. Die Hand, die bisher auf seiner Brust ruhte, streckte sich und die Finger bewegten sich in Richtung seines Halses, krochen hinauf zum Kinn und versuchten zwischen seine Lippen zu kommen. Ihre Augen blieben dabei fest geschlossen, und ein anrüchiges Grinsen ließ ihr Gesicht noch begehrenswerter erscheinen.

»Liebst du mich?«

Mitten hinein in lustvolle Gedanken erreichte ihn die Frage, die mehr gehaucht als gesprochen war.

»Das habe ich immer getan, mein Schatz, auch als ich dich verloren glaubte.«

»Warum hast du dann nicht versucht, zurückzukommen? Ich habe lange darauf gewartet.«

»Mir fehlte der Mut. Ich glaubte einfach nicht daran, dass du mir jemals verzeihen könntest. Zu viel hatte ich dir schließlich angetan.«

»Patrick, du musst wissen, wer wirklich liebt, besitzt auch die Fähigkeit zu verzeihen. Vielleicht nicht sofort, aber nach einer Zeit des Nachdenkens sicherlich.«

»Ich steckte so tief in diesem Schuldgefühl, dieser Abhängigkeit von diesem Teufelszeug. Der Alkohol nahm mir komplett mein Urteilsvermögen. Ich besaß einfach nicht die Kraft, über alles nachzudenken und ohne Vorurteile zu bewerten. Verzeih mir Claire, ich möchte nicht mehr ohne dich sein.«

»Das musst du auch nicht. Ich helfe dir, Patrick.«

Ohne weitere Ankündigung fanden sich ihre Lippen erneut und drückten Gefühle aus, die so tief und viel zu lange unerfüllt geblieben waren. Als sich ihre Körper vereinten, geschah das weniger mit Gier, sondern langsam und genussvoll, jede Sekunde auskostend.

19

Das Abendrot war nur noch schemenhaft im Dunst des Horizontes zu sehen, als Rainer Holzberg das abendliche Ritual aufnahm und sich in der Küche beschäftigte. Das Abendbrot stand an. Heute bereitete er dies nur für sich und Cornelia zu, da Franz mit einigen Freunden aus dem Nachbarort mal wieder nach Hohensyburg gefahren war. Die Spielsucht seines Sohnes weckte stets seinen Zorn und ließ ihn daran denken, dass er im Alter von Franz hatte hart in Vaters Schreinerei arbeiten müssen. Lange nach dessen Tod baute er das Unternehmen groß aus und erkannte sehr früh, dass ein politisches Amt dabei äußerst förderlich war. Franz dagegen verpulverte das Geld lieber im Casino und machte dafür sogar Schulden, die er ihm dann irgendwann beichtete. Geschickt verstand es Franz, ihn, den Vater, dazu zu überreden, diese Schulden immer wieder auszugleichen. Längst hatte er es aufgegeben, seinen Sohn auf den rechten Weg führen zu wollen. Cornelia jedoch war nicht auf der Sonnenseite des Lebens geboren worden. Noch als seine Frau Irene lebte, pflegte er dieses Verhältnis mit einer ›Professionellen‹ aus Unna. Sie gab ihm das, was man eben von einer Ehefrau nicht im Bett verlangte. Eines Tages eröffnete ihm diese Frau, dass er Vaterfreuden entgegensah. Der Einwand, dass dieses Kind doch nicht zwangsläufig von ihm sein musste, führte dazu, dass er unverhofft Besuch von zwei Männern bekam. Diese machten ihm sehr deutlich und schmerzhaft klar, dass er sich in diesem Punkt wohl irren würde. Außerdem würde diese Tatsache auch seiner lieben Ehefrau zur Kenntnis gebracht. Das Schweigegeld beliefe sich damals auf schlichte 300.000 DM. Er war sich darüber völlig im Klaren, dass diese Erpressung mit dem Zahlen der ersten Summe nicht enden würde. Der Gang zur Polizei hätte seine Karriere allerdings endgültig zerstört, von Repressalien aus diesen Zuhälterkreisen ganz abgesehen. Als letzten Ausweg sah er nur die Beichte zu Hause. Seine Frau nahm die Nachricht mit beängstigend stoischer Ruhe auf und willigte sogar ein, dieses noch ungeborene Kind zu adoptieren. Damals konnte schließlich niemand wissen, dass Cornelia eine gewisse geistige und körperliche Beeinträchtigung mitbrachte. Den späteren Suizid seiner Mutter verzieh ihm Franz nie. Er selbst hatte dieses auch nie getan. Er suchte die Schuld für Irenes Tod ausschließlich bei sich selbst. Niemals verschwendete er einen Gedanken daran, dass sie unter einer angeborenen Depression hätte leiden können.

Die Zubereitung des Essens war reine Routine, da er selbst mit Wurst belegte Brote und Kräutertee bevorzugte. Cornelia erhielt den obligatorischen Kakao und zwei mit Frischquark bestrichene Weißbrotscheiben. Ein in Stücke geschnittener Braeburn-Apfel rundete die Mahlzeit ab. Die Utensilien wurden auf ein Tablett gestellt, und die Medizin, die Cornelia abends zu sich nehmen musste, daneben. Beladen mit dem Essen schritt er die Freitreppe hinauf, rief kurz vor dem Eintreten durch die extra eingebaute Schwingtür: »Hallo Conny, ich bringe das Abendbrot.«

Cornelia saß über ihr Laptop gebeugt auf der Bettkante und schaute interessiert auf den Bildschirm. Als Rainer

Holzberg eintrat, drückte sie eiligst eine Taste, sodass ein anderes Bild erschien.

»Na, hast du wieder etwas Interessantes im Netz gefunden, oder liest du an deinem E-Book weiter? Ich meine diese Dokumentation über Brüllaffen auf Borneo, die dich so faszinierte.«

Als jegliche Antwort ausblieb, stellte er vorsichtig das Tablett auf die freie Fläche neben dem Computer.

»Kommt Franz heute nicht, um mir gute Nacht zu sagen?«

»Nein, Franz ist heute Abend nicht hier, er ist wohl die ganze Nacht mit Freunden unterwegs.«

Ein Zucken lief durch Cornelias Körper, und eine Spur von Nervosität war spürbar. Sie rückte nach hinten und verschränkte die Arme vor dem Körper. Es wirkte wie eine Trotzreaktion, als sie den Blick gegen die Wand richtete und die Lippe leicht nach vorne schob.

»Ich habe keinen Hunger. Ich möchte heute nichts essen, nur früh schlafen.«

»Was ist los mit dir, mein Kind. Bist du krank, geht es dir nicht gut?«

Während er das sagte, stand Rainer Holzberg auf und legte die Hand vorsichtig auf ihre Stirn. Ihr Kopf zuckte zurück und der panisch wirkende Ausdruck in ihren Augen verstärkte sich.

»Bitte iss jetzt etwas, dann geht es dir gleich besser. Der Kakao ist heute besonders gut. Habe eine andere Sorte gekauft, die war sehr teuer ... extra für dich, mein Kind.«

Cornelia sah verzweifelt zur Decke, wusste nicht mehr, wie sie ihren Vater davon überzeugen konnte, dass sie tatsächlich keinen Hunger hatte und eigentlich nur alleine sein wollte. Er sollte nur gehen ..., weg von ihr ..., raus aus ihrem Zimmer.

»Ich möchte heute nichts essen, Vater«, erklärte sie nochmals, ganz langsam und überdeutlich jedes Wort betonend. Dabei sah sie ihn bittend an.

»Nun gut, dann trinke doch wenigstens deinen Kakao, damit du die Tabletten nicht in den leeren Magen bekommst. Du weißt doch, dass du die auf jeden Fall nehmen musst. Das hat Doktor Marten ja angeordnet und ich bestehe darauf.«

Rainer Holzberg hielt ihr die Tasse hin und nahm gleichzeitig die Tabletten in die Hand.

»Ich möchte heute keine Medizin, ich schlafe davon immer sofort ein, und morgens ist mir dann stets übel. Bitte Vater, heute nicht!«

»Die Tabletten nimmst du auf jeden Fall, keine Widerrede! Danach können wir dann noch spielen, bis du müde wirst. Morgen hole ich Doktor Marten, damit er nach dir sieht.«

»Nein, nein, Vater, ich will heute auch nicht spielen!«

Die Reaktion besaß etwas Beängstigendes und konnte Mitleid erzeugen. Unerbittlich bestand der Vater auf seiner Anordnung. Holzberg stand auf und setzte sich neben Cornelia, immer noch die Tabletten in der Hand.

»Mach jetzt bitte den Mund auf, Conny! Ich meine es ernst. Die Medizin ist lebenswichtig für dich. Vor Tagen hat mich der Doktor noch einmal darauf hingewiesen.«

Mit einer Hand griff er ihr ans Kinn, um dieses herunterzuziehen, mit der anderen presste er ihr die Tabletten zwischen die Lippen. Als er ihr den Kakao an den Mund setzte, verschüttete er einen Teil, der das Hemd auf Brusthöhe beschmutzte. Zornig geworden kippte er die halbe Tasse in ihren Mund und achtete darauf, dass sie die Medikamente auch tatsächlich schluckte.

»So, jetzt werde ich meine Brote essen und dann können wir spielen, Conny. So hast du dich ja noch nie aufgeführt. Aber gleich wirst du dich besser fühlen und alles wird wieder gut.«

Cornelia hatte sich weinend auf das Bett geworfen und lag dort mit angezogenen Beinen. Ihre Arme lagen wie zum Schutz vor ihrem Kopf. Der Körper zuckte. Das hielt allerdings nicht lange an, denn die Medikamente zeigten schnell Wirkung. Der Blick wurde ruhiger, fast apathisch, und das krampfartige Zucken ging über in ruhige und gleichmäßige Bewegungen. Man hätte meinen können, dass plötzlich ihr Leben im Zeitlupentempo verlief. Zufrieden beobachtete Holzberg das Geschehen und widmete sich gelassen seinem Abendbrot. Genüsslich wischte er sich danach den Mund mit der Serviette sauber, hob das Tablett an, um es auf dem an der Wand stehenden Sideboard abzustellen. Das Rolltischchen wurde ebenfalls an den gewohnten Platz geschoben. Liebevoll betrachtete er seine Tochter, wie sie mittlerweile schlafend und total entspannt auf der Decke ruhte. Die vom Kakao beschmutzte Decke, auf der sie lag, zog er vorsichtig unter ihr weg. Schließlich ging er zur Tür, dimmte das Deckenlicht herunter, legte seine Kleidung ab und legte sich hinter Cornelia. Sein Spiel begann.

20

Es machte Kalkove zu schaffen, dass er zwar im Brandfall ein kleines Fortkommen sah, jedoch die grausamen Frauenmorde noch völlig im Dunkeln lagen. Jeder Täter hinterließ irgendeine Spur, irgendwann machte er einen kleinen Fehler. Jeder! Hier durfte es einfach keine Ausnahme geben! Nun wartete er schon seit zehn Uhr in seinem Büro auf das Erscheinen Kammans. Zur Sicherheit hatte er zwei seiner Leute in der Nähe des Kamman-Hauses postiert, um einer Flucht vorzubeugen. Auch hatte er dessen Frau gebeten, doch ihre Aussage nochmals zu Protokoll zu geben. Ganz zufällig sollte bei Erscheinen ihres Mannes die Bürotür offenstehen, in der sie saß. Kamman verspätete sich um acht Minuten und schlurfte missmutig in seiner schmuddeligen Arbeitskleidung über den Flur der Wache, um dann beim Anblick seiner Frau wie erstarrt zu verharren. Genau darauf hatte Kalkove nur gewartet. Er fasste den brutalen Ehemann am Arm.

»Kommen Sie bitte in mein Büro, Herr Kamman.«

Er zog ihn zu sich rüber und schloss gleichzeitig die Tür des Vernehmungszimmers, in dem Angela Kamman saß.

»Was macht die denn hier?«

»Meinten Sie mit *die* Ihre Gattin? Ach, sie gibt gerade ihre Aussage zu Protokoll bezüglich der Geschehnisse in der Brandnacht. Aber das muss uns zumindest im Augenblick noch nicht stören. Ich sehe mir die Aussage nachher an. Eigentlich sollten sich ja Ihre Aussagen komplett decken, denke ich. Sie waren doch beide zu Hause, wie Sie ja bereits erwähnten. Oder etwa doch nicht?«

Während Kalkove ihm nun einen Platz vor seinem Schreibtisch anbot, betrat ein bulliger Uniformierter den Raum, platzierte sich neben der Tür und blickte teilnahmslos zum Fenster. Kamman war das selbstverständlich nicht entgangen, er blickte Kalkove irritiert an, während er die schmutzigen Hände in den Taschen seiner Arbeitshose vergrub. Gelassenheit sieht anders aus, dachte Kalkove.

»Ach, lassen Sie sich nicht von dem Herrn ablenken. Alles Routine, nur Routine. Wir wollen nun zur Sache kommen. Gestern hatten wir ja nicht die Gelegenheit, unser Gespräch zu Ende zu führen, und ich muss leider gestehen, dass ich Ihre Darstellungen nicht mehr so präsent habe. Fangen wir also noch mal von vorne an. Was genau taten Sie, nachdem Sie Ihre Frau vor versammelter Dorfgemeinschaft verprügelt hatten und Polizeiobermeister Pieper mit dem Mob abgezogen war?«

Tödliche Blicke war Kalkove gewohnt, sodass er Kamman völlig gelassen ansehen konnte, als dieser ihm seinen ganzen Hass entgegenschleuderte. Die Hände wühlten wild in den Hosentaschen, vermutlich in der Hoffnung, dort die passenden Worte zu finden. Mit provozierender Ruhe ergriff Kalkove seinen übergroßen Kaffeebecher und trank einen kleinen Schluck, bevor er sich wieder dem Nervenbündel vor sich widmete.

»Meine Frau hat doch wohl bereits ausgesagt, dass ich den ganzen Abend zu Hause war. Das dürfte die Frage ausreichend beantworten.«

»Ich glaube, mich vage daran zu erinnern, dass ich das schon gestern verneinte. Außerdem ist momentan noch die Aussage Ihrer Frau ganz und gar irrelevant. Ich möchte, dass Sie mir den Verlauf des Abends mit eigenen Worten schildern.«

»Ich bin anschließend sofort in mein Büro gegangen und habe Papiere sortiert. Später habe ich mir noch ein Brot geschmiert und habe zweiundzwanzig Minuten mit Durchfall auf dem Klo gesessen. Ja und dann, ich weiß nicht mehr die genaue Uhrzeit, bin ich ins Bett. Reicht Ihnen das in dieser Ausführlichkeit? Hatte vergessen, Ihnen eine Stuhlprobe sicherzustellen.«

»Sie sagten anschließend. Anschließend an was, Herr Kamman? Meinen Sie dabei die Szene der Züchtigung Ihrer Frau oder meinen Sie, nachdem Sie aus dem Wald wieder zurückgekehrt waren?«

»Zurückgekehrt? Ich war nicht weg? Woher soll ich denn gekommen sein?« Mit gespielter Selbstsicherheit warf er Kalkove diese Worte entgegen und beugte sich dabei über den Schreibtisch. Diese Provokation trieb kalte Wut in Kalkove hoch, die er sich allerdings nicht anmerken ließ. »Ich war zu Hause. Wie oft muss ich das noch wiederholen?«

Der geschulte Hauptkommissar spielte geschickt seine Karten aus.

»Ja, irgendwann zieht es uns immer mal wieder nach Hause«, konstatierte Kalkove feierlich mit angehobener Stimme. »Aber Sie mussten wohl erst Ihr Vorhaben zu Ende führen.«

Während er das sagte, ergriff er unter seinem Schreibtisch einen Plastikbeutel, der einen ziemlich verschlissenen Arbeitsschuh beinhaltete. Betont langsam stellte er ihn auf die Platte des Tisches. Seine Augen ruhten auf Kammans

Gesicht, registrierten jede Bewegung darin. Er verstand sich auf Körpersprache und merkte auf Anhieb, wie jegliche Selbstsicherheit aus Kamman wich. Dessen linke Hand wollte spontan nach dem Schuh greifen, was Kalkove jedoch verhinderte, indem er den Beutel zurückzog.

»Ich habe nur eine simple Frage, Kamman: Ist das Ihr Schuh?«

»Das kann ich so nicht sagen.«

»Nun, das müssen Sie eigentlich auch gar nicht, denn der wurde uns von Ihrer Frau mitgebracht und als der Ihre identifiziert. Wir haben uns erlaubt, Ihre Gattin schon heute ganz früh in Ihr Haus zu begleiten, um uns diese Schuhe aushändigen zu lassen. Die standen gestern so aufreizend in Ihrer Diele, als ich Sie verließ. Da ich ein sehr neugieriger Mensch bin, wollte ich partout wissen, was ich da wohl unter der Sohle finden könnte. Was glauben Sie, Herr Kamman, habe ich gefunden?«

»Einen Scheißdreck haben Sie gefunden, die hatte ich nämlich im Stall bei den Rindviechern an.«

»Tun Sie mir den kleinen Gefallen und verwechseln Sie mich nicht vom Intellekt her mit Ihren Tieren. Denn ich denke nicht, dass Sie Ihren Stall mit dem gleichen Laub ausmisten, welches wir oben neben Ihrer Hütte vorfanden. Wäre doch auch reichlich umständlich, den Waldboden ins Dorf zu karren.«

»Ich war vor zwei Wochen noch da oben, das kann nur davon sein. Paul hatte Schießübungen gemacht, wie er mir gestand.«

»Dann enthielt also das Laub an Ihrer Hütte schon vor zwei Wochen einen hohen Anteil an Spiritus und hat die Feuchtigkeit bis heute bewahrt? Glaubten Sie wirklich, dass unser Labor das nicht herausfinden würde? Glauben Sie weiterhin, dass wir nach einem solchen Brand nicht die gesamte Umgebung absuchen würden, um Spuren für eine eventuelle Brandstiftung zu finden? Glauben Sie außerdem, dass wir an dieser Plastikflasche, die Sie wegwarfen, nicht Ihre Fingerabdrücke finden würden? Unsere Experten haben längst herausgefunden, dass das Ihre Handschrift ist, in der groß VORSICHT SPIRITUS darauf geschrieben wurde.«

Kalkove blieb völlig gelassen, als Kamman nun wie von Sinnen aufsprang und sich Sekunden später im schnellen Zugriff des herbeigeeilten Beamten wiederfand.

»Dieser Irre hat es nicht besser verdient, der musste weg! Das Monster hat nur Schande über uns gebracht. Solche Wesen dürfen nicht leben, die gehören in die Hölle!«

Das Gekreische hatte nichts Menschliches mehr an sich. Sein hassverzehrtes Gesicht glich nur noch einer Fratze, die überaus deutlich zeigte, wie sehr er sein eigenes Fleisch und Blut verabscheute. Seine Worte waren in allen Räumen der Wache zu hören. Plötzlich öffnete sich die Tür und Angela Kamman, die immer noch in Schwarz gekleidet war, stand in der Öffnung. Ungläubig betrachtete sie ihren tobenden Mann, der nun im Polizeigriff wenig Bewegungsfreiheit hatte und voller Ablehnung seine Frau anspie. Ohne auch nur ein Wort gesprochen zu haben, sank sie bewusstlos zusammen. Nur der beherzte Zugriff einer hinter ihr stehenden Beamtin verhinderte einen schweren Sturz.

»Herr Kamman, ich verhafte Sie wegen des dringenden Verdachtes auf Brandstiftung und dem damit verbundenen vorsätzlichen Mord an Ihrem Sohn Paul Kamman. Der Kollege hinter Ihnen wird Sie weiter belehren.« Kalkove wandte sich ab, um seine Gefühle zu ordnen. Eine Handbewegung begleitete seine Worte. »Führen Sie ihn bitte ab und lesen

Sie ihm seine Rechte vor, auf die sich leider selbst ein solcher Mensch berufen darf.«

Müde, aber zufrieden mit dem Ergebnis, ließ er sich in seinen Stuhl fallen und sah den Menschen hinterher, die jetzt nach und nach sein Büro verließen. Mit beiden Händen in den Taschen stellte er sich anschließend an das Fenster und betrachtete die dunklen Wolken, die einen baldigen Wolkenbruch ankündigten. Dennoch durchzog ihn ein wohliges Gefühl der Zufriedenheit. Er konnte nicht wissen, dass der eigentliche Weg durch die Hölle noch bevorstand.

21

Nach dem Mittagstisch, den Kalkove heute alleine einnehmen musste, da Schreiber mit Claire Forman den Fundort der Opfer besichtigen wollte, wechselte er sofort wieder zurück in sein Büro, um die gesamten Unterlagen nochmals einer genaueren Prüfung zu unterziehen. Kaum war er angekommen und hatte seinen Mantel aufgehängt, machte das Diensttelefon auf sich aufmerksam.

»Hallöchen Chef, ich bin's. Störe ich Sie gerade in der Mittagspause?«

Kollegin Anna Riese flötete die Begrüßung in das Ohr ihres Vorgesetzten und wartete auf eine Antwort, die jedoch nicht kam. Kalkove behielt den Hörer ohne weitere Regung am Ohr. Schließlich gab sie auf.

»Na ja, aber wenigstens hören Sie mir zu. Wir haben etwas sehr Interessantes herausgefunden.«

»Raus damit Riese, ich höre«, murmelte Kalkove.

»Also, wir haben bezüglich der Opfer recherchiert und siehe da, plötzlich sind die gar nicht mehr so anonym, wie wir erst dachten. Fangen wir bei Anita Worms an. Die wurde vor sieben Monaten als Hausmädchen bei der Familie Holzberg eingestellt – auf Basis für Geringverdiener, war sogar angemeldet. Die Arbeitgeber wohnen ...«

»Ich kenne das Anwesen von Holzberg ..., weiter«, unterbrach er Anna Riese.

»Gut, also als Hausmädchen. Vor etwa fünf Monaten wurde sie entlassen und verließ allem Anschein nach die Stadt. Danach verliert sich jede weitere Spur. Schon während Anita Worms im Haus beschäftigt wurde, arbeitete eine Helga Mathes als Bürokraft in der Verwaltung der Firma Holzberg. Die war, so die Aussage einer anderen Angestellten, mit der wir sprechen konnten, überhaupt nicht ausgebildet für diesen Bereich. Sie war gelernte Friseurin und einfach nur, wie drückte sich diese Dame aus ... nur mit Sonderaufgaben außerhalb betraut, wobei man sich bezüglich ihres wirklichen Aufgabenbereichs nicht zurückhielt. Einer der Männer bezeichnete sie sogar als Betriebsmatratze, die beiden Chefs schöne Augen machte. Rita Meiler dürfte Ihnen ja bekannt sein. Die war bekanntermaßen im ›Hirschen‹ als Kellnerin beschäftigt. Kam auch tatsächlich aus dem Gastronomiebereich und hatte zuvor eine Anstellung in einer Dortmunder Szenekneipe. Man munkelt dort, dass sie dem Ruf des Geldes gefolgt war, besser gesagt dem Ruf eines gut aussehenden, wohlhabenden Mannes ... wir sprechen über Franz Holzberg.«

Anne Riese hoffte vergebens auf eine Zwischenbemerkung ihres Chefs und fuhr fort.

»Da bleibt nur noch Miriam Rotthof. Hier fehlen uns jegliche Informationen. Wir wissen nur, dass sie aus zerrütteten Familienverhältnissen stammt, irgendwann aus einer Besserungsanstalt ausbüxte und sich auf der Straße rumdrückte. Zuletzt eben im Bereich Winterberg. Na ja, und bekannt war nur noch, dass sie schwanger war. Wer der Vater ist, bleibt bis jetzt ein Geheimnis. Aber auch da wäre ja immer noch ein späterer Vaterschaftstest möglich. Wir sind ja schließlich nicht mehr im Mittelalter. Es sind auch die Ergebnisse da von der Spurensuche am Waldweg unterhalb der Hütte.

Nichts Verwertbares, nur die Reifenspuren unserer eigenen Fahrzeuge. Keinerlei Fußspuren, außer von unseren eigenen Männern. Auch im direkten Umfeld nichts, rein gar nichts. Ein völlig aufgeräumter Tatort. Hier hat es jemand verstanden, die eventuell vorhandenen Spuren perfekt zu beseitigen. Die Plastiksäcke gibt es in jedem Supermarkt zu kaufen, keine Fingerabdrücke, rein nichts.« Wieder lauschte sie. »Chef, sind Sie noch da?«

»Riese, kann ich diese Ergebnisse in einer Zusammenfassung gefaxt bekommen? Rufen Sie mich bitte vor dem Faxen an. Sie kennen ja die Gründe.«

»Ja Chef, ich weiß, Sie können keinem trauen. Mach ich sofort fertig.«

Anna Riese machte eine große Pause und hörte Kalkove am anderen Ende atmen.

»Ja gut, Riese, das war klasse. Das wollten Sie doch hören, oder?«

»Irgendwie schon, Chef«, lachte sie in den Hörer und legte auf.

Holzberg, immer wieder Holzberg. Warum stoße ich immer wieder auf diesen Namen bei den Ermittlungen? Dann musste dieser dubiose Bürgermeister doch die Opfer alle persönlich gekannt haben. Nun ja, fast alle. Miriam Rotthof war ja eine Rumtreiberin. Jetzt brauche ich einen Kaffee!

22

Obwohl das Wetter nicht unbedingt Anlass dazu gab, Fröhlichkeit aufkommen zu lassen, fuhren sie dennoch ausgelassen rüber zum Hallenberger Wald. Claire schien ihre anfängliche Reserviertheit völlig abgelegt zu haben und strahlte Patrick immer wieder gelöst von der Seite an. Sie hatte sich vor der Fahrt noch eine hochmoderne warme Jacke gekauft, die es in dieser Gegend in riesiger Auswahl zu erwerben gab. Das fand wohl seine Begründung in der Tatsache, dass sie sich in einem stark frequentierten Wintersportgebiet bewegten. Die Saison hatte noch nicht begonnen und die Auswahl war noch imponierend. Claire sah fantastisch darin aus! Das Auto parkten sie auf dem Touristen-Parkplatz und marschierten gut gelaunt und an den Händen haltend den schmalen, doch steil ansteigenden Fußweg zur Hütte hinauf. Immer mal wieder fanden sie die Gelegenheit, sich wie pubertierende Teenager zu umarmen und leidenschaftlich zu küssen. Erst ein gelbes Absperrband der Polizei wollte ihnen sagen: Bis hierher und nicht weiter! Das sagte es zumindest einem gesetzestreuen deutschen Bürger, wie Patrick ihn normalerweise repräsentierte. Aber Claire schien sich dessen gar nicht bewusst zu sein, dass sie hier gegen Gesetze verstieß, als sie lachend den Oberkörper beugte, um darunter hinwegzuhuschen. Völlig ausgelassen lief sie weiter in Richtung Hütte.

»Claire, komm bitte sofort zurück, das ist polizeiliches Sperrgebiet! Du zerstörst eventuell wichtige Spuren«, versuchte Patrick sie aufzuhalten, bevor er ihr einem inneren Zwang gehorchend folgte. Ihren Lauf stoppte sie erst kurz vor dem Hütten-Eingang. Dort wurde sie ganz langsam und näherte sich vorsichtig in kleinen Schritten. Jetzt endlich hatte er sie erreicht und packte sie am Arm. Doch sie drängte weiter in Richtung der versiegelten Tür und zog ihn hinter sich her. Eine gewisse Anspannung konnte sie jedoch nicht vor ihm verbergen.

»Pfui, wie das hier stinkt. Lass uns nur ganz kurz ... Bitte Patrick! Wie willst du darüber schreiben, wenn du gar nichts gesehen hast? Schatz, nur ganz kurz ... Sei kein Spielverderber!«

Wie man diesen bittenden Augen und diesem süßen Mund widerstehen konnte, würde er niemals herausfinden. Ein unschuldiger Blick, ein kleiner flüchtiger Kuss und sein Widerstand war endgültig gebrochen. Wie Diebe, nach allen Seiten sichernd, legten sie die letzten Schritte zurück und durchtrennten das Siegel.

»Wenn man uns hier erwischt, sitzen wir für mindestens eine Nacht in einer Zelle.«

»Zusammen?«, fragte sie mit einem hintergründigen Grinsen.

»Aber nur ganz kurz reinschauen, Claire! Ich fühle mich hier überhaupt nicht wohl.«

Woher Claire plötzlich die kleine Taschenlampe zauberte, blieb ihm verschlossen. Sie musste diese Aktion bereits geplant haben und amüsierte sich diebisch über sein erstauntes Gesicht.

»Allzeit bereit«, versuchte sie das Ganze zu erklären und lachte glockenhell auf. *Konnte man dieser Frau wirklich böse sein?* Sie zog ihn langsam hinter sich her, hielt mit der anderen Hand die Lampe. Der Lichtstrahl strich zuckend über das Loch in der Decke, über die wenigen Werkzeuge, die an den Wänden verteilt herumlagen und über die feuchten Wände. Spinnennetze schillerten silbern und zeigten die Erbauer, die sich jedoch eilig in die sichere Dunkelheit zurückzogen. Schließlich traf das Licht auf die große Lücke in der Rückwand, aus der die Bretter nun etwas großzügiger entfernt worden waren. Der Geruch wurde unerträglich, und Patrick fragte sich, ob man ihn jemals aus ihrer Kleidung und vor allem wieder aus der Nase bekamen. Claire konnte es nicht lassen und steckte ihren hübschen Kopf durch die Öffnung. Sie leuchtete die nackte Lehmwand dahinter ab.

»Hier hat man die Säcke, ich meine die Opfer gefunden?«

Sie hatte diese Frage noch nicht ganz ausgesprochen, als hinter ihnen das Geräusch fallender Erde zu hören war. Heftig stieß Claire mit dem Hinterkopf an die Kante eines seitlich vorstehenden Bretts, bevor sie mit einem spitzen Schrei in Patricks Arme sprang. Unvermittelt hatte sich über ihnen etwas Laub gelöst und war durch die Dachöffnung in den Innenraum gerieselt. Der Schrecken saß beiden noch tief in den Gliedern, als sie von Angst getrieben vor die Hütte traten und das Dach oberhalb absuchten. Irgendwas musste doch dafür verantwortlich gewesen sein – möglicherweise ein Tier? Claire presste ihre Hand gegen den Kopf, und er sah vorsichtshalber nach, ob sie eine Blessur davongetragen hatte. Die unglaubliche Haarpracht hatte wohl einem Airbag gleich verhindert, dass sie sich ernsthaft verletzte.

»Lass uns hier schnell verschwinden, Patrick. Das ist mir nicht ganz geheuer. Da war doch was. Das Laub fällt doch nicht von allein runter. Lass uns lieber zu der Hütte gehen, in der dieser Paul Kamman verbrannte.«

»Muss das denn wirklich sein, Claire? Da gibt es doch nur Asche und Reste vom Haus zu sehen.«

»Bitte, bitte, Patrick. Nur ganz kurz. Wie soll ich mir das Ganze sonst vorstellen können? Du schreibst doch darüber. Und dann möchte ich die Szene unbedingt vor Augen haben.«

Mit Sorge betrachtete er den Himmel, der sich bereits dunkel färbte. Eine Regenfront näherte sich. In relativ kurzer Zeit erreichten sie jedoch den Hang, auf dem sich die niedergebrannte Hütte befand. Die Feuerwehr hatte ganze Arbeit geleistet und nachdem sie sämtliche Glutnester gelöscht hatten, auch die restlichen Teile der Hütte eingerissen. Bäume, die in unmittelbarer Nähe zum Haus gestanden hatten, wiesen angekokelte Bereiche auf, deren Äste sich uns nun wie mahnende Finger entgegenstreckten. Claire hakte sich bei Patrick ein und zog die Schultern zusammen.

»Wo lag er denn, nachdem er ...?«

Claire gab einfach nicht auf. Sie musste jede Frage beantwortet haben, alles bis zum Schluss ausreizen. Er führte sie näher an die Hütte heran und blieb vor einem dunklen Fleck stehen, wo das Gras total verbrannt war.

»Genau hier lag er. Riechst du das nicht?«

Fast hätte er das Gleichgewicht verloren, als Claire zurücksprang und ihn mitriss, während sie einen schnellen Schritt zur Seite tat. Ein kurzer spitzer Schrei verließ ihren Mund, den sie schließlich mit der Hand abdeckte. Für einen Moment hatte sie die Augen geschlossen, bevor sie ihn vorwurfsvoll anblickte.

»Hättest du mich nicht vorwarnen können? Ich hätte mir beinahe in die Hose gemacht. Ich muss hier weg.«

Ein Grinsen konnte er sich nicht verkneifen, als er sie in die Arme nahm.

»Wer von uns beiden wollte denn hierher und sich gruseln? Jetzt hast du deinen Willen bekommen und wieder ist es nicht gut. Ich habe auch keine Lust mehr und will zurück, bevor wir nass wie die Katzen werden.«

Es war gut zu wissen, dass sich Claires Mut endlich leicht abgekühlt hatte und sie sich seinem männlichen Schutz anvertrauen wollte. Gespielt cool nahm er das Angebot an, sie wieder auf sicheres Terrain führen zu dürfen. Bis sie am Auto waren, verkroch sie sich in seinen Armen. *Angst kann auch Vorteile in sich bergen.* Während der Fahrt starrte Claire schweigend durch die Frontscheibe, auf der die Scheibenwischer darum bemüht waren, den sintflutartigen Regen zu bändigen. Noch immer saß der Schreck tief in ihren Gliedern. Ihr Mund formte die Worte, ohne den Blick von der Straße zu nehmen.

»Es muss ein schrecklicher Tod gewesen sein. Verbrennen kann ich mir nur fürchterlich vorstellen.«

23

Claire war relativ schnell eingeschlafen, nachdem er sie auf ihr Zimmer gebracht und sich neben ihr Bett gesetzt hatte. Sie hatte darauf bestanden, dass er bis zum Einschlafen nicht von ihrer Seite weichen und ab und zu nach ihr sehen sollte. Patrick musste ihr das Versprechen geben, dass er auf jeden Fall im Haus war, wenn sie aufwachte. Als er ihre tiefen und regelmäßigen Atemzüge hörte, ließ er vorsichtig ihre Hand los und gab ihr einen Kuss auf die Stirn. Dass sie das Erlebte jetzt verarbeitete, konnte er an ihren unruhigen Lidern und den zunehmend zuckenden Gliedern ausmachen.

In der Gaststube war relativ viel Betrieb gemessen an der Tageszeit. Man hatte nur ein Gesprächsthema. Diese Neugierde war Schreiber zuwider und wenn er die Angst in den Augen von einigen Beteiligten sah, konnte er nicht verhehlen, dass er es den Leuten gönnte. Auch sie sollten in ihren Spießerköpfen spüren können, was Angst bedeutet und mit den Menschen anrichten konnte. Der Kaffee kam ohne Bestellung an seinen Tisch, was ihn freute.

»Danke, danke! Kann ich auch noch ein Stück Käse-Sahne dazu haben?«

»Das können Sie gerne haben. Sie können auch eine eigene Kanne Kaffee haben. Die vor Ihnen auf dem Tisch ist nämlich für Herrn Kalkove.«

Ein Blick zur Seite gab ihm die Gewissheit, dass der gewaltige Schatten, der sich ihm näherte, tatsächlich zum Hauptkommissar gehörte.

»Draußen braut sich erneut was zusammen, die Wolken verheißen nichts Gutes«, erklärte er, während er das Wasser aus dem Mantel schüttelte und Schreiber gegenüber Platz nahm. Die anderen Gäste sahen neugierig herüber und hätten wohl ein hohes Entgelt dafür gezahlt, wenn sie hier Mäuschen hätten spielen dürfen. Kalkove hatte eine Mappe neben sich abgelegt, die eine ansehnliche Menge Papier beinhaltete. Das sah vor wenigen Tagen noch ganz anders aus.

»Da war aber jemand fleißig!«, bemerkte Patrick anerkennend.

»Ich muss zugeben, dass andere für mich fleißig waren und mich sehr viel weiter gebracht haben. Auf meine Mitarbeiter kann ich mich zu einhundert Prozent verlassen. Zumindest kann ich jetzt meine Ermittlungen besser kanalisieren. Der Kreis der Verdächtigen wird zusehends kleiner.«

Damit hatte er seinen Tischnachbarn am Haken. Patrick muss wie ein lebendes Fragezeichen ausgesehen haben, als die Wirtin ihm Kaffee und den unglaublich gut schmeckenden Kuchen vorsetzte.

»Ist denn wenigstens der Kuchen für mich?«, konnte er sich nicht verkneifen nachzufragen. Ein missbilligender Blick der Wirtin und eine schnippische Antwort waren die logische Folge.

»Herr Kalkove bevorzugt die Sachertorte und die kommt auch sofort.«

Was dann folgte, war trotz seiner Erfahrung, die er mittlerweile beim gemeinsamen Essen sammeln durfte, absolut sehenswert. Die gute Frau hatte scheinbar die Torte lediglich in der Mitte geteilt. Eine der beiden Hälften stand nun vor Kalkove.

»Erwarten wir noch Gäste?«, entfuhr es Schreiber prustend. Kalkove flüsterte, um die Wirtin nicht zu verärgern.

»Das ist mir jetzt aber wirklich peinlich. Möchten Sie etwas davon? Das schaffe ich nicht allein.«

»Jetzt stellen Sie sich mal nicht so an!«

Sie lachten gleichzeitig. Ihr Publikum sah völlig konsterniert zu ihnen rüber, da niemand von ihnen ahnen konnte, worum es bei der Unterhaltung ging. Während kleiner Essenspausen setzte Kalkove Patrick über die neuesten Ergebnisse in Kenntnis und vertrat die Meinung, dass er sich noch einmal intensiver mit der Familie Holzberg beschäftigen müsse.

»Die scheinen, verstehen Sie das bitte nicht wörtlich, ein paar Leichen im Keller zu haben.«

Schreiber lief es trotz der umgangssprachlichen Ausdrucksweise des Hauptkommissars kalt den Rücken runter.

»Werde mich noch mal mit dem alten Holzberg in Verbindung setzen. Vielleicht kann er mir erklären, warum die beiden jungen Frauen so plötzlich aus dem Dienst entlassen wurden. Das Kind dieser Miriam Rotthof, das heißt – diese Schwangerschaft hatte ja schon Bestand, als sie hierher kam, nach Winterberg. Das Schwängern selbst fand also nicht hier statt. Doch lassen Sie mich noch erwähnen, dass ich es immer noch nicht fassen kann, dass sich an dem Fundort in der Hütte oben nicht eine Spur fand. Die Opfer sind definitiv nicht dort getötet worden. Jemand muss sie dort entsorgt haben. Denn man kann diese schweren Säcke nicht kilometerweit durch den Wald getragen haben. Dann hätten wir Spuren finden müssen. Es muss zwingend ein Fahrzeug benutzt worden sein.«

»Darüber hatte ich mich auch schon gewundert. Und warum wurde die erste Tote, diese Miriam, nicht ebenfalls in der Hütte deponiert? War unterhalb vom Fundort nicht auch ein Weg? Natürlich, da hielten doch diese Idioten, die mich dann festgesetzt haben. Hat man da keine Reifenspuren gefunden?«

»Eben nicht. Zumindest keine verwertbaren Spuren. Außerdem waren die sowieso von den Polizeifahrzeugen zerstört worden, die Sie gerufen hatten. Die Wahnsinnigen sind ja wie eine Horde Elefanten durch den Wald getrampelt. Ach übrigens, Herr Schreiber, ich habe das so lange vergessen: Ich soll Ihnen liebe Grüße von der kleinen hübschen Polizistin übermitteln, die Ihnen die Decke um ihren Astralkörper legen durfte.«

Schreibers konsternierten Blick beantwortete er mit einem anhaltenden Lachen, bis Schreiber selber darin einfiel.

»War nur ein Scherz, Schreiber, war nur ein Scherz. Übrigens werde ich mich jetzt mal auf den Weg rüber zum Sitz der Holzbergs machen. Habe dort einen Termin. Bis später mal, hoffentlich mit Ihrer bezaubernden Freundin. Wo ist sie übrigens, sie ist doch wohl nicht krank?«

Kalkove tat, was er angekündigt hatte, und verließ die Gaststube, um zu Holzberg zu fahren. Der enttäuschte Blick der Wirtin begleitete ihn.

24

Der Weg führte Kalkove durch Gebiete, die dem aufmerksamen Wanderer hätten das Herz erfreuen können. Selbst jetzt, da der aufgekommene heftige Wind die Regenböen vor sich her peitschte, war der Zauber der Landschaft zu spüren. An einer Kuppe, die oberhalb des Anwesens lag, stoppte er für einen Moment, um sich zu sammeln und die Aussicht zu verinnerlichen. Er schaltete den Motor aus und ließ nur die Lüftung eine Zeitlang laufen, damit die Scheiben frei blieben. Das war schon ein imposantes Haus, das sich die Familie Holzberg zugelegt hatte. Für diese drei Personen war das Anwesen eigentlich viel zu groß. Hier vermutete man eine Großfamilie mit vielen Bediensteten, damit das alles mit Leben erfüllt werden konnte; Platz genug für Personal war allemal vorhanden. Etwas abseits von der Villa stand ein großer Schuppen, in dem sich schemenhaft zwei große Oldtimer erkennen ließen. Direkt daneben schloss sich ein Gebäude mit mindestens sechs bis acht Zimmern an. Auffällig war, dass man ganz am Ende des Riesengrundstücks durch einen schmalen Weg verbunden eine Art Treibhaus gesetzt hatte, welches in einem Geräteschuppen endete. Wie verloren mussten sich Menschen in dieser Umgebung fühlen? Kein Wunder, dass Franz Holzberg die Flucht antrat und mit dubiosen Freunden in Spielbanken seine Freizeit verbrachte. Dass er dabei immer wieder Teile des Holzberg-Vermögens verlor, schien ihn nur wenig zu belasten. Kalkove verwarf die Gedanken und startete sein Fahrzeug. Als es vor dem Eingangstor ausrollte, öffnete es sich im gleichen Augenblick wie durch Geisterhand. *Verbrachte dieser Holzberg eigentlich den ganzen Tag vor den Bildschirmen seiner Überwachungsanlage?* Vor dem Eingangsportal blieb er sekundenlang stehen, wunderte sich aber nicht mehr darüber, dass sich die Tür wie von Geisterhand öffnete und Cornelia Holzberg sich auf zwei Gehhilfen abstützend in der entstandenen Öffnung auftauchte. Sie machte ihm Platz, als er sich an ihr vorbeiquetschen wollte.

»Guten Tag, Herr Kalkove. Ich habe Sie schon kommen sehen und mir erlaubt, Ihnen zu öffnen. Vater geht es heute nicht so gut, dennoch wird er Sie gleich empfangen. Er berichtete mir, dass Sie bei den Ermittlungen in der Brandgeschichte mit dem bedauernswerten Paul Kamman erfolgreich waren. Hoffentlich kommen Sie auch bei den Mordgeschichten weiter. Ist schon Land in Sicht?«

Es erfreute den hartgesottenen LKA-Mann, dass dieses arme Geschöpf heute in einem ganz anderen Zustand vor ihm stand, gegenüber seinem letzten Besuch. Die Kleidung sauber, das Haar zwar struppig, aber gewaschen. Sie bewegte sich mit ihrer Gehhilfe halbwegs sicher und führte ihn in das Wohnzimmer.

»Lieber Herr Kalkove. Ich möchte Sie darum bitten, sich selbst an der Bar zu bedienen. Das würde mir doch etwas schwerfallen.«

Kalkove holte sich, dankbar für das Angebot, ein Fläschchen Mineralwasser. Währenddessen setzte sich Cornelia umständlich in einen Sessel und beobachtete ihn unentwegt.

»Sie hatten mir noch nicht auf meine Frage geantwortet, Herr Kalkove. Sind Sie mit Ihren Ermittlungen vorangekommen?«

»Da müsste ich Sie jetzt belügen, wenn ich das bejahen würde, Frau Holzberg. Eine konkrete Spur kann man die bisherigen Ergebnisse nicht nennen. Aber ich bin guter Dinge. Eigentlich bin ich sehr stolz darauf, dass ich meine Fälle in der Regel immer zu einem Abschluss führe.«

Cornelia nickte anerkennend und brachte den Hauptkommissar mit ihren nächsten Worten in Verlegenheit.

»Bitte, Herr Kalkove, nennen Sie mich einfach Cornelia. Ich bin noch eine Heranwachsende, die sich so alt vorkommt, wenn sie gesiezt wird. Ist das für Sie in Ordnung?«

Bevor sich Kalkove dazu äußern konnte, fuhr Cornelia fort: »Für mich ist der Gedanke sehr belastend, dass in dieser schönen Stadt ein Mörder sein Unwesen treibt. Trotz meiner körperlichen Einschränkungen lebe ich hier nämlich sehr gerne. Gott sei Dank kann ich mich in diesem überwachten Haus sehr sicher fühlen. Hier haben Einbrecher keine Chance. Aber da draußen hätte ich ein ungutes Gefühl. Das können Sie sicher am ehesten verstehen, der sich doch tagtäglich mit Mord und Totschlag herumschlagen muss.«

Während Cornelia über ihre Ängste berichtete, studierte Kalkove die übermächtigen Bücherwände und stellte fest, dass sich viele davon mit der Psyche des Menschen beschäftigten, also reine Sachbücher darstellten. Ein weiterer Bereich befasste sich mit fernen Ländern. Er konnte sich die Frage nicht verkneifen.

»Lesen Sie viel? Ich meine, haben Sie einige dieser Bücher schon studiert?«, wollte Kalkove wissen, auch um die Wartezeit bis zum Eintreffen des Seniors zu überbrücken.

»Ich interessiere mich sehr für die Seele des Menschen, seine Freuden, Ängste, Sehnsüchte, sein Streben nach Perfektion. Wenn ich einmal gesund bin und normal gehen kann, werde ich die ganze Welt bereisen. Darauf will ich vorbereitet sein. Mein Bruder Franz erzählt mir immer von anderen Ländern, die er schon gesehen hat. Da möchte ich auch hin! Gibt es etwas Schöneres, als andere Kulturen und die uns zumeist fremden und beeindruckenden Landschaften zu sehen?«

»Sie werden das bestimmt schaffen, das fühle ich. Sie sind stark!«, versuchte er ihr Mut zu machen.

Kalkove hatte Mitleid mit diesem Mädchen, dieser jungen Dame, die weder mit Schönheit noch mit Gesundheit gesegnet worden war. Aber sie hatte Ziele, die sie erreichen wollte. Das konnte man in ihren Augen erkennen. Cornelia sah ihn dankbar an und strich ihr Kleid glatt. Die Tür zum Flur öffnete sich zögerlich, und Rainer Holzberg betrat den Raum. Er wirkte leicht desorientiert und machte den Eindruck, als hätte man ihn aus einem tiefen Schlaf gerissen. Sein Blick richtete sich erst auf Cornelia und anschließend auf Kalkove, der Mühe hatte, sich aus seiner tiefen Position aus der Couch zu erheben, um den Hausherrn zu begrüßen. Während dieser mit vorgestreckter Hand auf Kalkove zuging, blickte er unverwandt auf seine Tochter und setzte sich ebenfalls.

»Wie ich sehe, haben Sie sich schon bedient und sind versorgt. Meine Tochter war hoffentlich eine gute Gastgeberin.«

Der letzte Satz war eher als Frage zu verstehen, sodass sich Kalkove beeilte, dies zu bestätigen. Cornelias dankbarer Blick war die Belohnung dafür.

»Sie hatten noch Fragen an mich, wie Sie am Telefon erwähnten? Dann mal raus damit. Ich hoffe, dass ich Ihnen helfen kann!«

»Das können Sie bestimmt! Sagt Ihnen der Name Anita Worms etwas?«

Die Frage hatte er absichtlich ohne Vorwarnung gestellt, wobei die Wirkung anders war, als es sich Kalkove vorgestellt hatte. Holzberg reagierte so gut wie gar nicht. Er wirkte benommen wie ein angeschlagener Boxer.

»Wie war doch noch mal der Name dieser Dame?«

»Anita Worms«, wiederholte Kalkove.

»Vater, der Kommissar fragte nach Anita, Anita Worms. Die hattest du doch hier als Hausmädchen angestellt. Das musst du doch noch wissen!«

Ihr Blick besaß den Anflug eines Vorwurfs.

»Ach ja, die Worms, was ist mit ihr?«

Dankbar lächelte Kalkove Cornelia an, die das Lächeln zurückgab.

»Wissen Sie noch, Herr Holzberg, wann sie bei Ihnen beschäftigt war und warum sie ging?«

»Da müsste ich in den Papieren nachsehen, Herr Kalkove. Ja, warum ging sie damals eigentlich?«

Völlig in Gedanken rieb er sich das Kinn und schien ernsthaft darüber nachzudenken. So abwesend hatte ihn Kalkove bisher noch nie erlebt. Cornelia schüttelte leicht den Kopf und antwortete für ihren Vater.

»Herr Kalkove, ich sagte ja bereits, mein Vater fühlt sich heute nicht so besonders. Er hat diese Phasen hier und da. Unser Herr Doktor hat ihm eine Medizin verschrieben, die er dann nehmen soll. Machen Sie sich deshalb aber keine Sorgen. Seine Beeinträchtigung ist nicht lebensbedrohend. Bitte entschuldigen Sie diese Unpässlichkeit. Also, Fräulein Worms war etwa zwei Monate bei uns im Haus und sollte eigentlich mir und meinem Vater zur Hand gehen. Das war die Grundidee. Doch sie hatte einfach kein Talent dazu, fühlte sich ständig überfordert, sogar von mir gegängelt. Zu guter Letzt erwischten wir sie beim Stehlen. Vater wollte das zuerst nicht wahrhaben, hat sie dann doch fristlos entlassen. Wohin sie danach ging, entzieht sich unserer Kenntnis. Aber warum fragen Sie nach ihr?«

»Es liegt uns eine Vermisstenanzeige der Eltern vor«, log Kalkove spontan und schob eine weitere Frage hinterher. »Kennen Sie auch eine Helga Mathes?«

»Natürlich kennen wir diese Person. Vater hatte sie, wenn ich mich nicht irre, in der Buchhaltung angestellt, obwohl sie dort absolut unpassend eingesetzt war. Das erzählte mir die Leiterin kurz nach Helgas Einstellung. Vater brachte diese Person sogar einmal mit hierher. Ich habe nicht verstanden, warum er das tat. Sie war einfach nur ungebildet und ordinär. Ich habe Franz davon erzählt und wir beide haben dafür gesorgt, dass sie wieder entlassen wurde. Franz hat ihr etwas Geld auf die Hand gegeben, damit sie keine weiteren Ansprüche bezüglich Kündigungsfristen geltend macht und sofort verschwindet. Wird sie etwa auch vermisst?«

Der alte Holzberg saß zusammengekauert in seinem Sessel und hielt seine Augen ausschließlich auf Cornelia gerichtet. Dabei vermittelte er Kalkove das Gefühl, als ob er dieser Unterhaltung nur schwer folgen konnte. Die weitere Befragung des Bürgermeisters erschien Kalkove heute wenig fruchtbar, sodass er sich entschloss, an dieser Stelle abzubrechen und eine bessere Gelegenheit abzuwarten. Entschlossen erhob er sich und bedankte sich sowohl bei Rainer Holzberg als auch bei Cornelia, die ihn sitzend verabschiedete und dafür um Verständnis bat.

Da war nichts zu machen, gestand sich Kalkove ein, dabei hatte er zumindest ansatzweise erfahren können, warum die beiden jungen Frauen das Haus Holzberg verlassen mussten. Eine Frage beschäftigte ihn allerdings viel mehr: Warum waren sie überhaupt eingestellt worden, wo doch jegliche Qualifikation fehlte?

161

25

Das Schreiben ging Patrick recht gut von der Hand und erfüllte ihn mit Zufriedenheit. Seine Zusage, bis zum Ende der Woche das halbe Buch im Rohtext liefern zu können, konnte er wahrscheinlich einhalten. Claire sollte stolz auf ihn sein. Endlich konnte er ihr beweisen, dass mehr in ihm steckte als nur Resignation, Selbstaufgabe und die Flucht in den Alkohol. Die Dunkelheit und das Unwetter hatten mittlerweile das Land fest im Griff und es wurde Zeit, ans Abendessen zu denken. Eine Dusche, eine schnelle Rasur und ein frisches Hemd ... der Abend konnte ja noch kleine Nettigkeiten bereithalten. Als er sein Zimmer verließ und an Claires vorbeikam, hatte er schon die Hand zum Klopfen erhoben, als er einen Blick auf die Uhr warf. Erst 17:30 Uhr. Also gönnte er seiner Prinzessin noch ein wenig Ruhe. Er aß gewöhnlich erst gegen 19:30 Uhr. Im Gastraum fand er einen sehr nachdenklichen Kalkove, der vor einem halbgeleerten Bierglas saß und stumm hineinstierte. Die Wirtin, zu der Patrick kurz hinüberblickte, um sich auch eines zu bestellen, zuckte nur die Achseln und signalisierte ihm auf diese Weise, dass auch sie ratlos war.

»Störe ich beim Nachdenken oder darf ich mich zu Ihnen setzen? Ich könnte es mir nicht verzeihen, wenn ich Sie ...«

»Schreiber, setzen Sie sich und halten Sie die Klappe. Ich denke wirklich nach.«

Patrick nahm sein Bier entgegen und verhielt sich still, wie ihm geheißen. Gerne hätte er hinter Kalkoves Stirn geschaut, um zu erfahren, welche Probleme diesem Genie tatsächlich Sorgen bereiten konnten. Unvermittelt brach der sein Schweigen und sah Patrick durchdringend an.

»Schreiber, Sie haben eine Frau ermordet. Sie erstickt.«

»Was habe ich getan?«, reagierte der entsetzt.

»Nur so, ganz fiktiv, Sie Narr. Sie haben diese Frau getötet und wollen sie loswerden. Was würden Sie mit der Leiche tun? Würden Sie die erst zersägen, sie dann in Plastiktüten verpacken und mitten im Wald drapieren? Ist die Gefahr nicht viel zu groß, dass die Leichenteile von Spaziergängern oder von Hunden gefunden würden? Der Gestank ist doch meilenweit zu vernehmen! Beim ersten Opfer hat man sich erst gar nicht die Mühe gemacht, ein geeignetes Versteck zu suchen. Einfach die Einzelteile in den Wald, Laub drüber ... und der Wunsch war wohl Vater des Gedankens: Die Wildtiere werden es schon richten! Genug Wildbiss konnten wir ja auch tatsächlich feststellen. Hätten Sie die Frau nicht gefunden, wäre von der Dame nicht viel übriggeblieben.« Er nahm einen Schluck von seinem verschalten Bier, bevor er fortfuhr. »Bei den weiteren Opfern muss schließlich der Geistesblitz entstanden sein, dass man die Ware, also die Opfer, doch besser verpacken und erst dann eleganter verstecken sollte. Also Plastiksäcke, da die ja ... so der Volksglaube ... niemals verrotten und ab in die verlassene Hütte. Suchaktionen waren hier nicht berücksichtigt und auch nicht die feine Nase von speziell ausgebildeten Spürhunden. Die gesamte Planung war also plötzlich für den Arsch. Können Sie mir folgen, Schreiber?«

»Bis zum Arsch würde ich sagen Ja, Mister Sherlock Holmes.«

»Wie bescheuert muss ich sein, um so vorzugehen?«, legte Kalkove nach.

»Oder wie clever muss ich sein?«, wandte Patrick Schreiber ein. »Sie müssen doch denken, dass es ein Verrückter war. Tun Sie doch auch gerade. Auch die Dorfbewohner dachten so, als man Paul Kamman töten wollte. Könnte es nicht genau das sein, was der Mörder tatsächlich beabsichtigt? Lenkt er so von sich ab, um den Verdacht auf irgendeinen schwachsinnigen Psychopaten zu lenken? Sie müssen doch zugeben, dass er es bisher hervorragend verstanden hat, die Polizei an der Nase herumzuführen. Sie haben doch nichts in der Hand. Sie tappen völlig im Dunkeln.«

Wenn er geglaubt hatte, dass Kalkove jetzt weniger nachdenklich oder sogar beeindruckt war, hatte er sich geirrt.

»Noch zwei Bier!«, rief Kalkove missmutig rüber zur Theke.

»Alles klar?«, wollte die Wirtin wissen, als sie die Krüge absetzte. »Hebt sich die Laune wieder, oder muss ich erst die Blaskapelle holen?«

»Sind Sie eigentlich verheiratet?«, provozierte Kalkove sie unvermittelt, was sie nur kurz sprachlos machte.

»Solange das hierzulande nicht gesetzlich vorgeschrieben wird, werde ich das auch vorerst nicht sein«, konterte sie und erreichte damit, dass der LKA-Mann endlich wieder lächelte. Beide Männer versuchten danach, die Fälle von den verschiedensten Seiten zu beleuchten, was sie der Lösung natürlich um keinen Schritt näher brachte, und vergaßen dabei die Zeit. Patrick schielte mehr zufällig auf seine Uhr.

»Upps, schon zwanzig Uhr. Jetzt kommt aber der kleine Hunger. Sie entschuldigen mich einen Augenblick, während ich Frau Forman zum Essen runterhole?«

»Ich würde es auf keinen Fall entschuldigen, wenn wir ohne sie essen müssten«, lachte Kalkove.

Es war nur eine Etage zu bewältigen, bevor Patrick vor Claires Tür stand und zaghaft klopfte. Als sie sich für sein Gefühl etwas zu viel Zeit ließ, um ihren Traumprinzen einzulassen, klopfte er energischer, was jedoch die gleiche Wirkung hatte, nämlich gar keine. Da er weder Schlüssel bzw. Karte besaß, war es ihm nicht möglich, hineinzukommen, ohne die Tür aufzubrechen. Für einen Augenblick legte er sein Ohr an die Tür, um eventuell das Geräusch des Duschwassers wahrnehmen zu können. Völlige Ruhe auf der anderen Seite. Er entschloss sich dazu, auf die Straße zu gehen, um festzustellen, ob sie das Licht eingeschaltet hatte. Schon beim Hinauslaufen registrierte er, dass der Peugeot, den sie als Leihwagen fuhr, nicht an seinem Platz stand. *War Claire unvermittelt abgereist? Einfach so? Ohne weitere Nachricht? Niemals, das war nicht ihr Stil!* Die Lösung seines Problems lag in der Hand der Wirtin, der er die Lage kurz schilderte. Gelassen nahm sie die Universalkarte, legte ihre Hand beruhigend auf seinen Arm und ging die Stufen hinauf, bis sie Claires Zimmer erreichten. Ein leises Summen des Türöffners, als sie die Karte einführte und er stand im Zimmer. Absolute Dunkelheit umfing die beiden Besucher, sodass sie kurzerhand das Licht einschalteten. Die Lampe auf der Kommode spendete ein sparsames Licht, was jedoch ausreichte, Patrick zu zeigen, dass Claire tatsächlich abgereist war. Kleider, Schuhe, Kosmetik waren sorgfältig entfernt worden.

Was war passiert? Warum so plötzlich?

Resigniert folgte er der Wirtin nach unten, ließ es erstaunt zu, dass sie ihn kurzerhand an ihren mächtigen Busen drückte.

»Sie kommt bestimmt wieder, Herr Schreiber. Da ist irgendwas besonders Wichtiges dazwischen gekommen.«

»Was ist los, Schreiber, haben Sie den Allmächtigen gesehen?«, empfing ihn Kalkove am Tisch. »Wo ist unser Sonnenschein?«

Patrick erklärte ihm die Lage und war überrascht, dass ihm diese Nachricht noch mehr an die Nieren zu gehen schien als ihm selbst. Er stand wortlos auf und forderte ihn auf, ihm zu folgen. Die Stufen knarrten gequält, als er die Treppe fast hochstürmte.

»Haben Sie noch die Schlüsselkarte? Machen Sie bitte auf!«

Sein Ton warnte Patrick auf eine bestimmte Art, die sogar leichte Panik hervorrief. Völlig konzentriert ging der erfahrene Hauptkommissar zum Kleiderschrank und öffnete jede Tür. Auch im Bad und in der Diele sah er in jede Ecke, bevor er sich an Patrick wandte.

»Würden Sie behaupten, dass Frau Forman eine oberflächliche Frau ist? Verhält sie sich manchmal unkonzentriert?«

»Nein, um Gottes willen, nein! Sie ist schon übertrieben penibel.«

»Dann erklären Sie mir einmal, warum eine solche Frau ausgerechnet auf ihren Lippenstift verzichten sollte, wenn sie abreist? Kommen Sie bitte mit ins Bad!«

Woher Patrick Schreiber diese innere Unruhe bezog, konnte er sich nicht erklären. Seinen Zweifeln an einer plötzlichen Abreise fügte er ein Argument hinzu.

»Sie hätte mich doch auch zumindest angerufen.«

»Genauso hätte auch ich sie eingeschätzt, Schreiber. Ich vermute mal, dass Sie beide auch keinen Streit hatten. Wollen Sie meine Meinung hören?«

»Nein, will ich nicht. Ich will keine Meinung hören, ich will Claire.«

»Rufen Sie bitte Ihre Freundin an ... sofort!«

Das Handy zitterte in seiner Hand, sodass ihm Kalkove das Gerät entriss und nach der Nummer fragte, die er dann eintippte. Das Rufzeichen ging raus und erreichte auch Claires Handy. Fünfmal klingelte es am anderen Ende, bevor abrupt unterbrochen wurde. Wortlos gab er das Handy zurück, ohne Patrick seine wahren Gedanken mitzuteilen. Kalkove steckte seine Hand in die Hosentasche und beförderte sein eigenes Smartphone hervor. Eine Programmtaste wurde gedrückt und am anderen Ende meldete sich eine Stimme.

»Ich brauche Pieper! Sofort! ... Wie, der ist immer noch in Sundern? Wer ist heute Einsatzleiter? Gut. Ich brauche zwei Hundertschaften, Hunde, genügend Fahrzeuge, einsatzbereit in zwanzig Minuten vor dem ›Hirschen‹. Ausführung! Und noch eines. Es geht eine Fahndung raus nach einem weißen Peugeot mit dem Kennzeichen ...«

Er wandte sich an Schreiber. Da der das Kennzeichen nicht wusste, zuckte er nur mit den Achseln. Davon ließ Kalkove sich nicht beeindrucken und gab seine Anweisungen weiter an den Wachhabenden.

»Rufen Sie bei allen möglichen Autoverleihfirmen an und ermitteln Sie, ob eine Claire Forman bei denen einen weißen Peugeot geliehen hat. Wenn Sie das Kennzeichen haben, sofort nach dem Wagen fahnden lassen. Vielleicht verfügen die sogar über ein entsprechendes GPS-Signal.«

»Was soll das, Kalkove? Wofür brauchen wir Suchmannschaften und eine Fahndung?«

Schreibers Beine glaubten, den Dienst nicht mehr ausführen zu können, und begannen mit einem unkontrollierten

Zittern. Es wurde erst etwas besser, als er sich auf Claires Bett setzte.

»Sie sollten sich lang machen! Sie sehen aus wie der Käsekuchen vom Nachmittag.«

Damit versuchte ihm Kalkove klarzumachen, dass er besser nicht mitkam. Zugegebenermaßen konnte er ihm nicht widersprechen, denn die Gedanken quälten sich zäh durch sein Hirn. Vor dem Haus war allmählich Betriebsamkeit zu verspüren, was Schreiber wieder auf Trab brachte. Er brauchte jetzt Aktionen, um nicht in Depressionen zu verfallen. Langsam rappelte er sich hoch, um zu erkennen, dass das mit dem festen Stand noch etwas auf sich warten ließ. Sie gingen nach unten, wo Kalkove sich leise mit einem Ermittlungsbeamten unterhielt, der kurz darauf, mit diversen Koffern bewaffnet, im Zimmer von Claire verschwand. Schreiber war schleierhaft, wie Kalkove es immer wieder schaffte, seine Männer zu motivieren, die doch völlig übermüdet sein mussten. Die Atmosphäre war bedrückend, sie war beängstigend. Es ist schon schlimm, diese Abläufe zu erleben, wenn sie andere betrafen. War man aber selbst beteiligt, steigerte sich der Druck ins Unerträgliche. Diese flackernden blauen Lichter der Einsatzfahrzeuge, das Hundegebell, die aufgeregten Gespräche der Einsatzkräfte. Dass hier Betroffene den Verstand verloren und völlig durchdrehten, konnte Schreiber jetzt nachvollziehen. Alles, was er tat, geschah rein mechanisch. Menschen, die ihn ansprachen, nahm er nur vage wahr. Fragen beantwortete er rein mechanisch. Seine Sorge galt nur Claire. Angst lähmt, das zeigte sich hier. Besonders die Angst um einen Menschen, den man über sein eigenes Leben gestellt hat. Dass er in Kalkoves Wagen mitfuhr, nahm ich nur am Rande wahr.

»Riese, sind Sie das?« Nach einer kurzen Pause fuhr er fort. »Ja, ich weiß, dass Sie schon zu Hause sind, brauche Sie aber dringend. Folgendes erledigen Sie bitte schnellstmöglich: Am Flughafen Frankfurt, Düsseldorf, Kassel und Dortmund anrufen, ob dort heute eine Frau Claire Forman eingecheckt hat! Das ist eminent wichtig. Wenn Sie das haben, sofort Bericht an mich.«

Er wartete gar nicht erst ab, ob sie alles verstanden hatte, sondern beendete das Gespräch. Derweil kamen sie an jenem Parkplatz an, den Patrick heute schon einmal besucht hatte. Der Stein in seinem Magen wurde tonnenschwer. Kalkove ließ die beiden Beamten, die mit ihnen gefahren waren, aussteigen und hielt Schreiber am Arm zurück.

»Patrick ... ich darf Sie doch so nennen, oder? Also Patrick, ich werde diese Suche hier am Hallenberger Wald beginnen lassen, obwohl ich der festen Überzeugung bin, dass wir nichts finden werden. Immerhin besteht die Möglichkeit, dass sich Claire in den Händen dieses Psychopaten befindet, das will ich gar nicht ausschließen. Da will ich nichts beschönigen, aber es ist ein großes Zeitfenster da. Das Dezernat hat etwas Interessantes herausgearbeitet. Verzeihen Sie mir die scheinbar kalte Darstellung der Sachlage. Aber der Todeszeitpunkt bei allen Frauen lag immer erst ungefähr zwei Tage nach ihrem Verschwinden. Wir haben also, vorausgesetzt Claire sitzt nicht in irgendeinem Flieger, eine Menge Zeit. Das schmälert Ihre Ängste nicht, das weiß ich, aber es weckt zumindest Hoffnung. Verdammt, warum habe ich daran auch nicht gedacht?«

»Woran?«, unterbrach Patrick ihn und zerrte an seinem Arm.

»Bisher habe ich nicht darüber nachgedacht oder habe dieser Tatsache keine wirkliche Bedeutung zugemessen.

Doch überlegen Sie mal. Claire hat dunkelbraunes langes Haar, ist wunderschön und neu in der Stadt.«

»Ja und? Das ist mir nicht entgangen. Was könnte das Ihrer Meinung nach bedeuten? Verdammt, spielen Sie kein Spiel mit mir. Was vermuten Sie dahinter?«

»Denken Sie richtig nach! Alle Opfer hatten eine Gemeinsamkeit: Sie waren jung, schön, hatten dunkles, langes Haar und waren relativ neu in der Stadt.«

Sie stiegen aus, während Kalkove das Handy nochmals aus dem Mantel zog und jemanden anrief. Während er telefonierte, rasten die Gedanken durch Schreibers Kopf und versuchten, die Bedeutung von Kalkoves Worten einzuordnen.

»Ich brauche am Hallenberger Wald einen Hubschrauber mit Nachtsicht und Wärmekamera. Lassen Sie außerdem nach einem weißen Peugeot 308 in dieser Gegend fanden mit unbekanntem Kennzeichen.«

Die Suche begann und damit das endlose Warten und Hoffen. Schreiber hätte niemals allein im ›Hirschen‹ warten können. Die Überraschung war groß, als er viele Bürger dieses Ortes, bewaffnet mit Taschenlampen, durch die Dunkelheit laufen sah, die ihm dabei ermutigende Blicke zuwarfen. Wieder einmal hatte man sich zu einer Jagd getroffen. Nur dass man diesmal das scheinbare Opfer suchte.

26

Der Ausflug am Mittag in den Hallenberger Wald hatte Claire doch mehr mitgenommen, als sie sich eingestehen wollte. Der Schlaf hatte ihr jedoch gutgetan. Sie fühlte sich topfit und freute sich auf das gemeinsame Abendessen, auch seltsamerweise auf diesen außergewöhnlichen Hauptkommissar Kalkove. Er wirkte zwar bärbeißig, hatte jedoch einen wunderbaren und hintergründigen Wortwitz. Die Dusche weckte alle Lebensgeister und die Vorfreude auf den Nachtisch. Ein frivoles Lächeln umspielte dabei ihren vollen Mund. Das passende Kleid, gewagter als in diesem Ort wohl üblich, lag schon ausgebreitet auf dem Bett. Sie schlüpfte in ihren Slip und schlang sich den spitzenbesetzten BH um, den sie erst vor wenigen Wochen zum sündhaft hohen Preis bei Victorias Secret im Eaton Centre in Toronto gekauft hatte. Die passenden Schuhe zum Kleid waren bereitgestellt. Das leise Klopfen an der Tür hatte sie zuerst überhört, doch das zweite Klopfen sagte ihr deutlich, dass Patrick sie zum Abendessen abholen wollte. Sie entriegelte lediglich die Tür und wendete sich sofort wieder dem Bett zu, um das Ankleiden fortzusetzen. Ihr Hunger trieb sie zur Eile. Während sie den zarten Kuss auf den Hals zur Begrüßung erwartete, schob sich unerwartet eine Hand über ihren Mund, die außerdem einen Lappen auf ihr Gesicht drückte. Widerlicher Äthergeruch stieg ihr in die Nase. Es dauerte nur wenige Sekunden, bevor sie die Besinnung verlor, ihr Körper erschlaffte, bevor sie auf das Bett fiel. Der Eindringling beschäftigte sich seelenruhig damit, ihr Schuhe und eine Jacke überzuziehen und den verbleibenden Rest an Kleidung und Habseligkeiten in Koffer und Beauty Case zu verfrachten. Alles geschah mit geübten Händen. Die Gegenstände wurden erst auf den Flur und dann über den Notausgang zum Parkplatz gebracht. Alles verschwand im Kofferraum des Peugeots, dessen Schlüssel verführerisch auffällig auf der Kommode abgelegt gewesen war. Eilig machte er sich auf den Weg zurück. Keinen Augenblick zu früh, denn Claires flatternde Lider zeigten ihm an, dass die Betäubung scheinbar zu schwach bemessen war. Sie richtete ihren Oberkörper genau in dem Moment auf, als er die Tür hinter sich schloss. Während der Eindringling an seinen Jackentaschen nestelte und die Flasche mit dem Narkotikum suchte, hatte Claire Schwierigkeiten, die Situation zu erfassen. Sie registrierte lediglich einen Schatten, der sich vor ihren Augen bewegte. Kaum verständlich kamen die Worte über ihre zitternden Lippen.

»Wo bin ich? Was geschieht hier? Ich will ...«

Es war wieder diese Hand, die ihr jede Möglichkeit, sich zu artikulieren, nahm. Aus den Augenwinkeln nahm Claire nun wichtige Details in sich auf. Der Mann, der seine Finger über ihre Lippen gelegt hatte, war maskiert und versuchte verzweifelt, eine Flüssigkeit über ein Taschentuch zu träufeln. Erst beim dritten Versuch schaffte er es, ohne auch nur einen Tropfen zu verschütten. Endlich begriff Claire, was um sie herum geschah, was mit ihr geschehen sollte. Als sie erste Anstalten machte, sich befreien und wehren zu wollen, verstärkte der Mann den Druck auf ihr Gesicht und zerrte sie zu Boden. Sein Knie drückte er gegen ihren Hals und nahm ihr damit fast die Luft zum Atmen. Verzweifelt versuchte sie, ihn wegzustoßen, was jedoch nur dazu führte, dass er den Druck noch verstärkte. Immer wieder stieß sie Hilferufe aus, die dem Mann sagen sollten, dass sie keine Luft mehr bekäme. Am Ende schwanden ihr die Sinne. Das Letzte, was sie sah, war die Hand, die sich mit dem Tuch ihrem Mund näherte. Sekunden später wurde es dunkel um sie herum. Sie bekam nicht mehr bewusst mit, dass sie auf das Bett und anschließend über die Schulter gewuchtet wurde. Der Fremde zog leise die Zimmertür ins Schloss und vergewisserte sich, dass er von niemandem auf dem Flur beobachtet wurde. Sich immer wieder umblickend bewegte er sich zur Nottreppe und verschwand mit seinem Opfer auf den fast komplett im Dunkel liegenden Parkplatz. Wie ein Kleidersack wurde Claire auf den Rücksitz ihres geliehenen Peugeots geworfen. Wie lange die Fahrt dauerte, blieb ihr in der Welt der Ohnmacht verborgen.

Der Würgereiz war entsetzlich. Claire versuchte, die Augen zu öffnen, was ihr allerdings nicht gelang. Eine enganliegende Augenbinde verhinderte eine klare Orientierung. Der Geruch des Narkotikums hing noch immer in der Luft und sorgte dafür, dass diese Übelkeit blieb. Ein heftiger Schmerz bohrte sich durch ihren Arm, als sie versuchte, mit den Händen über das Gesicht zu fahren. Sie sollten verschwinden, diese ekligen Schatten, die ihr das Unterbewusstsein als Schleier vor die Augen projizierte. Alle Gliedmaßen waren an die Fläche gefesselt worden, auf der ihr Körper lag. Kabelbinder – sie tippte auf solche, da nur dermaßen schmaler Kunststoff so tief einschneiden konnte.

Wäre es Draht gewesen, hätte sie sich bereits schlimmste Verletzungen während ihrer Befreiungsversuche zugezogen. Ihr Gefühl sagte ihr, dass sie auf einer harten Krankentrage liegen würde. Vorsichtig tasteten ihre Finger umher, versuchten, das zu erkunden, was ihre Fesselung gerade noch zuließ. Immer wieder schnitt der Kunststoff tief in ihre Haut, während ihre Finger den Stoff eines Lakens ertasten konnten.

Mittlerweile war sie zu der Überzeugung gelangt, dass sie sich in einem unbeheizten Raum befinden musste, der eine immense Größe besitzen musste. Jedes Geräusch, das sie verursachte, erzeugte ein kleines Echo. Die Kälte lag wie ein Nebel über ihrem Körper, lähmte ihre Bewegungen zumindest in einem gewissen Maß. Es war jedoch nicht allein die niedrige Temperatur, die sie frösteln ließ. Immer stärker wurde sie sich dessen bewusst, dass sie einem perfiden Mörder in die Hände gefallen sein könnte, der ihr das gleiche Schicksal zugedacht haben könnte wie den bereits gefundenen Frauen. Allein der Gedanke daran, was mit ihr geschehen könnte, verstärkte ihr Frösteln. Der Magen krampfte und ihr wurde schwindlig. Bilder vom Nachmittag zogen vor ihrem geistigen Auge vorüber.

Werde ich in dieser gruseligen Hütte enden? Nein, das geht nicht, da man dieses Versteck bereits entdeckt hatte. Wo werden sie meinen Leichnam finden? Werden sie mich überhaupt finden? Was tut er mir vorher an?

Fragen über Fragen beschäftigten Claire. Sie waren wieder da, diese Bilder. Der dunkle Flecken des verbrannten Grases, den Paul Kamman vor der Hütte hinterlassen hatte. Da waren sie, die verkohlten Reste der Behausung, die wie mahnende Finger in den Himmel zeigten. Der Geruch von Verwesung, den sie in der Hütte einatmen musste. Nie wieder würde sie ihn vergessen können. Claires Körper antwortete auf diese Bilder mit unkontrollierbaren Zuckungen und starkem Beben. Angst durchfuhr sie in Wellen, was sie nicht kontrollieren konnte. Sie weigerte sich, endgültig einzugestehen, dass sie das nächste Opfer dieses Wahnsinnigen sein würde. Schon jetzt malte sie sich die unmenschlichen Schmerzen aus, die er ihr womöglich zufügen würde. Ihre Lippen bewegten sich und entließen ihre Worte kaum hörbar in diesen unheimlichen Raum.

»Lass mich hier raus, bitte!«, hauchte sie dünn, obwohl es eigentlich ein Schrei werden sollte. »Ich will hier nur raus, ich habe doch keinem etwas getan. Wo sind Sie denn?« Als sie keine Antwort erhielt, versuchte sie es mit einer neuen Variante. Reste ihres Verstandes regten sich. »Wollen Sie Geld? Ich gebe Ihnen so viel Sie wollen. Nur machen Sie mich hier los, bitte. Ich will nicht sterben.«

Ihr Herzschlag drohte auszusetzen, als sie diese grässliche Stimme vernahm. In Sekundenschnelle stellten sich ihre Haare am gesamten Körper auf.

»Du bist so schön.«

Dicht neben ihrem Ohr geschah es. Ein Tonfall, der sich weder einer Frau noch einem Mann zuordnen ließ. Die Laute eines ihr fremden Wesens! Einfach nur eine Nachricht, die das Blut in den Adern gefrieren lassen konnte. Dabei glitten weiche in Latex gehüllte Hände über ihren Hals, die Schultern, über Arme und Hüften.

»Du bist so wunderschön, einer Göttin gleich.«

In wiederkehrender Abfolge wurde das wiederholt, bis endlich eine weitere Äußerung an ihr Ohr drang. Sie trug nicht zu Claires Beruhigung bei. »Wir werden uns sehr gut verstehen. Sehr gut. Du sollst verwöhnt werden, wie du es verdienst.«

Das zweite »sehr gut« dehnte die Person besonders, was Claire den Angstschweiß in Strömen aus den Poren trieb.

Was soll das bedeuten? Wer ist das neben mir? Patrick, bitte hol mich hier raus.

Claire wagte es nicht, die Worte auszusprechen, schickte nur ihre Wunschgedanken hinaus in der Hoffnung, dass sie den geliebten Mann und erhofften Retter erreichen würden. Es hörte einfach nicht auf. Kurzzeitig hegte sie den Verdacht, dass sich das Etwas neben ihr entfernt haben könnte. Sie wurde enttäuscht.

»Du hast Angst. Das ist gut. Ich liebe diese Angst. Lass sie heraus, schrei, wenn du möchtest. Du gehörst jetzt mir ... ganz allein mir. Ich bin dein Herr und Meister.« Stille um sie herum. Nur das Atmen bewies Claire, dass dieses Etwas noch im Raum war. Da war es wieder, nur jetzt viel sanfter. »Du hast bestimmt Hunger. Es soll dir an nichts fehlen. Ich werde dich gerne füttern, meine Schöne«, hauchte die Stimme in ihr Ohr. Jemand begann damit, ein Gefäß zu öffnen und ihr ein Glas an die Lippen zu setzen. Claire hatte keine andere Wahl, als die Flüssigkeit zu schlucken. Zumindest war das trinkbar, was man ihr einflößte, obwohl sie glaubte, einen leichten Beigeschmack einer Medizin herausgeschmeckt zu haben. Wenn die Voraussetzung eine andere gewesen wäre, hätte sie die nun folgende Prozedur als angenehm und anregend empfinden können: Die Latexhände schienen sie mit einer undefinierbaren öligen Flüssigkeit einzureiben, die nach kurzem Einwirken sogar eine wohlige Wärme zurückließ. Die Brustwarzen verhärteten sich, ohne dass Claire etwas dagegen tun konnte. Die fremden Hände fuhren darüber hinweg, kneteten sie.

»Du bist so schön.«

Immer wieder dieser unheimliche Satz, fast wie das Zischen einer Schlange! Plötzlich veränderte sich etwas im Raum. Es war nur ein Gefühl, aber Claire meinte eine Tür gehört zu haben, die sich leise öffnete und dass eine zweite Person hereintrat. Die Personen tuschelten miteinander. Claire war sich nicht sicher, was in ihrem Beisein besprochen wurde. Dann durchfuhr sie ein erneutes Erschrecken. Sie spürte, dass diese beiden Personen sich näherten. In einem weiteren Anlauf versuchte sie das unmöglich Erscheinende erneut.

»Ich gebe Ihnen viel Geld, lasst mich nur am Leben. Versteht Ihr mich? Ich will noch nicht sterben. Ich gebe euch das Geld und werde keinem etwas davon sagen. Ich mache euch reich.«

Statt einer passenden Antwort wieder dieses Schweigen, das Claire fast den Verstand raubte. Niemand ging auf ihre Vorschläge ein.

»Du bist so schön.«

Da waren sie wieder, diese Worte, dieses Zischeln! Und wieder überfielen sie diese aufkeimenden, lähmenden Ängste! Warum sprach man nicht mit mir ... so richtig? Wilde Gedanken rasten durch ihren Kopf, als sie erneut an die Geschehnisse der letzten Tage dachte: *Liege ich auch bald in einem Plastiksack irgendwo im Wald? Wo bleibt Patrick? Wann holt er mich aus dieser Hölle?*

»So schön war bisher noch keine andere vor dir.«

Mit erschreckend ruhigen Gesten glitten die Latexhände über ihren Körper und ließen dabei keinen Bereich aus. Kälte und Scham beherrschten jetzt jede Faser ihres Körpers. Sie zitterte. Ihre Zähne schlugen aufeinander. Es war die Kälte, gepaart mit Angst! Ohne Ankündigung legte sich plötzlich eine wärmende Decke über sie, die sogar über das

Gesicht gezogen wurde. Sie musste den Kopf seitlich halten, um überhaupt normal atmen zu können. Sie hatte das Gefühl, als sei es jetzt dunkel. War sie allein in dem Raum des Grauens? Der Äthergeruch verflüchtigte sich mehr und mehr, wurde ersetzt von einem kaum wahrnehmbaren Geruch von Öl und Benzin. Kurze Zeit später versank sie in einen erschöpfenden Schlaf. Wilde Träume plagten sie.

27

»Achten Sie darauf, dass Ihre Leute nicht mehr als fünf Meter Abstand voneinander haben! Es darf kein Busch, keine Senke unkontrolliert bleiben, die Hundeführer gehen vorneweg!«

Kalkove wusste, dass er sich mit seinen Anweisungen bei den Führern der Hundertschaften nicht unbedingt beliebter machte, doch das war ihm völlig egal. Die Männer spürten auch, dass ihm diese Suche besonders an die Nieren ging, und nahmen die Anweisungen kommentarlos hin. Alle waren hoch motiviert und sehr erfahren. In breiter Reihe folgten sie den Suchhunden, die vor ihren Führern an sehr langen Leinen durch den Wald streiften. Wo menschliche Sinne wie Auge, Ohr oder Nase nicht mehr ausreichten, da waren die der Hunde ihnen hundertfach überlegen. Sie nahmen Gerüche wahr, die eine menschliche Nase selbst dann nicht registrierten, wenn sie direkt drauf gestoßen wurden. Die Szene mutete schon etwas gespenstisch an, als etwa dreihundert Menschen mit aufblitzenden Lampen und etwa zwanzig Hunde in breiter Reihe durch den dunklen Wald geisterten. Die Lichtfinger ihrer Taschenlampen ließen kaum einen Winkel des Waldes aus. Die Beamten stocherten mit speziellen Stangen im Laub und Unterholz. Nur selten waren Stimmen zu hören, und doch verursachten die Stiefel der

Männer eine immense Geräuschkulisse – ganz abgesehen von dem Bellen der aufgeregten Hunde und dem Dröhnen des Helikopterrotors, der sie ab und zu überflog. Kalkove und Schreiber waren an den Fahrzeugen, also der Kommandozentrale zurückgeblieben, um die einzelnen Einsätze mittels einer Karte zu koordinieren. Immer wieder trafen Berichte ein aus Suchquadraten, die abgesucht waren. Bei jeder Meldung, die über Funk eintraf, zuckte Schreiber unwillkürlich zusammen. Erleichterung machte sich breit, wenn es eine Nullmeldung war. Ein Wechselbad der Gefühle machte ihn allmählich fertig.

»Hier Einsatzgruppe zwei. Herr Kalkove. Wir sind mittlerweile kurz vor der Hütte angekommen. Soweit wie wir in dieser Dunkelheit feststellen konnten, sind frische Spuren von mindestens zwei Personen im Waldboden zu sehen, die auf die Hütte zuführen. Die Hunde haben angeschlagen. Was sollen wir tun? Over.«

Patrick Schreiber konnte diese Meldung gut mithören und wurde blass. Um falsche Rückschlüsse und Fehlentscheidungen zu vermeiden, blieb ihm nun nichts anderes übrig, als dem Hauptkommissar reinen Wein einzuschenken und ihren Ausflug vom Nachmittag zu gestehen. Er räusperte sich und gab Kalkove ein Zeichen, dass er ihm etwas zu berichten hätte.

»Einen Augenblick, Gruppe zwei, ich melde mich gleich wieder. Over.«

»Ich muss Ihnen etwas gestehen. Claire wollte heute Nachmittag unbedingt einen Blick auf den Fundort, das heißt auf die Hütte, werfen. Ich Idiot habe es nicht verhindern können, besser gesagt, es auch nicht verhindern wollen. Wir zwei sind dort gewesen. Es tut mir so leid, Herr Kalkove. Die Spuren sind wohl von uns.«

Kalkove sah ihn an, als wäre ihm plötzlich ein Geweih gewachsen, bevor er nach kurzer Denkpause das Funkgerät vor den Mund hielt und, ohne den vorwurfsvollen Blick von Schreiber abzuwenden, hineinsprach.

»Hallo Gruppe zwei. Die Spuren sind von uns. Es gab eine Nachbesichtigung. Gehen Sie weiter vor, und sehen Sie in der Hütte nach! Danach schnellstmöglich Bericht an mich. Over«

Kalkoves Stimme erhob sich, als er sich wieder an Schreiber wandte.

»Was in Gottes Namen habt ihr euch dabei gedacht? Das war eine polizeiliche Absperrung, verdammt noch mal! Da werde ich der gnädigen Frau später noch eine Standpauke halten müssen.«

»Ich bin schuld daran. Ich hätte sie davon abhalten müssen«, versuchte Schreiber ihn zu beschwichtigen. Doch Kalkove beschäftigte sich schon wieder konzentriert mit der Karte, auf der er die Bewegungen der einzelnen Gruppen verfolgte. Für ihn war das Eingeständnis über den Ausflug wohl längst Geschichte.

»Halten Sie Ihre Klappe, Schreiber«, war seine einzige und scheinbar abschließende Bemerkung in der Sache. Wieder krächzte die Stimme aus dem Lautsprecher.

»Gruppe zwei noch mal. In der Hütte ist nichts, alles sauber. Es liegt nur ziemlich viel Laub im Innenraum, das muss durch Wild auf dem Dach entstanden sein. Over.«

»Gut Gruppe zwei. Gehen Sie dann mit Ihren Männern zu Planquadrat F4 und setzen von dort die Suche nach Osten fort! Over.«

Eine hektische Phase trat ein, als nacheinander die einzelnen Vollzugsmeldungen der Gruppen erfolgte, die alle ohne konkretes Ergebnis blieben.

Gott sei es gedankt!

Immer wieder durchfuhr Patrick Schreiber dieser Gedanke. Kalkove gab die letzten Planquadrate bekannt, die anschließend durchsucht werden sollten. Kälte kroch tief in die Knochen und setzte ihnen gehörig zu. Schreibers Nerven waren zum Zerreißen gespannt, auch weil er zur Tatenlosigkeit verurteilt war. Die Zeit glitt ihnen durch die Finger.

Was war mit Claire geschehen?

Mitten in Schreibers Überlegungen schrillte plötzlich das Handy in Kalkoves Manteltasche. Nach einem Blick auf sein Display meldete er sich.

»Hallo, Riese, was gibt es?«, brummte er ins Gerät, als er den Anrufer identifiziert hatte. Während er das Gespräch mit wachsendem Interesse und angespannter Miene entgegennahm, entfernte er sich immer mehr vom Fahrzeug, in dem Schreiber saß. Er, der gespannt auf Neuigkeiten wartete, sah dem Hauptkommissar voller Anspannung hinterher. Der verhinderte damit lediglich, dass Schreiber mithörte. Wenn er glaubte, ihm damit Anspannung ersparen zu können, irrte er sich jedoch gewaltig. Es war ein Gespräch, welches Kalkove nur selten unterbrach und ihn schließlich an einen Zaun gelehnt nachdenklich verharren ließ. Schleppend langsam kam er auf Schreiber zu und sah ihm tief in die Augen. Die lange Pause, die er sich erlaubte, zerrte an Schreibers Nerven. Er blieb sogar völlig gelassen, als der ihn am Revers seines grauen Wollmantels packte und versuchte zu schütteln.

»Was soll diese Geheimniskrämerei, Kalkove? Hat man sie gefunden? Ist Claire ...?«

»Schreiber, ich habe gute und schlechte Nachrichten«, unterbrach er ihn weiterhin gelassen und befreite sich mühelos von seinen Händen. »Welche hätten Sie gerne zuerst?

Ach Quatsch, erst die schlechten. An den umliegenden Flughäfen hat keine Claire Forman eingecheckt. Bei den Verleihstationen wurde der Leihwagen bisher noch nicht abgeliefert. Also könnte sie noch damit irgendwo unterwegs sein. Das wäre natürlich fantastisch.«

Kalkove nahm ein Döschen mit Menthol-Pillen aus der Tasche und bot seinem Gegenüber welche an. Der jedoch drückte ungehalten dessen Hand beiseite und schrie.

»Sind Sie wahnsinnig? Was ist denn nun die gute Nachricht dabei?«

»Die gute Nachricht ist, dass die Verleihfirma in ihren Fahrzeugen ein neuartiges GPS-Ortungssystem verbaut hat, welches das Auffinden und ein gleichzeitiges Stilllegen von gestohlenen Fahrzeugen ermöglichen soll. Man ist gerade dabei, den derzeitigen Aufenthaltsort des Fahrzeugs zu erfassen. Man gibt uns sofort Bescheid, wenn das feststeht. Bitte noch etwas Geduld, dann sind wir ein großes Stück weiter. Der entsprechende Mitarbeiter ist bereits auf dem Weg ins Büro. Allerdings müssen wir uns darüber im Klaren sein, der Fundort des Fahrzeugs muss nicht zwingend der momentane Aufenthaltsort von Claire sein.«

Es war kein beruhigender Anblick, als Schreiber zusammengesunken, beide Hände vor das Gesicht schlagend, auf dem Rücksitz des Polizeifahrzeuges saß. Es dauerte geschlagene fünfzehn Minuten, bis der erlösende Anruf von Anna Riese kam. Die Überraschung war dennoch ziemlich groß, als sie den Standort des Peugeots durchgeben konnte. Die Suchaktion wurde im Hallenberger Wald sofort abgebrochen. Kalkove beorderte die Einsatzkräfte in ein anderes Planquadrat, verbunden mit der Order, dort ab sofort jeglichen Fahrzeug- und Personenverkehr zu unterbinden ... ohne jede Ausnahme. Alle Zu- und Abfahrten sollten unterbunden werden. Die Hektik am Parkplatz wirkte anfangs unkontrolliert, endete jedoch in einem geordneten Abmarsch. Jedes Mitglied der Einsatzkräfte wusste, was zu tun war.

28

Claire war jedes Zeitgefühl abhandengekommen. Und doch hatte sie eine kurze Zeit geschlafen – trotz der Angst. Lange nach dem mysteriösen Besuch waren ihre Nerven noch gespannt wie Drahtseile. Jeden Laut versuchte sie zu analysieren, jede Regung. Doch irgendwann überfiel sie wieder eine überwältigende Erschöpfung und gönnte ihr einen unruhigen, dennoch erholsamen Schlaf. Die untergemischten Medikamente kamen ihrer zugedachten Aufgabe nach. Es war ein bedrückendes Gefühl, als sie aufwachte und noch immer die Fesselungen und das verfluchte Tuch vor den Augen spürte. Schnell gab sie es wieder auf, sich von den schmerzenden Schlingen zu befreien.

Ihr Körper versteifte sich. Da war sie wieder, die Gewissheit, nicht alleine zu sein. Angestrengt lauschte sie in den Raum hinein. Leises Atmen ... irgendwo. Jemand schlich sehr langsam um die Liege herum, was den Schluss zuließ, dass diese frei im Raum stand. Mit einem Ruck wurde die Decke von ihrem Körper gerissen, und die Kälte des Raumes überfiel Claires verschwitzte, ungeschützte Haut. Der Schrecken fuhr ihr durch alle Glieder, als sie eine kalte Hand auf ihrem Oberschenkel spürte. Der Latex, mit dem sich derjenige schützte, erzeugte eine besondere Reaktion auf der Haut. Erneut stellten sich sämtliche Haare auf. Die Hand glitt langsam über den Hüftknochen aufwärts, verharrte kurz auf der Bauchmitte und setzte die Erkundung fort, indem sie über die rechte Brust glitt. Dort verweilte sie eine Weile, um schließlich den Hals zu erreichen. Zwei Finger drückten auf ihre Halsschlagader. Sogleich stellte sich ein Schwindelgefühl ein, da die Blutzufuhr ins Gehirn unterbrochen wurde.

Es ist so weit. Ich sterbe, einfach so! Wenn es so schmerzlos geht, danke ich Gott für diese Gnade. Aber ich will noch nicht sterben – nicht jetzt, nicht hier. Warum hilft mir denn keiner?

Der Druck nahm ihr den Atem. Irre! Der Körper versteifte sich im Gefühl der Hilflosigkeit. Als hätte man ihr Bitten verstanden, löste sich der Druck. Claire warf verzweifelt den Kopf hin und her. Der Puls raste. Das Empfinden, es hier mit zwei Personen zu tun zu haben, kam wieder auf. Die endgültige Bestätigung entstand, als man ihre Füße streichelte und jemand anders beide Hände in ihren Haaren vergrub. Die einzelnen Haarsträhnen wurden durch die Finger geführt, und ein wohliges leises Stöhnen war zu vernehmen.

Was geschieht mit mir? Bin ich einer Gruppe von Psychopaten in die Hände gefallen? Warum sprach man nicht mit ihr? War Geld für diese beiden Wahnsinnigen kein Motiv, abzubrechen? Sollte auch sie den gleichen Weg gehen wie die vier Frauen vor ihr?

Sie gewann die Gewissheit, dass Speichel auf ihren Bauch tropfte, der dann mit kreisenden Bewegungen um den Nabel herum verteilt wurde. Die Latexhände umschlossen anschließend ihre Oberschenkel und massierten diese vom Knie bis zur Scham, immer wieder aufs Neue wurde sie mit Speichel benetzt. Es war abstoßend und trotzdem auf eine perfide Art erregend!

Wie krank muss eine Seele sein, die auf solche Art Befriedigung sucht?

Während zwei der Hände ihr ekelerregendes Spiel fortsetzten, hörte Claire im Hintergrund, dass jemand mit Gerätschaften hantierte. Ein undefinierbares, metallisches Klappern machte sie nervös, überdeckte das teilweise angenehme Streicheln. Urplötzlich endete das sanfte Streicheln. Es schien, als würde ein Kampf neben der Trage ausgefochten, indem jemand weggerissen wurde. In dieser Meinung wurde sie noch bestärkt, als sie ein heftiges, doch sehr leise geführtes Gespräch vernahm. Klare Sätze waren nicht zu vernehmen. Doch einzelne Fragmente daraus sorgten dafür, dass sich ihre Nackenhaare aufrichteten.

»Mach es jetzt ... jetzt ... keine Zeit ... ich will aber.«

»Du hast ... versprochen ... zwei Tage ... ist so schön ... bitte.«

»Sofort ... du musst ... keine Zeit.«

Es folgte Stille. Eine gefährlich anmutende Ruhe ließ Claires Herz verkrampfen. Sie versuchte, sich durch Öffnen und Schließen ihrer Hände, Entspannung zu verschaffen, bohrte die Fingernägel in das dünne Tuch, auf dem sie lag. Claire vernahm lediglich das schnelle Atmen der beiden Streitenden und ein merkwürdiges Rascheln, das sie an das Ausbreiten von Plastikfolie erinnerte.

»Was tut ihr da? Sprecht mit mir – bitte! Ich zahle jeden Preis dafür, wenn ihr mich am Leben lasst.«

Woher sie den Mut nahm, diese Worte in den Raum zu schreien, konnte sie sich nicht erklären. Sie wollte nicht tatenlos bleiben, wenn es um ihr Leben ging.

»Ich weiß nicht, was ich euch getan haben soll, aber habt doch Mitleid. Ich ... ich kann euch viel Geld geben, wenn ihr mir nur etwas Zeit gebt. Niemand wird von euch erfahren.

Ich weiß ja auch nichts über euch. Nur, bitte lasst mir mein Leben.«

Claires Stimme überschlug sich und war kaum noch in der Lage, einen kompletten Satz zu formulieren. Jetzt hatte Panik vollends bei ihr die Oberhand gewonnen und drohte, ihren Geist außer Gefecht zu setzen. Sie versuchte, mit den Beinen zu strampeln und ihre Hände aus den engen Fesseln zu befreien. Ihre Schmerzensschreie endeten in einem kaum wahrnehmbaren Stöhnen. Ihr Gezerre führte dazu, dass sich die Kabelbinder tiefer in ihre ungeschützte Haut fraßen. Blut lief an den nun entstandenen Wunden herunter.

»Help me, please help me! Patrick, where are you? Please help me!«

Instinktiv verfiel sie in ihre Muttersprache. Krampfartiges Weinen begleitete ihre geschrienen Worte, die zum Schluss in den vielen Tränen erstickten. Heftiges Reißen an ihren Haaren ließ sie erstarren, und reflexartig wölbte sie den gesamten Körper in die Höhe, was die Hand- und Beinfesseln noch mal tiefer in das Fleisch trieben. Zwei Hände hielten ihren Kopf direkt hinter den Ohren fest, während damit begonnen wurde, ihr eine Plastikfolie über den Kopf zu ziehen. Mit den letzten ihr verbliebenen Kraftreserven machte sie sich aus der Umklammerung frei und schüttelte wie besessen den Kopf. Todesangst verlieh Claire ungeahnte Kräfte, während Fingernägel über ihr Gesicht kratzten! Den Schlag an die Schläfe sah sie nicht kommen und war von einer zur anderen Sekunde benommen. Die Folie wurde nun vollends über ihren Kopf gezogen und jemand begann damit, das Verschlussband zu verknoten.

Oh Gott, sie wollen mich ersticken. Patrick, bitte komm und hilf mir.

Claire bemühte sich vergebens darum, die Panikatmung zu verhindern. Das Hecheln konnte sie nicht vermeiden. Immer weniger Sauerstoff sog sie in ihre Lungen. Als sich nach jedem weiteren Atemzug das Plastik enger um Mund und Nase legte, schrie sie ihre Verzweiflung mit einem an Irrsinn grenzenden Hilferuf hinaus.

»N E I N !«

Die Lungen verlangten nach dem lebenspendenden Sauerstoff, den sie ihnen nicht mehr liefern konnte. Das Reißen an ihren gefesselten Gliedern erlahmte allmählich und der Verstand verordnete ihr Bewegungsunfähigkeit. Erschöpft entspannte sich ihr Körper und akzeptierte das Unvermeidbare. Ein helles Licht, das ihr so friedvoll vor den Augen erschien, füllte den ganzen Horizont, und sie genoss das freie Schweben über grüne Wiesen. Ihre schreckgeweiteten Augen waren in die Ferne auf das erlösende Licht gerichtet. Ein Gefühl des unendlichen Friedens breitete sich in ihr aus.

29

Holzbergs Anwesen lag absolut friedlich in der Dunkelheit. Kleine Laternen, die auf dem Gelände verstreut ein samtenes Licht erzeugten, machten es möglich, dass man Wege und Häuser zumindest schwach erkennen konnte. Lediglich ein Fenster der Villa im ersten Stock war erleuchtet und warf ein wenig Helligkeit auf den angrenzenden Balkon, auf dem verteilt stehendes Mobiliar andeutete, dass sich die Inhaber häufiger draußen aufhielten. Auch in der entfernt angebauten Remise, in der die beiden Oldtimer standen, war ein wenig Licht zu erkennen. Durch die Fenster des daran anschließenden Gebäudes zeigten sich ab und zu Bewegungen, die auf darin stattfindende Aktivität hinwiesen. Schatten zeichneten sich in den Scheiben ab, was Kalkoves Aufmerksamkeit erregte. Er glaubte, als er durch sein Nachtglas blickte, neben den Oldtimern zumindest das Heck eines weißen Pkws zu erkennen. Die GPS-Navigation hatte deutlich gezeigt, dass der Peugeot in diesem Bereich, der bis auf zehn Meter genau angezeigt werden konnte, zu finden sein sollte. Noch wusste Kalkove nicht, ob das ein Zeichen war, das ihm Hoffnung liefern konnte. Niemand von ihnen konnte einschätzen, ob das Zeitfenster, das ihnen und vor allem Claire Forman möglicherweise blieb, noch nicht überschritten war. Obwohl er die Chance, Claire rechtzeitig finden zu können, als nicht allzu groß einschätzte, wollte er nichts ungenutzt lassen, die Frau aus den Händen eines Wahnsinnigen zu befreien. Polizei hatte bereits auf seine Anordnung hin das gesamte Areal und sämtliche Zufahrtsstraßen abgesperrt. Einige Beamte einer Spezialeinheit hatten das Mauerwerk des Grundstücks von mehreren Seiten überstiegen. Im Augenblick war es ihm völlig gleichgültig, dass er dies ohne richterliche Genehmigung angeordnet hatte. Eines war für ihn klar: Hier ging es möglicherweise um Sekunden, in denen man ein Leben retten konnte. Mit einer Behändigkeit, die man ihm nicht zugetraut hätte, und mit gezückter Waffe näherte er sich in Begleitung des SEK dem erleuchteten Fenster der Remise. Die restlichen Männer verteilten sich um den Anbau und das Hauptgebäude. Mit einem Gefühl von Hilflosigkeit beobachtete Schreiber, wie die Gestalten hinter der Mauer verschwanden. Liebend gerne hätte er sich den anderen angeschlossen. Der Polizist neben ihm schien seine Gedanken lesen zu können, legte beruhigend seine Hand auf Schreibers Arm. Nur der Anwesenheit des Polizisten war es zu verdanken, dass Schreiber nicht den Menschen folgte, deren einzige Aufgabe momentan darin lag, die Frau, die er von ganzem Herzen liebte, aus den Händen eines Psychopathen zu befreien.

Wenn man das Bild eines Kater Garfields dazu verwenden wollte, hätte man bei Kalkove von einem katzengleichen Anschleichen sprechen können. Die Mannschaft, die den Kreis immer enger um das beleuchtete Haus am Ende des Grundstücks zog, verständigte sich stumm über Handzeichen. Kalkove befand sich in vorderster Reihe. Seine Waffe lag schwer in seiner mächtigen Faust. Geduckt huschten die

SEK-Beamten unter den Fensteröffnungen hindurch und versammelten sich abwartend neben dem einzigen, hinter dem Licht und sich bewegende Schatten zu erkennen waren. Hauptkommissar Kalkove quetschte sich an den Männern vorbei und riskierte einen schnellen Blick durch die Scheibe. Das Bild, welches sich ihm bot, ließ ihn einen Augenblick ungläubig die Augen aufreißen.

Das trübe Glas der Scheibe zersplitterte, als die Patrone es durchschlug. Gedankenschnell hatte Kalkove die Waffe gehoben und ohne weiteres Nachdenken sein Ziel gesucht. Mit bloßem Auge war zu erkennen, wie sich das Geschoss in den Hinterkopf der männlichen Gestalt bohrte, die versuchte, einen Plastikbeutel über dem Kopf einer liegenden Person zu verknoten. Knochensplitter und Blut spritzten aus der Austrittswunde des Getroffenen und verteilten sich im Raum. Dessen Gesicht wurde fast bis zur Unkenntlichkeit auseinandergerissen. In Zeitlupentempo knickten die Beine ein und der Leib des Mörders legte sich quer über den Kopf der gefesselten Frau auf dem Tisch. Zeitgleich stürzten zwei Einsatzkräfte durch die angrenzende Garagentür in den Raum und rissen den Toten rücksichtslos von der Liege auf den Boden. Geistesgegenwärtig bohrte einer der Beamten seinen Zeigefinger in Claires Mundöffnung und durchbrach so die Barriere zwischen Leben und Tod. Er riss schließlich den gesamten Beutel auf, und Kalkove konnte fasziniert zusehen, wie diese beiden beherzt handelnden Männer augenblicklich mit der Mund-zu-Mund-Beatmung und einer Herzmassage begannen. Das Bild würde Kalkove nie aus dem Kopf bekommen, als sich die nachfolgenden Männer hingebungsvoll darum bemühten, mit der auf dem Boden liegenden Decke, Claires Blößen abzudecken, die noch immer verzweifelt mit dem Tode rang. Ohne Unterlass pumpten die beiden Männer den Sauerstoff in Claires Lungen und bemühten sich darum, ihren Herzschlag wieder zu aktivieren. Gerade in dem Moment, als Kalkove das Haus umrundet hatte und durch die Tür in den Raum stürmte, erklangen die befreienden Jubelschreie aus den Kehlen von harten Männern, die so ihre Freude über einen gelungenen Einsatz feierten. Einer der Kameraden hatte zwischenzeitlich Cornelia Holzberg Handschellen angelegt und führte sie zur Seite. Der Hass in ihren Augen und der aus ihrem Mundwinkel triefende Speichel sorgten bei dem einen oder anderen Beamten für leichtes Frösteln. Sie glich in diesem Augenblick mehr einer Furie, wie man sie in billigen Splatterfilmen zu sehen bekam, da ihr das Haar wirr in die Stirn hing und das Blut ihres Partners über ihr Gesicht abtropfte. Kalkove betrat nun endgültig den Raum, legte einem der Retter dankbar die große Hand auf die Schulter. Er näherte sich langsam dem am Boden liegenden Toten. Er konnte das Erstaunen über das, was er sah, nicht komplett verbergen. Die Blicke der umstehenden Beamten bestätigten ihm, dass auch sie schockiert waren.

Der einzelne Schuss verhallte gerade erst, als Schreiber die Überraschung seines Nebenmannes ausnutzte, um die Tür des Polizeifahrzeuges aufzustoßen und loszustürmen. Das Haupttor war kurz zuvor geöffnet worden, um die Rettungs- und Einsatzfahrzeuge hineinlassen zu können. Wie ein Besessener raste er neben den Fahrzeugen in Richtung der Remise, deren Lage er sich durch das Nachtglas Kalkoves eingeprägt hatte. Mehrfach stolperte er in dem Schlamm der verregneten Wiesen, beschmutzte seine Kleidung dabei. Schwer atmend und völlig mit Dreck übersät erreichte er das Gebäude, als die Trage herausgeschoben wurde. Dahinter tauchte die imponierende Gestalt des Hauptkommissars auf, der Claires rechten Fuß fest mit der Hand umklammert hielt, so als wollte er sein eigenes Kind beschützen. Ein zufriedenes Lächeln umspielte seinen Mund. Ein kaum wahrnehmbares Nicken in Schreibers Richtung sollte wohl andeuten, dass alles gut ausgegangen war. Für Dankbarkeit eröffnete sich an dieser Stelle für Patrick noch kein Raum, zumal er nicht einschätzen konnte, was zwischenzeitlich vorgefallen war und wie es um Claire stand. Schläuche und hektisch hantierende Männer versperrten ihm die Sicht auf die Trage. Erst unmittelbar vor dem Wagen erkannte er klar das Profil seiner geliebten Claire. Die Angst um dieses Wesen trieb ihm spontan die Tränen in die Augen. Er schämte sich dessen aber nicht.

»Sind Sie ein Angehöriger?«

Die Frage des Notarztes, der gleichzeitig in das Fahrzeug stieg, um Claire während der Fahrt ins Krankenhaus zu versorgen, riss ihn zurück in die Realität.

»Ich bin ...«, die Stimme versagte ihren Dienst. Immer wieder versuchte Patrick, nach der Hand von Claire zu greifen, was ein Rettungssanitäter jedoch verhinderte.

»Noch einen Moment, bis wir sie im Wagen haben«, entschuldigte der Mann seine Abwehr. Mit feuchten Augen verfolgte Patrick die Rettungsaktion und betrachtete mit Sorge Claires Gesicht, das unter der Sauerstoffmaske so unwirklich weiß wirkte. Wieder beruhigte ihn der Arzt und winkte aus dem Fahrzeug zu ihm herunter.

»Kommen Sie schnell! Rein mit Ihnen, wir müssen los!«

Er zog ihn auf den Platz neben sich und Claire und setzte die weitere Notversorgung fort.

»Halten Sie ruhig ihre Hand während der Fahrt ... das macht gar nichts und hilft ihr mit Sicherheit. Sie weiß dann, dass Sie da sind«, erklärte er mitfühlend und kniff dabei ein Auge zu. Die Fahrzeugsirene, die Patrick im Alltag stets nervte, kam ihm in diesem Augenblick vor wie Engelgeläut.

30

Die Aufregung vor und in der Remise hatte sich zwischenzeitlich gelegt. Alle Beteiligten versammelten sich um den Hauptkommissar, der von vielen Seiten für seine schnelle Reaktion gelobt wurde. In den Kreisen dieser Männer wusste man, dass ein finaler tödlicher Schuss stets Nachwirkungen in der Psyche des Schützen verursachte, selbst wenn er notwendig war. Schließlich wurde ein Mensch getötet, mochte er es noch so sehr verdient haben. Der allgemeine Zuspruch half Kalkove über das erste Erschrecken hinweg. Er hatte sich mittlerweile in Begleitung einiger Kollegen auf den Weg zum Hauptgebäude gemacht und betrat das Haus durch einen unverschlossenen Hintereingang. Der dunkle Flur ließ es nicht zu, Einzelheiten zu erkennen. Erst das Aufflammen etlicher Stablampen zeigte Kalkove, dass sie sich nach etwa fünf Metern einer weiteren Tür näherten. Kalkove legte den Finger auf die Lippen und holte einen Mann nach vorne, der diese Tür geräuschlos öffnen sollte. Niemand wusste, wie sich Rainer Holzberg, den man innerhalb dieser Mauern vermuten musste, verhalten würde. Er könnte bewaffnet sein und versuchen, sein Hab und Gut sowie seine Familie zu verteidigen. Möglicherweise gehörte er selbst zu denen, die diese unglaublichen Mordtaten begingen. Eine Flucht war unmöglich – dafür hatten die Beamten schon gesorgt. Immer wieder blieb Franz Kalkove stehen, lauschte. Die Stille in diesem Haus war so ungewöhnlich, dass man eine Gänsehaut hätte wachsen hören können. Meter für Meter schoben sie sich vorwärts, immer bereit, zu reagieren, falls Holzberg auftauchen würde. Die Waffen der Männer suchten nach möglichen Zielen, während die darauf montierten Lampen die dunklen Flure ausleuchteten. Das einfallende Licht vom Eingangsportal erhellte den großen Bereich hinter der Tür ausreichend, um die große Freitreppe erkennen zu können, die in das erste Geschoss führte. Dort oben lag das erleuchtete Zimmer, das sie von außen bemerkt hatten. Links und rechts von Kalkove verteilten sich schattengleich die SEK-Leute, um die sich oben trennenden Flure zu sichern. Links von ihnen wussten sie das bewusste Zimmer. Vorsichtig einen Fuß vor den anderen setzend bewegten sich die Männer über den dämpfenden Teppichboden, um direkt neben der verschlossenen Tür Posten zu beziehen. Die Männer blickten auf die Lippen ihres Führers, während der stumm von fünf rückwärts zählte. Immer wieder staunte Kalkove darüber, mit welcher Routine diese SEK-Leute Räume besetzten und die möglichen Insassen überraschten. Im aktuellen Fall kehrte sehr schnell eine gespenstische Ruhe ein, als man erfasste, was hier geschehen war. Alle starrten zuerst auf die Wand, die sich über dem Kopfteil des riesigen Bettes auftürmte. Die in Riesenlettern geschriebenen Buchstaben ließen selbst bei diesen Männern, die durch eine harte Schule gegangen waren, das Blut gefrieren.

HEILIG SEI DEM VATER DER LEIB SEINER KINDER

Jeder von ihnen war davon überzeugt, dass diese so bedeutende Nachricht mit dem Blut des Hausherrn geschrieben worden war. Der lag langgestreckt und nackt in einer riesigen Blutlache auf dem Laken. Der Stoff hatte die rote Flüssigkeit gierig in sich aufgesaugt. Die Hände hatte man

Holzberg wie im Gebet auf dem Bauch zusammengelegt. Darunter zeichneten sich Wunden ab, die das Entsetzen vervollständigten. Der Täter hatte Holzberg die Genitalien abgeschnitten und fein säuberlich auf den Oberschenkeln drapiert. Was bei einigen Beobachtern ein Erschrecken hervorrief, war die Tatsache, dass Holzberg dennoch lächelte. Für Kalkove und den später eintreffenden Rechtsmediziner war klar, dass der Täter dem Opfer zuvor ein starkes Schlafmittel oder eine Droge verabreicht haben musste. Den auf der Konsole abgestellten Becher, in dem noch Reste von Kakao vorhanden war, übernahm die Spurensicherung, die erschien, nachdem sie in der Remise mit der Arbeit fertig war. Auf dem gesamten Gelände Holzbergs suchten die Spezialisten nach Nachweisen für die früheren Morde.

31

Zwei Wochen Krankenhausaufenthalt bewirkten bei Claire kleine Wunder. Pläne für eine gemeinsame Zukunft wurden geschmiedet. Eine psychologische Betreuung in dieser Zeit half ihr sehr schnell über die schlimmsten Erinnerungen hinweg. Die Zeit ihrer Genesung nutzte Schreiber zwischen den täglichen Besuchen dazu, sein Buch zu Ende zu schreiben. Mit jedem geschriebenen Wort erschienen wieder diese grausamen Szenen vor seinen Augen und halfen dabei, die Situationen absolut authentisch darzustellen. Doch nur er selber, später auch Claire und Kalkove, konnten die Grausamkeit wirklich nachvollziehen. Immer noch auftretende Barrieren lernte er irgendwann zu umgehen und erlangte wieder jenen Schreibflow, den er schon verloren glaubte. Das Erlebte, so nahm er an, konnte er nur dadurch bewältigen, indem er es niederschrieb. Selbst Kalkove besuchte Claire in der Kölner Klinik, in die sie sich hatte einweisen lassen, so oft ihm das der Dienst erlaubte. Als er erfuhr, dass Claire und Schreiber zusammen in die alte Heimat fliegen wollten, war er nicht von dem Vorhaben abzubringen, beide zum Düsseldorfer Flughafen zu begleiten. Schreibers Wohnung in Köln hatte er auf Claires Drängen hin aufgelöst und ihr versprochen, wieder zu ihr nach Kanada zu ziehen.

Der Tag der Entlassung war endlich gekommen. Zwei erwachsene Männer standen aufgeregt wie Kinder vor der weihnachtlichen Bescherung an der Tür des Krankenzimmers und beobachteten die Krankenschwester, die Claire beim Packen der wenigen Utensilien half. Sicher hätte Kalkove sie auch auf Händen zum Auto getragen, wenn sie es darauf angelegt hätte. So marschierten alle drei fröhlich plappernd Richtung Ausgang. Obwohl er darauf selbst bestanden hatte, erschien Kalkove sehr bedrückt, als er die beiden Verliebten zum Airport kutschierte. Kaum ein Wort kam über seine Lippen und sie drängten ihn auch nicht, während er den Wagen über die Autobahn trieb. Den größten Teil des Gepäcks hatte Schreiber schon am Vortag aufgegeben. Der Rest war schnell eingecheckt, sodass für alle noch ausreichend Zeit für ein gemütliches Zusammensitzen übrig blieb. Jetzt, wo der Abschied kurz bevorstand, kam etwas wie Wehmut auf. Kalkove blickte weiterhin stumm und sichtlich traurig in eine Ecke des Restaurantbereichs.

»Darf ich Franz zu Ihnen sagen?«, unterbrach Claire plötzlich das unangenehme Schweigen und legte dem großen Kerl locker die Hand auf den Arm. Dass dieser Mann auch aus einer Freude heraus rot anlaufen konnte, überraschte beide in diesem Augenblick.

»Aber selbstverständlich, es ist mir eine Ehre, Claire«, antwortete er mit einem dermaßen befreiten Lachen, dass auch Patrick vor Rührung fast die Tränen in die Augen geschossen wären, »und das gilt natürlich auch für dich, Patrick.«

Ich glaube, dass man diesen Mann noch niemals so glücklich sah, wie in diesem Augenblick, in dem er den beiden dankbar in die Augen sah und ihre Hände in den seinen verschwinden ließ. Etwas unvorbereitet traf sie allerdings Claires nächste Frage.

»Franz, Patrick, bis jetzt habt ihr mich geschont, und wir haben das Geschehene einfach totgeschwiegen. Das können wir aber nicht bis in alle Ewigkeit fortsetzen, denn ich bin nun einmal gezwungen, das Manuskript von Patrick zu lesen, bevor ich das Buch in Druck gebe. Das dürfte euch zweien doch sonnenklar sein, oder? Also beantwortet mir jetzt und hier einige offene Fragen! Was noch fehlt, kann ich auf dem langen Flug abfragen. Ich möchte endlich wissen, warum Cornelia derartige sadistische Züge zeigte. Warum musste ihr Vater auf diese grausame Art sterben? Was trieb überhaupt Ralf Pieper in die Arme dieser Bestie? Wer von euch fängt an?«

Wenn Verlegenheit einen Namen trüge, so müsste man sie entweder Patrick oder Franz nennen. Nach kurzem Blickkontakt waren sie sich einig, dass Patrick zwar der bessere Schreiber, Franz aber der kompetentere Erklärer war. Zögernd fing er an zu berichten.

»Du musst wissen, dass Rainer Holzberg, schon immer von seinen etwas verkorksten sexuellen Neigungen getrieben, auf neue Abenteuer aus war. Die etwas prüde Ehefrau konnte ihm die Wünsche, ich meine Sexpraktiken, wie er sie liebte, nicht bieten. Möglicherweise wollte er es ihr auch einfach nicht zumuten. Das erleben wir übrigens oft bei Ehepartnern. Deshalb nahm er die Hilfe von Professionellen in Anspruch. Cornelia war ja bekanntermaßen das Kind einer solchen Dame und wurde von der Familie Holzberg adoptiert, um Geldzahlungen an Erpresser vorzubeugen. Allerdings war der Trieb bei ihrem Vater derart ausgeprägt, dass er sich danach immer wieder die Befriedigung bei anderen, vorwiegend dunkelhaarigen und ausnehmend schönen Frauen suchte. Das zog sich über viele Jahre hinweg, bis ... ja, bis dann diese jungen Damen im Ort auftauchten, die alle eines gemeinsam hatten – sie sahen alle aus wie Cornelias leibliche Mutter. Alle hatten dunkles langes Haar und waren ausgesprochen attraktiv. Fatal war natürlich, dass Rainer Holzberg selbst vor seiner eigenen Tochter nicht Halt machte und sie über viele Jahre hinweg sexuell missbraucht hatte. Das nannte er bei ihr *abendliches Spielen* und praktizierte das regelmäßig, nachdem er ihr ein starkes Sedativum in ihrem Kakao verabreicht hatte. Warum er das tat, können wir nur vermuten. Wir glauben, dass er in ihr, obwohl sie ja blond war, immer wieder die Mutter sah. Er könnte natürlich auch ein Pädokrimineller gewesen sein, der die geglaubte Hilflosigkeit und geistige Einschränkung seiner Tochter für seine Zwecke ausnutzte. Das werden wir jetzt nie mehr erfahren.«

Kalkove unterbrach seinen Monolog, um einen Schluck seines Cappuccinos zu genießen. Gespannt lag Claires Blick weiter auf seinen Lippen.

»Cornelia lernte durch ihren Vater jedoch irgendwann den geistig etwas sparsam ausgestatteten Dorfpolizisten Ralf Pieper, kennen, der sich sofort zu ihr hingezogen fühlte und mit dem sie das Geheimnis des Hauses Holzberg teilte. Beide verband auf geheimnisvolle Art eine Seelenverwandtschaft. Es kam sogar zu gewissen sexuellen Handlungen, wie Cornelia bei einem Verhör gestand. Er hatte jedoch auch sein eigenes Geheimnis. Ihn beseelte der Drang nach sexueller Befriedigung durch das Betrachten, Berühren und Foltern von Frauenkörpern, ohne die Fähigkeit zu besitzen, mit ihnen Geschlechtsverkehr haben zu können. Allerdings endete das dann in einer Gewaltorgie, indem er sie bestialisch ermordete. Diese Tatsache nutzte nun Cornelia für ihre eigenen Zwecke. Sie war der Meinung, dass diese jungen Frauen ihren Vater verführt hatten, so wie es schon ihre verhasste Mutter tat. Sie mussten weg. Dazu kam ihr Ralf Pieper wie gerufen. Sie erfuhr von ihm, dass er bereits eine Frau getötet hatte, diese Miriam Rotthof. Cornelia nutzte sein ›Talent‹ für ihre Zwecke aus. Er erledigte die Drecksarbeit, die sie ihm vorgab. So erreichten beide gleichzeitig ihre Befriedigung. Die Frage bleibt natürlich, wer hier von beiden die größere Bestie war? Vorerst werden das die Fachärzte in der Psychiatrie herauszufinden versuchen. Dort verbringt Cornelia die Zeit bis zur Verhandlung.«

»Wieso gab es keine Spuren im Wald?«, unterbrach Claire.

»Das Entsorgen dieser Opfer war so einfach, dass wir wohl niemals auf Pieper gestoßen wären. Seine Reifenspuren waren zwar stets am Fundort, doch er war ja auch Teil des Ermittlungsteams – und dadurch unverdächtig. Klar, seine Fingerabdrücke waren immer irgendwo im Spiel. Doch das war ja auch für alle Beteiligten logisch. Vater Holzberg, so denke ich, musste sterben, weil Cornelia die Erniedrigung durch ihn nicht mehr ertragen wollte. Wir fanden bei der Obduktion eine große Menge der Sedativa in seinem Körper, die er ihr allabendlich verabreicht hatte, um sie gefügig zu machen. Ihre Rache war schon irgendwie beeindruckend, aber auch bezeichnend, finde ich.«

Claire war konzentriert den Ausführungen gefolgt und senkte den Blick für kurze Zeit. Dieser Augenblick dauerte jedoch nur wenige Sekunden.

»Irgendwie kann ich Cornelias Rache sogar nachvollziehen, ohne sie damit rechtfertigen oder sogar gutheißen zu wollen. Warum in aller Welt aber war die Leiche von Miriam Rotthof so dilettantisch zersägt worden und die anderen chirurgisch sauber getrennt?«, ließ Claire nicht locker.

Hier glaubte Patrick, die Antwort liefern zu können.

»Der Mord an Miriam wurde von Pieper allein in seiner Wohnung durchgeführt, denn dort wurden Blutspuren und ein gewöhnlicher Fuchsschwanz gefunden. Pieper besaß zu diesem Zeitpunkt noch nicht die technischen Gerätschaften, die ihm später Cornelia aus erster Hand liefern konnte. Diese feinen elektrischen Geräte standen ihr in ihrem Geräteschuppen ausreichend zur Verfügung.«

»Warum tut ein Mensch so was? Ich meine damit Ralf Pieper. Er war doch Polizist, der einer charakterlichen Prüfung unterzogen wurde.«

Sie stellte die Frage eher sich selbst, ohne wohl eine Antwort von einem der beiden zu erwarten. Dennoch klärte sie Kalkove über Hintergründe auf, die selbst Patrick noch nicht kannte.

»Du musst wissen, dass es mindestens zwei unterschiedliche Typen von Serienmördern gibt, wobei man die eine Gruppe mit einer antisozialen Persönlichkeitsstörung beschreibt. Sie rechtfertigen ihr Handeln, ohne Reue Menschen zu töten damit, weil die es schlichtweg verdienen – einfach, weil sie Verlierer sind. Sie stehen ihrem Tun gleichgültig gegenüber und sehen in Mord kein Unrecht.«

»Und das unterstellst du diesem Ralf Pieper?«, wollte Claire wissen.

»Nein, Claire. Pieper dürfen wir in eine besondere Gruppe einordnen. Er besitzt eine zweite Persönlichkeit. Wir sprechen jedoch in seinem Fall von einer selbstunsicheren Persönlichkeitsstörung. Er lebt sein normales Leben als Polizist ohne großen Verantwortungsbereich. Doch gleichzeitig besitzt sein Inneres, also sein zweites Ich, eine soziale Gehemmtheit, eine Überempfindlichkeit gegenüber negativer Beurteilung durch andere. Die Tatsache, dass er niemals eine intime Beziehung pflegte, außer gegenüber

Cornelia natürlich, zeigt deutlich, dass er nicht bindungs-
fähig ist. Er kann Gefühle aus der Angst heraus nicht zeigen,
dass man sich darüber lustig machen könnte. Bei ihm verwandelte sich diese Angst in gefährlichen Hass gegenüber
Mitmenschen. Gerne nahm er Cornelias narzisstische
Gewaltfantasien auf und lud seinen Hass auf deren Opfer ab.
Cornelia war die Einzige, die ihm das Gefühl gab, dass sie
ihn überhaupt jemand ernst nahm. Man könnte von einer
Hörigkeit ihr gegenüber sprechen.«

»Gab es einen Grund für seine Störung?«, ließ sie nicht
locker.

»Wir haben in der Kindheit von Pieper geforscht und
glauben, dort zumindest einen Grund gefunden zu haben.
Sein Vater, der den kleinen Ralf nach dem frühen Tod der
Mutter allein großzog, war ebenfalls Polizist. Ein sehr
strenger Mann, wie man weiß. Er hat dem Kind jegliches
Lob vorenthalten, Ralf nur brutal gezüchtigt und zu Leis-
tungen angetrieben, zu denen der Junge eigentlich nicht
fähig war. Immer erniedrigte er den Jungen in aller Öffentlichkeit vor anderen. Das vergisst ein Kind niemals. Ralf
hielt sich bis heute für persönlich unattraktiv und anderen
unterlegen. Erst wenn er töten durfte, stärkte das sein Ego.
Er konnte durch die toten Augen des Opfers nicht mehr als
minderwertig angesehen werden. Er fand Befriedigung in
der Macht über seine Opfer.«

Patrick spürte, dass Claire jetzt doch an die Grenzen des
Erträglichen geriet und nahm schnell ihre Hand. Sie verstand
seine Geste richtig und reagierte entsprechend.

»Jetzt aber genug davon. Den Rest werde ich dann nach-
lesen! Aber eine Frage habe ich doch noch an dich, Franz.
Du dürftest doch eigentlich in einem Alter sein, in dem man
zumindest über eine Frühpensionierung nachdenkt. Möchtest

du diesen zwar wichtigen, aber auszehrenden Job eigentlich bis ins hohe Alter ausüben?«

»Du solltest Gedankenleserin werden, Claire. Habe mir gedacht, meine Nachfolgerin Anna Riese schleunigst in meinen Bereich einzuarbeiten und als neue Hauptkommissarin vorzuschlagen. Sie hat es sich verdient und ist ein verdammt helles Köpfchen. Dann kann ich mich zur Ruhe setzen.«

»Genau das wollte ich von dir hören, Franz! Patrick und ich sind uns darin völlig einig, dass wir dich nach Kanada holen möchten und du zumindest deine Sommer in unserem Wochenendhaus verbringst. Angeln, Jagen und Faulenzen. Du kannst so ganz nebenbei für uns im Verlag als Berater tätig werden, denn Patrick beabsichtigt, sich in Zukunft hauptsächlich auf Kriminalromane zu konzentrieren.«

»Das könnt ihr doch nicht ...«, versuchte Kalkove einzuwenden.

»Das können wir auf jeden Fall,« entgegnete Claire entschlossen, »Und wir würden uns sehr darüber freuen, wenn du ganz in dieses herrliche Land wechseln würdest! Das Leben drüben kann so traumhaft sein.«

Der Blick Kalkoves ruhte auf Patrick und drückte neben Unglaube auch Unentschlossenheit aus. Der konnte nichts anderes tun, als mit den Schultern zu zucken. Gespielt vorwurfsvoll gab ihm Claire einen lockeren Schlag gegen den Oberarm und lachte ebenfalls. Was sie dann von sich gab, überraschte selbst ihn, der sie gut zu kennen glaubte.

»Bis es so weit ist, dauert es ja noch ein paar Tage. Ich würde dir raten, dich in der Zwischenzeit mal mehr mit deinem Privatleben zu beschäftigen. Das Leben besteht nicht nur aus Arbeit. Uns beiden fiel schon seit Tagen auf, dass sich jemand für dich interessiert. Und das Interesse dürfte sich nicht nur auf dein Äußeres beziehen. Ich spreche dabei von ...«

»Das geht dich doch überhaupt nichts an, Claire«, versuchte Patrick die Situation zu retten, als er merkte, dass sich Kalkoves Gesicht wieder verfärbte.

»Lass sie nur, Patrick. Sie meint es nur gut mit mir. Allerdings bin ich mir nicht sicher, ob diese Beziehung gut für mich wäre. Ich habe jetzt schon einige Kilos zu viel drauf.«

Die Besucher vom Nebentisch blickten amüsiert herüber, als drei Menschen in Gelächter ausbrachen. Wie stets hatte Claire die passende Lösung parat.

»Bring sie einfach mit nach Kanada, Franz. Sie könnte drüben ein Restaurant eröffnen und uns das gute deutsche Essen zubereiten. Mach dir keine Sorgen um ihre Zukunft. Da leben viele Deutsche, die sich darüber freuen würden. Wie ich schon sagte, bring sie einfach mit rüber.«

Für Patricks Begriffe etwas zu lange umarmte Franz Claire. Ihm fehlten in diesem Moment die richtigen Worte, was er auf seine Art in einer stummen Umarmung ausdrückte. Als Claire und Patrick mit der Air Canada-Maschine in den strahlendblauen Himmel abhoben, konnten sie diesen wunderbaren Menschen noch auf der Aussichtsplattform stehen sehen. Sein grauer Wollmantel wehte im Wind, als er ihnen zum Abschied zuwinkte.

Bonus-Kurzgeschichte:

DAS LEIDEN
BOGDANS

1. Auflage 2021

von Sandra Rohde und H.C. Scherf

Echten Respekt erlangen wir,
wenn wir den Kontakt miteinander suchen,
die gegenseitigen Wertvorstellungen
verstehen und akzeptieren.

So können wir Bewunderung und
Wertschätzung füreinander entwickeln.

Dalai Lama

1

»Wer hat geklingelt?«

Der Ärger über die Störung war Julian anzumerken, als er Lina fragend ansah, die sich den Joint wieder zwischen die vollen Lippen schob. Während sie sich wie eine Schlange neben Julian auf den Teppich gleiten ließ, rang sie sich lustlos eine Antwort ab.

»Wieder einmal der alte Sack aus der Nachbarwohnung. Er kann bei dem Krach nicht schlafen – wir sollen die Musik runterdrehen und beim Vögeln leiser sein.«

»Das hat er genauso gesagt ... beim Vögeln?«

»Nein, aber zumindest so ähnlich. Habe ihm meinen nackten Arsch und den Stinkefinger gezeigt. Jetzt schmeißt der sich bestimmt eine Herztablette rein und holt sich einen runter. Bevor ich ihm eine scheuern konnte, hat er sich in seine Höhle verpisst. Der kommt nicht noch mal auf eine solche Idee, hier anzuklingeln.«

Julian verschluckte sich fast, als er gerade die Coladose ansetzte. Das süße Gesöff lief aus seinen Mundwinkeln und tropfte auf seine noch unbehaarte Brust. Er kannte die spontanen Reaktionen seiner Freundin, die damit oft bei anderen Hausbewohnern aneckte. Schon nach wenigen Tagen ihres Zusammenlebens hatte er es aufgegeben, sie zu einer Mäßigung aufzufordern. Absolut zwecklos. Ihre Vorstellung vom Leben und die damit verbundenen Regeln unterschieden sich gravierend von allen, nach denen der Rest der Menschheit vorzugsweise lebte. Vielleicht war es genau das, was ihn so faszinierte. Mittlerweile war die Abkehr von diesen Regeln auch für ihn, der aus recht geordneten Verhältnissen stammte, Alltag geworden. Drogen, Alkohol und Sex bestimmten den Tag und veränderten sein Denken. In den letzten vier Wochen hatte er einige Kilo an Gewicht verloren, da sie beide nur aßen, wenn der Hunger schmerzte. Bis dahin ersetzten scharfe Getränke, stimulierende Tees und verschiedenste Drogen die notwendige Zufuhr an Kohlenhydraten. Kaum hatte Julian mit dem Handrücken die klebrige Flüssigkeit aus den Mundwinkeln gerieben, spürte er die warme Zunge Linas auf seiner Brust, die auch die wenigen Tropfen, die sich darauf verirrt hatten, genussvoll ableckte. Ihr laszives Lächeln war nicht zu übersehen, als sich eine ihrer Hände zwischen Julians Schenkel schob.

Was habe ich mir von den beiden überhaupt erwartet? Das ist Teufelsbrut und wird unsere Welt zugrunde richten. Die freundliche Bitte ist vergebens.

Bogdan Zajac, was so viel bedeutete wie Gottesgeschenk, zog wieder einmal völlig desillusioniert die Wohnungstür hinter sich zu und schlurfte in die Küche, in der eine Tasse Tee auf ihn wartete. Seine Gedanken hatte er fast tonlos vor sich hingemurmelt. Daneben ruhte auf dem Holzbrettchen eine Scheibe Brot, die er sich zuvor mit Krakauer belegt hatte. Er liebte diese Wurst aus seiner Heimat. Bevor er sich zum Abendbrot setzte, hob er den Deckel vom Topf, in dem er für den morgigen Tag Pulpety, in Brühe gegarte kleine Hackfleischklopse, vorbereitete. Er rührte den Sud um und fand endlich die Gelegenheit, in sein Brot zu beißen. Genau in dem Moment schreckte ihn der durchdringende Schrei einer Frau auf, der deutlich machte, dass man sich nebenan wieder der Fleischeslust hingab. Voller innerer Verzweiflung legte er die angebissene Schnitte auf das Holzbrettchen und legte beide Hände auf die Ohren. Allein der Gedanke erfüllte ihn mit Ekel, dass diese jungen Menschen sich ständig ihrer Lust hingaben ohne diese tiefen Gefühle, die er damals für seine verschiedene Frau Jagoda hegte. Das Liebesspiel war beiden heilig gewesen und sollte diese innere Verbundenheit untermauern, die ihre Beziehung bis zu Jagodas viel zu frühem Tod auszeichnete. Bogdan schloss die Lider und genoss es, dass sich Jagodas gütiges Gesicht vor seinem geistigen Auge abzeichnete. Ein Lächeln zeigte sich auf seinen Lippen und ein tiefer Seufzer löste sich aus seinem Mund. Doch von einer zur anderen Sekunde verwandelte sich sein Gesicht in eine Grimasse, die von Abscheu und Hass bestimmt wurde. Immer öfter wallten diese verabscheuungswürdigen Gefühle in ihm hoch. Er hatte es längst aufgegeben, sich dagegen zu wehren. Die Verachtung gegenüber diesen Menschen, denen nichts mehr heilig schien, hatte ihn übermannt und die ihm eigene Toleranz zurückgedrängt. Er schwor, sich an denen zu rächen, die seine Gefühle ignorierten und mit Füßen traten.

2

Der Platzregen prasselte auf den gebeugt gehenden Mann nieder, der den Schirm schützend über sich und die schwere Einkaufstasche hielt. Nur noch wenige Schritte waren es, bis er die Haustür erreicht haben würde, in der Bogdan wohnte. Der wartete schon sehnsüchtig auf die Einkäufe, die ihm sein Zwillingsbruder immer zum Wochenende vorbeibrachte. Als Jagoda innerhalb sehr kurzer Zeit an ihrem Gebärmutterhalskrebs verstarb, geschah auch etwas mit seinem Bruder Bogdan. Etwas starb gleichzeitig in ihm, was dazu führte, dass er sich kaum noch auf die Straße traute. Er vereinsamte regelrecht und wurde nur durch seine, Pawels, Hilfe von einem Suizid abgehalten. Er hatte Bogdan ohne dessen Wissen die Waffe abgenommen, mit der er sich damals erschießen wollte. Zuerst wollte Pawel sie der Polizei übergeben, so als hätte er sie gefunden. Doch mit der Zeit vergaß er, dass die alte Armeepistole noch in seinem Kleiderschrank ruhte. Bogdan hatte diese Radom-Pistole wie einen Schatz gehütet. Die Selbstlade-Waffe mit Kaliber 9 mm Parabellum war ein Überbleibsel aus dem Zweiten Weltkrieg und galt als Ordonnanzwaffe der polnischen Streitkräfte. Mittlerweile hatte Bogdan halbwegs seinen Frieden gefunden, wobei Pawel jedoch eine entscheidende Rolle zukam, da er für den Nachschub an Lebensmitteln zuständig war. Außerdem half er seinem Bruder mit stundenlangen

Diskussionen über die schlimmen Zeiten der Depressionen hinweg.

Kaum war Pawel an der Haustür angekommen und klappte umständlich seinen Schirm zu, öffnete sich die Tür und zwei in lange Stoffmäntel gehüllte Gestalten drängten durch die Öffnung und umschlangen sich mit ihren Armen. Als sich ihre Lippen endlich voneinander trennten und in ein albernes Kichern übergingen, trat Pawel einen Schritt zurück und blickte in die geröteten, halb geschlossenen Augen von Bogdans Nachbarn. Sie stellten für einen Moment das Kichern ein, um dann sofort wieder loszubrüllen.

»Na, hast du doch den Weg aus der Bude gefunden, du polnische Mumie? Hoffentlich hast du deine Rente nicht komplett ausgegeben – da ist noch eine Menge Monat über.« Als hätte Lina den Witz des Jahrhunderts losgelassen, lachten beide los und strichen Pawel über das dünne Haar, das jetzt vom Regen durchnässt in die von Falten durchfurchte Stirn hing. Bevor Pawel reagieren konnte, stürmten die jungen Leute vor und stießen dabei die volle Einkaufstüte um, die Pawel für einen Moment abgestellt hatte.

»Was soll das, ihr ...«

»Sei vorsichtig, Opa, mit dem, was du sagst. Wir lassen uns von euch Drecksausländern nicht beleidigen. Verpisst euch wieder in euer beschissenes Land und nehmt uns nicht die Sozialleistungen weg.« Lina als Wortführerin näherte sich mit ihrem grell geschminkten Gesicht dem von Pawel. »Und noch was, du Schwuchtel. Wenn du das nächste Mal bei uns anklingelst, werden wir dich reinholen und dir deinen mickrigen Schwanz abschneiden. Hast du mich verstanden?« Als Pawel nicht sofort reagierte und Lina nur mit einem verständnislosen Blick ansah, schrie sie ihm ihren Hass ins Gesicht. Einige

Passanten blieben erstaunt stehen, als sie das mitanhören mussten. »Warum krepierst du nicht einfach, du krankes Stück Scheiße?«

Lina sah sich um und bemerkte die verständnislosen Blicke der Leute.

»Was gibt es hier zu gaffen? Verpisst euch.«

Julian schien zu bemerken, dass sich Unmut regte, und zog Lina weg von der Haustür, zerrte sie weiter, um einem heftigen Disput mit den Passanten zu entgehen.

»Tut mir leid, sie ist betrunken und weiß nicht, was sie da sagt. Bitte gehen Sie weiter. Ich kümmer mich darum.«

»Was soll die Scheiße, Julian? Hast du etwa Angst vor diesen Scheißern? Die sollen sich gefälligst ...«

»Halt jetzt endlich deine Klappe, Lina. Der Mann hat uns doch nichts getan. Du bringst uns mit deiner Anmache immer wieder in Teufels Küche. Komm wieder zu dir. Unser Dealer wartet nicht lange. Der haut nach fünf Minuten wieder ab und wir können dann zusehen, wo wir neuen Stoff herkriegen. Komm jetzt!«

»Warum ist das Obst so zermatscht, Pawel? Das kann doch kein Mensch essen. Kannst du beim Einkaufen nicht darauf achten?«

Bogdan, der damit beschäftigt war, den Einkauf einzuräumen, drehte den eingedrückten Apfel in der Hand und warf seinem Zwillingsbruder einen strafenden Blick zu. Er bedauerte seinen Vorwurf jedoch, als er die Geschichte dazu hörte. Pawel wusste zwar von den ungezogenen Wohnungsnachbarn aus früheren Erzählungen, war trotzdem entsetzt, als er seinen Bruder derart niedergeschlagen vor sich sitzen sah. Bogdan war den Tränen nahe und wischte sich mit dem Ärmel seines Shirts über die feuchten Augen.

»Du musst hier raus, Bogdan. Das geht so nicht weiter. Wie du sagst, interessiert das die Hausverwaltung nicht. Von den Bürokraten hast du dir keine Hilfe zu erwarten. Wir müssen nach einer Lösung suchen.«

»Die Hölle soll das Weib holen. Der Junge geht noch, weil der sie ab und zu mäßigt«, erklärte Bogdan die Lage. »Es ist hauptsächlich das Mädchen. Die ist vom Teufel besessen, sage ich dir. Im Mittelalter hätte man den Inquisitor geholt und das Weib hätte sein unverdientes Leben auf dem Scheiterhaufen ausgehaucht. Ja«, seufzte Bogdan, »das waren noch Zeiten, wo man solche Brut ausrottete.«

»Jetzt komm mal wieder runter, Bogdan. So kenne ich dich ja gar nicht.«

»Dann tausche für zwei Wochen mit mir die Wohnung und du wirst sehen, was es mit dir macht. Die treiben mich in den Wahnsinn. Ich werde mir was einfallen lassen. Du wirst sehen. Was habe ich denn noch zu verlieren in meinem Alter. Wenn ich lebenslänglich kriege, habe ich wenigstens für die Restzeit ein geregeltes Leben.«

Pawel ließ die letzte Bemerkung seines Bruders unkommentiert und räumte, völlig in seine Gedanken vertieft, die verbliebenen Lebensmittel in die Schränke. Nach etwa einer Stunde, kurz nachdem nebenan wieder Heavy Metal-Musik in hoher Lautstärke erklang, verließ Pawel seinen Bruder. Sein letzter Blick, bevor er die Stufen hinabstieg, galt der Wohnungstür der Nachbarn. Mit Filzstift hatte jemand Lina Koschut auf das Holz gemalt.

3

Lina warf ihr leuchtendrot gefärbtes Haar in den Nacken, als sie nach stundenlangem Bad endlich aus der Wanne stieg. Reste von Kokainpulver hatten sich in den feinen Härchen unterhalb der Nase verfangen. Das dünne weiße Leinenhemd hing locker um ihren Körper und zeigte vereinzelte dunkle Stellen, an denen es das Badewasser aufgesaugt hatte. Barfuß suchte sie den Weg in die Küche, in der selbst sie jetzt Mühe hatte, eine freie Stelle auf der Ablage zu finden, um sich eine Thunfischdose zu öffnen. Der Geruch des Inhalts mischte sich unangenehm unter den des ungespülten Geschirrs und der Töpfe. Hastig schaufelte sie sich die Fischstücke in den Mund und spülte alles halbzerkaut mit dem Restinhalt einer halb vollen Bierflasche herunter. Aus dem Wohnzimmer vernahm sie leise Töne eines Zeichentrickfilms, den sich Julian nun schon zum xten Mal ansah. Als Lina die Fischdose in Richtung Abfallsack warf, spritzte ein Teil des Olivenöls gegen die Wand, was ihr jedoch lediglich ein vergnügliches Glucksen entlockte. Eine feine Gräte spuckte sie auf den Boden und gesellte sich zu Julian, der in diesem Moment ein Stück Papier zerknüllte und gegen die Wand warf.

»Was soll das? Wie oft habe ich dir schon gesagt, dass du in meiner Wohnung Ordnung halten sollst?«

Lina war die Einzige, die über diesen Witz lachen konnte. Julian brauchte eine Weile, bis er überhaupt begriff, was seine Freundin soeben von sich gegeben hatte. Er hatte die Zeit ihrer Abwesenheit dazu genutzt, sich einen Tee zu brauen. Das Rezept dazu hatte er von einer Reise mit seinen Eltern in das Amazonasgebiet mitgebracht. Yagé-Tee wurde dort aus der namengebenden Pflanze und ein paar anderen im Amazonas vorkommenden Vertretern der Psychotria-Familie gemischt. Durch die darin enthaltene psychotrope Substanz N,N-Dimethyltriptamin führt das Getränk sehr häufig zu Halluzinationen. Für die Einheimischen öffnen sich damit Tür und Tor zu den Göttern. Lina nahm den Duft sofort wahr und griff nach der freien Tasse, die Julian vorausschauend für sie auf dem Boden abgestellt hatte. Fast hätte sich Lina die Lippen verbrannt, als sie gierig daran nippte. Das wiederum verleitete Julian dazu, verhalten zu lachen, was ihm einen Klaps gegen den Hinterkopf einbrachte. Mit verklärtem Blick nahm er das kommentarlos hin und schenkte sich nach. Seine Iris hatte sich unter den halbgeschlossenen Lidern unnatürlich vergrößert, was Lina anzeigte, dass ihr Freund bereits mehrere Tassen getrunken hatte. Wie beiläufig griff sie nach dem Papierknäuel, das Julian weggeworfen hatte, und las die wenigen Zeilen, die mit krakeligen Buchstaben dort geschrieben standen.

Bitte um Entschuldigung. Gestern war ich unfreundlich zu euch jungen Leuten. Das war nicht richtig von mir, denn ich vergesse häufig, dass ich auch einmal jung war. Will euch beide einladen, mit mir zu essen und zu trinken. Heute am Abend. Wäre schön, wenn ihr kommen würdet, um Frieden zwischen uns zu machen. Bogdan Zajac.

»Warum schmeißt du Idiot das weg? Das ist eine Einladung von dem Irren nebenan.«

Julian schaffte es, Lina einen Blick voller Unverständnis zuzuwerfen, bevor er wieder auf den Bildschirm des immer noch laufenden Fernsehers schaute.

»Hörst du mir überhaupt zu? Wir beide sind eingeladen. Da drüben gibt es was zu futtern.«

»Scheiß drauf. Der Tattergreis kocht doch sowieso nur die eigene Scheiße. Das riecht im Flur immer erbärmlich«, hielt Julian dagegen.

»Und du glaubst, dass man das nicht essen kann. Mensch, sei mal vernünftig und überleg dir, was du daherfaselst. Der Sack ist damit schon uralt geworden. So schlimm kann das dann doch wohl nicht sein. Wir gehen rüber und hauen uns den Wanst voll. Anschließend rauchen wir mit dem Alten einen Joint und sehen nach, wo der seine Mücken versteckt hat. Der kann doch seine Rente gar nicht ausgeben, wo der mit dem Arsch nur zu Hause rumhängt. Der hat bestimmt einen Batzen Kohle unter der Matratze. Wenn du lieber deine Mavel-Scheiße gucken willst, soll mir egal sein. Ich gehe nachher rüber und lass es mir gut gehen. Der Penner hat die Uhrzeit vergessen. Egal, also dann wenn es dunkel wird.«

»Ich hab keinen Bock auf den Kerl. Aber wenn du meinst, dass da Mäuse zu holen sind – ich bin dabei. Muss ich meinen Smoking anziehen, oder reicht der Jogger?«

Jetzt war es Julian, der als Einziger über den vermeintlichen Witz lachte. Lina setzte erst später ein, als sie die Teetasse absetzte, deren Inhalt sie in einem Zug hinunterspülte. Minuten später konnte auch sie sich an den bunten Kreisen vor ihren Augen ergötzen. Mit einem Lächeln auf den Lippen legte sie sich flach auf den Rücken. Die Mischung aus Kokain und Yagé-Tee zeigte nun ihre brutale Wirkung. Stunden später schreckten beide hoch, als sie von der Türklingel geweckt wurden. Julian war es, der als Erster in die Senkrechte kam, um sich anschließend durch das Durcheinander der Wohnung zur Tür zu schleppen. Wie durch einen Nebel nahm er die gedrungene Gestalt des Nachbarn wahr.

»Was ist denn jetzt schon wieder? Wir haben doch gar keine Musik ...«

»Ich wollte nicht wegen der Musik anschellen,« unterbrach Bogdan den jungen Mann vor sich, der Mühe hatte, aufrecht zu stehen. »Es ist wegen meiner Einladung für heute ...«

Bogdan stockte mitten im Satz, da neben dem jungen Burschen nun die Gestalt der Mieterin auftauchte, der es nichts auszumachen schien, dass ihr offenstehendes Leinenkleid ihre gesamte Nacktheit präsentierte.

»Natürlich, das war ja heute. Wir haben das leider verschlafen. Können wir etwas später kommen, sobald wir uns angezogen haben?«

»Aber natürlich können Sie. Ich kann das Essen warmhalten. Dann sage ich bis nachher. Ich freue mich auf euch.«

Bevor Julian begriffen hatte, was sich da gerade vor seinen Augen abgespielt hatte, hatte sich Bogdan Zajac wieder abgewandt und war in seiner Wohnung verschwunden. Im Flur blieb der Duft von frischgebratenem Fleisch zurück, der Lina angenehm in die Nase stieg.

»Riechst du das, Julian? Das wird ein Festmahl.«

»Ich glaub, mir wird schlecht, wenn ich was esse. Mir ist überhaupt nicht gut. Ich brauch erst was Starkes.«

4

Julian kniff Lina noch ein letztes Mal in den Hintern, der sich sehr deutlich unter dem dünnen Stoff abbildete, den Lina als vollständiges Kleid durchgehen ließ, obwohl es äußerst provokativ die weiblichen Reize zur Schau stellte – mit voller Absicht. Auch Bogdan, der hocherfreut die Tür aufriss, bemerkte sehr schnell, dass seine Nachbarin nichts weiter darunter trug als einen sehr schmalen Stringtanga. Nur zögerlich löste sich sein Blick vom Schritt der Nachbarin, die sich sogar dazu herabließ, ihm die Hand zu reichen. Ihr Lächeln wirkte zwar übertrieben freundlich, doch verfehlte es nicht die Wirkung auf den älteren Herrn. Galant trat er zurück und beobachtete mit Sorge, dass ihr Begleiter in einer schlechten Verfassung zu sein schien. Er schwankte leicht, als er Lina Koschut in die Diele drängte. Ein strafender Blick von ihr zeigte ihm, dass er sich zurückhalten sollte. Schließlich wandte sich Lina an den Gastgeber, der erstaunt die Brauen hob.

»Schön haben Sie es hier, Herr Zajac. Da kann man mal sehen, was ein wenig Ordnungsliebe ausmachen kann.«

Wieder dieser vorwurfsvolle Blick in Richtung des jugendlichen Freundes, der sich der Bedeutung des Tadels nicht bewusst wurde und dementsprechend irritiert dreinschaute. Lina klärte Bogdan schnell über die Hintergründe auf.

»Sie müssen wissen, Herr Zajac, dass es bei mir auch einmal so ordentlich aussah. Wie ich bitter erfahren musste, kann schlechter Umgang vieles zum Negativen verändern. Dieser junge Herr hier«, mit dem Finger stieß sie vor Julians Brust, »hat diesbezüglich eine Katastrophe ausgelöst. Doch ich nehme mir die Zeit, ihn wieder auf den rechten Pfad zu führen. Nächstenliebe ist hier das Zauberwort.«

Bogdan konnte nicht sagen, ob er die Frau bisher falsch eingeschätzt hatte oder man ihm ein Theater vorspielte. Er ließ die Gedanken unausgesprochen und nickte verstehend.

»Kommen Sie doch durch ins Wohnzimmer. Ich habe uns den Tisch gedeckt und einen guten Wein besorgen lassen. Sie wissen ja, dass ich selber das nicht mehr so gut kann. Ich meine damit diese langen Wege. Hoffentlich schmeckt Ihnen das Essen. Habe mir gedacht, dass wir am heutigen Tag des Friedens etwas Besonderes aus unserer polnischen Küche genießen sollten.«

»Das wäre aber nicht nötig gewesen, Herr Zajac. Wir beide sind da nicht so anspruchsvoll. Worauf dürfen wir uns denn freuen?«

Lina glaubte erkennen zu können, dass sich die Brust des Nachbarn vor Stolz hob, als er die Zusammensetzung des Essens präsentierte, obwohl es sie nicht im Mindesten interessierte. Hauptsache es war warm, sättigend und es war kein Sellerie am Essen. Dagegen war sie allergisch.

»Ich habe schon gestern das Zrazy vorbereitet. Das sind Rinderrouladen, so wie Sie die wohl von Ihren Eltern kennen, nur dass wir noch Steinpilze und viel Speck hineintun. Dazu gibt es selbstgemachte Kopytka. Sie würden wohl eher Gnocchi dazu sagen. Ich hoffe, dass ich Sie beide nicht enttäusche.«

Lina reagierte wieder mit einem Zischen, als Julian unterbrach.

»Was soll das ganze Gelaber? Gibt es auch was zu trinken, oder sollen wir vor dem Essen verdursten?«

»Halt jetzt verdammt noch mal deine Klappe. Was soll Herr Zajac von uns denken. Etwas Dankbarkeit könntest du dem Mann gegenüber schon zeigen.« Lina mäßigte ihre Aussprache wieder und wandte sich an den Gastgeber.

»Entschuldigen Sie das Benehmen dieses Lümmels. Er hat ohne mein Wissen vom Wodka genascht und weiß nicht, dass er sich gerade gewaltig danebenbenimmt. Wo dürfen wir Platz nehmen?«

Lina war es kaum anzumerken, wie sehr sie sich am Riemen reißen musste, um nicht den alten Mann einfach zur Seite zu schubsen und nach dem vermeintlichen Geldschatz zu suchen. Nachdem sie Julian auf einen Stuhl gelenkt hatte, nahm sie seitlich von dem Stuhl Platz, auf dem sie später ihren Wohltäter vermutete. Als sie die Beine übereinanderschlug, ließ sie einen tiefen Blick in ihren Schritt zu, den Bogdan sogar genoss.

»Nur einen Moment noch. Gießen Sie sich vom Rotwein ein. Ich hole das Essen aus dem Ofen. Zaraz wracam. Oh, verzeihen Sie, ich meinte natürlich damit, dass ich gleich wieder da bin.«

Gezeichnet von einer Verlegenheit verschwand Bogdan, worauf Lina nur gewartet hatte. Kaum war er in der Küche verschwunden, die sie am Ende der Diele wusste, sprang sie auf und eilte zum Schrank, bei dem sie jede Schublade aufriss und die Türen öffnete. Wie von Sinnen wühlte sie zwischen dem alten Porzellan und den Häkeldeckchen, fand aber keinen Hinweis auf versteckte Kassetten. Als sie die Schritte hörte, die sich durch den

Dielengang näherten, nahm sie wieder Platz und schlug begeistert die Hände zusammen. Julian beobachtete mit offenem Mund, was sich vor seinen Augen abspielte. Selbst nach drei Prisen Kokain hatte er Lina bisher noch niemals in diesem Zustand erlebt. Er schwieg jedoch und starrte auf seinen Teller, der sich nun mit Speisen füllte, die er niemals allein bewältigen konnte. Ein leichter Brechreiz breitete sich in seinem Magen aus, da er es nicht mehr gewohnt war, so viel festes Essen aufzunehmen. Der Tritt gegen sein Schienbein bewies ihm, dass Lina sein Unwohlsein nicht entgangen war. Schlagartig wurde er sich des Grundes ihres Hierseins bewusst und suchte nach Messer und Gabel. Das *Dobry apetyt* ihres Gastgebers, was so viel bedeutete wie guten Appetit, nahm er kaum wahr, als er lustlos in dem Essen herumstocherte. Bogdans Lächeln brannte in Julians Augen, was ihn dazu brachte, einen Bissen zwischen die Lippen zu schieben. Seine Miene hellte sich auf, als er trotz eines anfänglichen Widerwillens ein angenehmes Aroma im Mund verspürte. Mit jeder weiteren Gabel, die er zum Mund führte, wuchs der Genuss, was ihm einen erstaunten Blick Linas einhandelte. Auch sie wusste, dass sich die Annahme der Einladung schon jetzt für sie in Teilen gelohnt hatte. Bogdan faltete die Hände zusammen und stützte die Ellbogen auf dem Tisch ab, als er glücklich die leeren Teller betrachten durfte.

»Ich sehe, es hat Ihnen geschmeckt. Darf ich noch etwas nachreichen? Ich mache immer mehr, als ich essen kann, und habe noch reichlich Reserve.«

»Nein, nein. Das reicht uns«, meinte Julian auch im Namen seiner Freundin antworten zu müssen, nicht ohne ein gewaltiges Bäuerchen hinterherzuschicken. »Aber einen weiteren Schluck von dem herrlichen Gesöff hier könnte ich noch vertragen.«

»Aber sicher, kein Problem. Schön, dass es Ihnen geschmeckt hat. Den Rest aus dieser Flasche schütte ich gerne nach. Ich Schussel habe vergessen, Nachschub bereitzustellen. Entschuldigen Sie mich für wenige Minuten, damit ich neue Flaschen aus dem Keller holen kann. Ich hoffe, dass Sie sich so lange nicht langweilen. Ich möchte nachher noch ein wenig mit Ihnen plaudern. So oft kommt man schließlich nicht zusammen. Bin gleich wieder da.«

Kaum hatte Bogdan den Raum verlassen und mit dem Bastkorb in der Hand die Wohnungstür hinter sich zugezogen, kam Leben in Lina.

»Du nimmst dir noch mal die Küchenschränke vor, während ich das Schlafzimmer durchsuche. Einen größeren Gefallen konnte uns der Sack gar nicht tun. Hau rein, Julian, und beweg deinen Arsch, bevor der wieder oben ist.«

Noch bevor der Angesprochene sich vom Stuhl erhoben hatte, verschwand Lina auf dem Dielengang. Hinter der letzten Tür vermutete sie das Schlafgemach Bogdans. Mittlerweile war die abendliche Dunkelheit über die Stadt gezogen und ließ nur noch schwaches Licht aus der Diele in das Zimmer. Nur schemenhaft konnte Lina das schmale Bett an der Wand ausmachen, auf dem das Bettzeug absolut akkurat und faltenfrei lag. Gegenüber machte sie den aus dunklem Holz gefertigten Kleiderschrank aus, der aus sechs Einzelteilen zu bestehen schien. Zumindest konnte sie sechs Türen erkennen. *Wofür braucht ein Kerl für sich allein so viel Raum für Wäsche?* Während ihr die Gedanken durch den Kopf gingen, öffnete sie bereits hektisch die äußere Tür und schob ihre Hände zwischen die Bettlaken im obersten Fach.

»Kann ich Ihnen helfen? Sie haben sich sicherlich verirrt und suchen die Toilette. Oder?«

Lina überfiel das Gefühl, als würde das Herz aus der Brust springen. Der Schreck fuhr ihr durch alle Glieder und lähmte sie für einen Moment. Schneller als sie die Hände dazwischen gestreckt hatte, riss sie die wieder aus der Wäsche und sprang zurück. Panisch suchte sie im Halbdunkel nach Bogdan, dessen Gesicht tatsächlich hinter der Schranktür erschien. Ihre Augen weiteten sich.

»Sie sind doch ... ich habe es doch selbst gesehen. Ich ... ich suche tatsächlich ... wo genau ist denn der Lokus. Ich konnte ihn nicht finden.«

»Aber das ist doch gar nicht so schwer, Frau Koschut. Kommen Sie mit, genau gegenüber sind Sie richtig. Wissen Sie, ich war froh, dass die Toilette in dieser Wohnung direkt gegenüber vom Schlafzimmer ist. Seit die Prostata nicht mehr so richtig in Ordnung ist und ich die Operation ...« Hier stoppte Bogdan und wirkte sogar verlegen. »Ach, was erzähle ich Ihnen da? Das interessiert doch eine junge Frau nicht, die sich in der Blüte ihres Lebens befindet. Ich schwatze viel zu viel, das weiß ich. Aber wenn man ständig allein lebt, passiert das schon einmal. Kommen Sie mit.«

Bogdan schob sich an der immer noch zitternden Lina vorbei und steuerte auf die gegenüberliegende Tür zu. Als er das Licht eingeschaltet hatte, fiel es auf die verängstigt dastehende Besucherin. Bogdan strich ihr über den Arm und es war ihm anzumerken, dass ihm die Szene peinlich war.

»Es tut mir wirklich leid, wenn ich Sie erschreckt haben sollte. Aber jetzt wissen Sie ja Bescheid, wo alles ist. Lassen Sie sich Zeit. Ich werde zwischenzeitlich den Wein öffnen. Ihrem Freund scheint der Wein zu schmecken. Bis gleich.«

Wenn Lina bis zu diesem Zeitpunkt geglaubt hatte, einen robusten Magen zu besitzen, wurde sie spätestens jetzt vom Gegenteil überzeugt. Hätte sie sich nicht sowieso innerhalb des Toilettenraums befunden, wäre ihr mit Sicherheit nun ein Malheur passiert. Kaum hatte sie ihr kleines Höschen gelöst, geschah das Unvermeidliche und ihre Schließmuskeln gaben jeden Widerstand auf. Während sie noch auf der Toilette saß, glaubte sie, das Öffnen einer Tür gehört zu haben. Sie schob diesen Irrtum ihrer Aufgeregtheit zu. Als sie mit blassem Gesicht in der Küche erschien, empfing sie der Hausherr mit einem charmanten Lächeln. Das angeregte Gespräch mit Julian hatte er für einen Augenblick unterbrochen. Als Bogdan auf ihr leeres Weinglas wies, nickte sie nur halb abwesend.

Dieser verfickte Tee hat beschissene Nebenwirkungen. Vielleicht sollte ich den nicht zusammen mit Koks nehmen.

Noch während ihr diese Gedanken durch den Kopf schossen, stürzte sie das Glas in einem Zug hinunter. Zufrieden bemerkte das auch Bogdan und goss nach.

»Sie glauben gar nicht, wie glücklich es mich macht, wenn ich sehe, dass Sie sich sichtlich wohlfühlen und Ihnen mein Essen geschmeckt hat. Das sollten wir in der nächsten Zeit mal wiederholen.«

Dass beide mehr mechanisch nickten, wurde ihnen kaum bewusst. Eine leichte Müdigkeit breitete sich bei ihnen aus, was sie dem Wein zuschoben. Dennoch tranken sie weiter und folgten den Geschichten, die ihnen Bogdan aus seiner polnischen Heimat erzählte, ohne wirklich zu verstehen.

»Nun muss ich auch einmal kurz den Gesetzen der Natur folgen.« Bogdan lächelte entschuldigend und legte die Hand auf die Magengegend. »Da zwickt etwas gewaltig in meinem

Inneren. Schütten Sie sich ruhig nach, wenn Sie möchten. Sie dürfen sich bei mir wie zu Hause fühlen.«

Kaum hatte er den Weg zur Toilette eingeschlagen, als Lina sich an ihr eigentliches Anliegen erinnerte. Sie sah um die Türecke und erkannte mit einer tiefen Zufriedenheit, wie ihr Gastgeber in der Toilette verschwand. Mit wenigen Schritten erreichte sie das Schlafzimmer und stürzte sich ohne Umschweife auf den Schrank, dessen Tür immer noch offen stand. Auch ohne Licht fand sie sich nun in dem Zimmer zurecht. Immer wieder lauschte sie, ob ihr Wohltäter die Spülung betätigte. Nichts tat sich bei ihm. Den Baseballschläger konnte sie nicht sehen, als er aus dem Dunkel des Zimmers in ihren Nacken donnerte. Schwer schlug sie mit der Stirn auf eines der Regalbretter, bevor sie ohnmächtig vor dem Schrank zusammensank. Den frischen Luftzug bemerkte sie nicht mehr, als das Fenster geöffnet wurde. Der Zeitpunkt war gekommen, an dem sie nie wieder etwas spüren würde, wenn man vom Aufschlag ihres Körpers auf dem Pflaster des Hinterhofs absah. Verkrümmt blieb sie dort liegen, die Glieder in einer unnatürlichen Stellung von sich gestreckt. Niemand im Haus hatte diesen Sturz bemerkt.

5

»Geht es Ihnen nicht gut, Julian? So heißen Sie doch, oder?
Sie sind recht blass und sehen müde aus. Ich denke, dass Sie
ebenfalls ins Bett gehen sollten. Ihre Freundin hat sich schon
nach drüben begeben. Sie meinte, dass sie wohl zu viel
gegessen und getrunken hat. Darf ich Ihnen helfen? Sie
wanken ja ganz gewaltig. Da haben Sie beide aber die Wirkung des guten Weines gewaltig unterschätzt.«

Bogdans Augen drückten seine Sorge um den jungen
Besucher aus, als er sich erhob und die Arme unter Julians
Achseln schob. Mit einer Kraft, die ihm wohl keiner zugetraut hätte, zog er den Jungen in die Höhe und geleitete ihn
zur Tür. Als er in Julians Hosentaschen suchte, fand er
schnell die Schlüssel und konnte die Tür entsperren. Mittlerweile war Julians Körper völlig willen- und kraftlos. Wie
einen Sack Lumpen ließ Bogdan den Körper auf die Liege
gleiten, auf der die beiden Nachbarn normalerweise ihre
Drogen konsumierten und ihre Liebesspiele vollzogen,
sofern man dabei überhaupt von Liebe sprechen wollte.
Schon immer vermutete Bogdan lediglich die Befriedigung
animalischer Triebe dahinter, zumal Drogen im Spiel waren.

Abscheu zeigte sich in seinem Gesicht, als er dieses heil-
lose Durcheinander in dem Zimmer sah und die umgestürzte
Teekanne, deren Inhalt sich auf dem Teppich verteilt hatte
und von dem gierig aufgesaugt worden war. Ein undefinier-

barer Geruch hatte sich davon im gesamten Wohnbereich verteilt. Ein zufriedenes Grinsen zeigte sich in Bogdans Gesicht, als er die ruhigen Atemzüge des Nachbarn vernahm, der sich mittlerweile auf der Liege ausgestreckt hatte. Einen Blick in den Hausflur riskierte Bogdan, bevor er in seine Wohnung huschte, um den Baseballschläger zu holen. Pawel kam ihm feixend entgegen.

»Kann ich dir drüben helfen?«

»Nein, nein, bleib besser hier. Es sollten keine fremden Spuren von dir dort gefunden werden. Meine kann ich mit gelegentlichen Besuchen erklären. Hast du den Schläger sauber gemacht und alle Fingerabdrücke beseitigt? Die anderen kannst du ruhig lassen, falls die Polizei von dem Jungen hört, dass sie beide zum Essen waren. Ich sperr nur noch das Fenster zum Hof auf und leg den Schläger in die Wohnung.«

»Bogdan, vergiss nicht, die Fingerabdrücke des Burschen darauf zu verewigen. Die Knarre musst du noch in deren Schränke verstecken. Die habe ich schon sauber gemacht. Drück die auch dem Scheißer vorher in die Hand.«

»Pawel, mach dir nicht so einen Kopf. Alles ist gut und die Bullen werden nichts merken. Ich habe alles im Griff und es läuft nach Plan. Was mir noch ein wenig Sorgen macht, ist die Frage, ob die das Schlafmittel im Blut erkennen können.«

»Selbst wenn, Bogdan. Was soll´s? Stell das Fläschchen einfach irgendwohin. Die werden sich ihren Reim darauf machen können.«

Bogdan schob seinen Zwillingsbruder wieder zurück in die Wohnung und organisierte die Spuren in der Nachbarwohnung. Um Haaresbreite wäre er Maria Hebenstreit in die Arme gelaufen, die sich mit Einkäufen beladen in die Wohnung über ihm schleppte. In letzter Sekunde schloss er die

Tür zur Koschut-Wohnung wieder und entging so den neugierigen Fragen dieser innerhäuslichen Nachrichtenzentrale. Erst als er die Wohnungstür über sich zuschlagen hörte, schlich er sich zurück in seine Wohnung und lehnte sich tief durchatmend von innen gegen die Tür. Lange hielt die Pause nicht an. Der Schrei einer Frau schallte durch das gesamte Gebäude.

6

Noch nie, abgesehen von der langen Renovierungsphase vor wenigen Jahren, erlebte das Haus einen solchen Aufruhr. Sämtliche Anwohner wurden wieder zurück in ihre Wohnungen geschickt, als Heerscharen von Polizisten in Zivil und uniformiert das Haus besetzten. Auf dem Hof hatte man sogar ein Zelt aufgebaut, um die Leiche der jungen Frau vor neugierigen Blicken zu schützen. Besorgt sah Bogdan dem Geschehen zu, nicht ohne gegen ständige Schweißausbrüche anzukämpfen. In weiße Anzüge gekleidete Personen wuselten ständig im Haus herum, was auch auf Bogdans Nachbarwohnung zutraf. Obwohl er das Ohr an die Wand gelegt hatte, vermochte er nicht, auch nur ein Wort zu verstehen. Er glaubte, dass sein Atem aussetzen würde, als er das schrille Klingeln vernahm. Er war nicht fähig, sich von der Stelle zu bewegen. In der Öffnung des Schlafzimmers bemerkte er die Gestalt seines Bruders, der ihm anzeigte, dass er unbedingt ins Bett kriechen solle.

»Leg dich hin, Bogdan. Ich erledige das schon mit den Polizisten. Die werden nur ein paar Fragen stellen und wieder verschwinden.«

Während sich Bogdan auskleidete und unter die Bettdecke verschwand, zog Pawel die Tür zu und eilte zum Eingang. Als der Mann auf dem Flur zum zweiten Mal den Finger auf den Klingelknopf legte, zog Pawel die Tür auf und steckte den Kopf durch den Schlitz.

»Was ... was kann ich für Sie tun? Sind Sie von der Polizei? Was ist hier überhaupt los?«

»Beruhigen Sie sich. Mein Name ist Oberkommissar Schelter und das neben mir ist meine Kollegin Reckling. Dürften wir für ein paar Routinefragen hereinkommen? Dauert wirklich nicht lange.«

»Ist was Schlimmes passiert? So viel Polizei hatten wir hier noch nie. Aber ja. Kommen Sie nur rein. Nur bitte seien Sie leise. Mein Bruder ist gerade erst eingeschlafen. Ihm geht es nicht so gut.«

»Kein Problem, Herr ... Vielleicht brauchen wir ihn auch gar nicht zu wecken, wenn Sie uns die Fragen beantworten können. Ich denke, dass Sie den gleichen Nachnamen tragen?«

»Aber sicher, Herr Oberkommissar, schließlich sind wir Brüder. Ich heiße Pawel Zajac. Kommen Sie durch. Ich habe meinem Bruder gerade die Küche aufgeräumt. Er hatte, wie er mir vorhin sagte, gestern Besuch zum Essen. Er ist wohl nicht mehr zum Saubermachen gekommen, bevor ihm schlecht wurde.«

Das Polizistenpaar sah sich um, während sie Pawel ins Wohnzimmer folgten. Eine Erfrischung lehnten sie dankend ab und warteten, bis sich Pawel schwerfällig in das weiche Sofa hatte fallen lassen.

»Sie sagten uns gerade, dass Ihr Bruder Besuch hatte. Hat er Ihnen auch gesagt, um wen es sich dabei handelte? Das würde uns zuerst interessieren.«

»Aber sicher hat er das. Er war so stolz und glücklich darüber, dass ihm die jungen Leute von nebenan eine Zusage gaben, nachdem er sie eingeladen hatte. Sie müssen dazu wissen, dass sie sich vorher nicht unbedingt so gut verstanden, wenn Sie wissen, was ich meine.«

Schelter und Reckling tauschten ein Blick, bevor die Kommissarin antwortete.

»Nein, tut uns leid, aber wir wissen momentan nicht, was Sie damit andeuten möchten. Wie äußerte sich Ihr Bruder diesbezüglich. Gab es des Öfteren Streit zwischen ihnen?«

Pawel rückte auf dem Sofa etwas nach vorne, als wollte er ein Geheimnis verraten, das nur für ihre sechs Ohren geeignet war. Mit gesenkter Stimme klärte er die Beamten auf.

»Immer wieder berichtete er von lauter Musik und Sexorgien drüben. Sie sollen ihn sogar häufig beleidigt und als dreckigen Polen diskriminiert haben. Bogdan können Sie damit aber nicht zornig machen. Er war nur maßlos von der Jugend enttäuscht. Er nahm diese Beleidigungen klaglos hin und ließ die Leute gewähren. Allerdings kenne ich ihn gut genug und kann sagen, dass es nicht spurlos an ihm vorüberging. In den letzten Monaten wirkte er auf mich depressiv. Es mag daran liegen, dass er noch immer nicht den Tod seiner Frau Jagoda verwunden hat. Aber wenn man mich fragt, machte ihm das Theater drüben sehr zu schaffen.«

»Wie vereinbart sich diese Ablehnung dann mit dieser Einladung zum Essen? Wir fanden einen Zettel drüben, auf dem er die jungen Leute darum bat, zu ihm zu kommen. Das war genau der gestrige Abend. Können Sie uns das erklären?«

»Gestatten Sie mir eine Gegenfrage? Warum fragen Sie mich das alles? Ist was mit den Leuten passiert? Warum steht auf dem Hof dieses Zelt und was tun Sie drüben in der Wohnung?«

Wieder der Blick der beiden Beamten, mit dem sie sich stumm darüber verständigten, was sie verraten sollten. Oberkommissar Schelter klärte Pawel auf.

»Ein Bewohner vom Nebenhaus entdeckte heute Morgen, als er den Abfall entsorgen wollte, den toten Körper von Frau Koschut. Es hat den Anschein, als wäre sie aus dem Schlafzimmerfenster auf den Hof gestürzt. Es besteht aber auch der Verdacht, dass man sie hinausgestoßen hat. Dazu verhören die Kollegen derzeit den Mitbewohner, einen gewissen Julian Esper. Wie gut kennen Sie den jungen Mann?«

Das Entsetzen, das Pawel Zajac erfasst hatte, war den beiden Polizisten selbstverständlich nicht entgangen. Sie warteten geduldig ab, bis sich der Mann wieder beruhigt hatte. Anfangs stotternd kam seine Antwort.

»Eigentlich ... ich meine, so richtig kenne ich den Burschen nicht. Habe ihn einige Male auf der Treppe getroffen, wenn ich Bogdan den Einkauf brachte. Gut, besonders freundlich wirkte er nicht, erst recht nicht, wenn dieses Weibsstück bei ihm war. Die ging nicht einmal zur Seite, wenn ich mich mit den schweren Taschen hoch mühte. Der Teufel soll sie dafür holen!« Er hielt spontan die Hand auf den Mund. »Oh, Verzeihung, das sagt man nicht. Ist mir nur so rausgerutscht.«

»Wir können das gut verstehen, Herr Zajac. Lina Koschut war auch bei uns kein unbeschriebenes Blatt. Wir führen eine dicke Akte über sie, die von schwerem Diebstahl über Drogenhandel und sogar bewaffnetem Raub reicht. Irgendwann musste was Derartiges passieren. Nun scheint ihr Freund Julian aber recht gut zu ihr gepasst haben, denn sie haben beide nach Aussage unserer Rechtsmedizin einen ungewöhnlichen Mix im Blut. Da hat man eine gehörige

Menge an N,N-Dimethyltriptamin gefunden, den wir aus diversen Tees kennen. Aber auch Reste von Kokain und Doxylamin, wie es in Schlafmitteln verwendet wird, konnten extrahiert werden. Könnte es sein, dass die beiden Ihrem Bruder ein Getränk so quasi als Dankeschön mitgebracht haben?«

Pawel bemühte sich, absolut ruhig zu bleiben, und reagierte in diesem Moment richtig.

»Sie werden das jetzt als Zufall einstufen, aber die Frau überreichte Bogdan tatsächlich eine Flasche Rotwein. Und jetzt kommt's: Es war genau die Sorte, die Bogdan sich ab und zu an Feiertagen gönnte. Er hat sich darüber sehr gefreut, wie er mir sagte. Doch warum fragen Sie?«

Kommissarin Reckling übernahm jetzt die Aufklärung.

»Dann dürfen wir uns auch nicht darüber wundern, warum es Ihrem Bruder heute nicht so gut ging. Es wäre schön, wenn wir die Flasche sicherstellen könnten. Haben Sie die noch?«

»Aber sicher, Frau Kommissarin. Aber warum ...?«

»Wir vermuten, dass man Ihren Bruder damit außer Gefecht setzen und anschließend nach Wertgegenständen suchen wollte. Da muss wohl etwas schief gelaufen sein. Möglich, dass sie das selbst konsumiert haben und es in Verbindung mit den anderen Substanzen zu einer starken Beeinträchtigung geführt hat. Möglicherweise gab es bei denen Streit und ... nun ja, Sie sehen ja das Ergebnis.«

»Ach du Scheiße«, entfuhr es Pawel, wobei er sich wieder die Hand über die Lippen legte. »Sie meinen, dass der Bursche sie ...?«

»Das ist abschließend noch nicht erwiesen, obwohl ein verdächtiger Gegenstand bei ihm gefunden wurde.« Schelter machte an dieser Stelle eine Pause und blickte Pawel lange an, bevor er die Frage auch zur Verwunderung seiner Kollegin stellte. »Wissen Sie zufällig, ob es gestern Abend in dieser Gegend stürmte?«

Die Stille, die dieser Frage folgte, hielt relativ lange an, sodass Schelter sie wiederholte. Erst jetzt schien Pawel Zajac sie verstanden und die Kollegin Reckling sie begriffen zu haben. Auch sie studierte jetzt die Miene des Befragten.

»Nicht, dass ich wüsste, Herr Oberkommissar. Warum fragen Sie mich das. Hat es etwas mit dem Tod der Frau zu tun?«

»Ach, eigentlich ist das nur am Rande von Bedeutung. Vergessen Sie die Frage. Grüßen Sie bitte Ihren Bruder von uns. Wir werden uns sicher in den kommenden Tagen noch einmal bei ihm melden. Doch jetzt warten wir noch diverse Laboruntersuchungen ab. Aber eines scheint sicher zu sein. Die beiden sind aus einem Grund, den wir noch klären müssen, nicht dazu gekommen, Ihren Bruder auszurauben. Wir werden noch den anderen Mitbewohnern im Haus ein paar Fragen stellen. Dann ziehen wir vorerst mit allen Leuten ab.«

Schelter und Reckling starrten stumm durch die Windschutzscheibe, auf der die dicken Tropfen des Platzregens aufprallten und in Sternform wieder zurückgeworfen wurden. Als Kommissarin Reckling endlich den Mund aufmachte, ruhte der Blick von Schelter bereits auf ihrem Gesicht.

»Glaubst du tatsächlich, das die beiden ...?«

»Du etwa nicht?«, erfolgte als Reaktion auf die nicht zu Ende gestellte Frage. »Da ist etwas geschehen, was die Physik komplett auf den Kopf stellen würde. Der Körper von Lina Koschut ist niemals aus dem Fenster ihrer Wohnung gefallen und dann sechs Meter weiter aufgeschlagen.

Das dürfte selbst bei starkem Sturm schwierig werden. Sie fällt senkrecht, zumal die Fallhöhe aus dem zweiten Stock das nicht anders zulässt. Lina wurde entweder später dort hingelegt, oder sie ist aus einem anderen Fenster gestoßen worden.«

Wieder stand das Schweigen zwischen ihnen, bis Schelter endlich den Wagen startete. Recklings Hand legte sich auf dessen Arm.

»Moment noch. Was machen wir jetzt mit diesem Wissen? Wir können doch nicht so tun, als wäre nichts gewesen. Außerdem können wir ein Verfahren anstrengen wegen unerlaubten Waffenbesitzes. Die Pistole ist zwar alt, aber sie funktioniert im Fall der Fälle.«

»Reg dich wieder ab. Julian Esper werden wir das bestimmt nicht in die Schuhe schieben können. Der wäre bei dem, was der intus hatte, nicht mal in der Lage gewesen, alleine pinkeln zu gehen. Die Knarre wird er außerdem nie gesehen haben. Den holt jeder drittklassige Strafverteidiger nach zehn Minuten aus der Untersuchungshaft. Eigentlich können wir von Glück reden, dass diese Waffe nie zum Einsatz kam. Und jetzt mal auf Ehre und Gewissen. Willst du wirklich die arme Socke von Zajac in dem Alter noch ins Gefängnis bringen? Wie wir wissen, ist der Mann schon achtundsiebzig und wäre fast zum Opfer dieser Irren geworden. Ich vermute letztendlich einen Suizid. Siehst du das anders?«

Dem Gesicht von Kommissarin Reckling war nicht anzusehen, wie sie das Resümee des Kollegen einschätzte. Eine Einsatzmeldung beorderte die beiden in diesem Augenblick in einen anderen Stadtteil.

Thrillerreihen und Einzeltitel des Autors

ISBN-13 978-3751901352
Teil 1 der Gordon Rabe-Reihe
Als Taschenbuch und E-Book in Online-Shops und im Buchhandel

Inhalt
Sie gibt sich einem anderen hin!

Die Nachricht am Telefon pflanzt den Stachel der Eifersucht in die Gedanken der Männer, die an die ewige Liebe und Treue glauben. Eine perfide Vorgehensweise eines brutalen Killers setzt eine Gewaltspirale in Gang, die vielen Frauen im Ruhrgebiet den grausamen Tod bringt.
Lange bleibt das Motiv des Mörders im Nebel, während das Team um Hauptkommissar Gordon Rabe versucht, eine erste Spur zu finden. Noch nie begegnete er einem derart brutal und raffiniert agierenden Mörder. Dessen Spur verliert sich immer wieder, ohne dass die Ermittler weitere Morde verhindern können.
Erst eine schreckliche Entdeckung lockt den Serientäter aus seinem Versteck. Die Stunde der Abrechnung scheint gekommen.

ISBN-13 978-3751950923
Teil 2 der Gordon Rabe-Reihe
Als Taschenbuch und E-Book in Online-Shops und im Buchhandel

Inhalt
Erwacht das Böse in uns, stirbt zuerst die Seele

Die Erkenntnis darüber, dass sie sich im aktuellen Fall mutmaßlich mit einem mordenden Pärchen auseinandersetzen müssen, schockiert das Team um Gordon Rabe.
Grausame Wunden, die alle Opfer aufweisen, zeigen, dass jemand lustvoll tötet und von Hass besessen sein muss.
Wer bisher glaubte, dass nur Männer zu solchen Taten fähig sind, wird sein Weltbild korrigieren müssen.
Ein Fall, der die Essener Soko vor Rätsel stellt, da die Täter perfekt verstehen, ihre Spuren zu verwischen.
Als wäre das nicht ausreichend, muss sich Gordon um einen alten Fall kümmern, der ihn in tödliche Gefahr bringt.

ISBN-13 978-3751980777
Teil 3 der Gordon Rabe-Reihe
Als Taschenbuch und E-Book in Online-Shops und im Buchhandel

Inhalt:
Zeigt sich der Schatten des Todes, verändert er die Prioritäten im Leben.

Als die blutleeren Körper junger Frauen gefunden werden, ahnt keiner aus dem Team um Gordon Rabe, welch schreckliches Geheimnis sich dahinter verbirgt.
Doch das allein bildet nicht die tödliche Gefahr, die auf alle lauert. Ein Rachefeldzug gilt einem alten Fall, der längst vergessen schien.
Wieder einmal ist der Tod in seiner gesamten Grausamkeit allgegenwärtig und nicht greifbar.
Eine Story, die brutal beweist, wie wichtig menschlicher Zusammenhalt für unser Leben sein kann.

ISBN-13 978-3752608762
Teil 4 der Gordon Rabe-Reihe
Als Taschenbuch und E-Book in Online-Shops und im Buchhandel

Inhalt:
»Die Würde des Menschen ist unantastbar«

Dieser wichtigste Artikel des Grundgesetzes wird in abstoßender Art und Weise von Menschenhändlern missachtet, als sie junge Frauen in Containern ins Land schmuggeln. Das Team um Gordon Rabe muss nicht nur um das Leben von unschuldigen Frauen bangen, die von brutalen Händlern zur Prostitution gezwungen werden. Ein scheinbarer Suizid wirft viele Fragen auf, deren Antworten ungeahnte Familiengeheimnisse preisgeben. Die Lösung scheint so einfach, bis eine unerwartete Wendung alle schockt.

ISBN-13 978-3752668946
Teil 5 der Gordon Rabe-Reihe

Als Taschenbuch und E-Book in Online-Shops und im Buchhandel

Inhalt:
„Gib und es wird dir gegeben"

Dem Bibel-Spruch folgend erhält Lisbeth Schöning ein lebensrettendes Organ. Gerne hätte sie der Spenderin dafür gedankt. Zu spät erfährt sie, dass brutale Händler im Bereich des weltweiten Organhandels die Finger im Spiel haben. Ein todbringender Fall, der dem Team um Gordon Rabe alles an Recherche abverlangt.

Damit nicht genug. Drohbriefe der Russenmafia gegen seine Familie führen den Hauptkommissar an die Grenze des Ertragbaren. Er muss seine Liebsten schützen und gleichzeitig den Verräter in den eigenen Reihen entlarven. Ein Katz- und Maus-Spiel beginnt.

ISBN-13 978-3753476087
Teil 6 der Gordon Rabe-Reihe

Als Taschenbuch und E-Book in Online-Shops und im Buchhandel

Inhalt:
Verwehre deinem Kind die Möglichkeit zur freien Entscheidung in der Liebe, und du nimmst ihm jegliche Würde. Brauchtum darf Würde niemals ersetzen.

Dass es dem Entführer des Firmenchefs Martin Schaffrath nicht um Lösegeld geht, ist selbst für das erfahrene Team um Hauptkommissar Gordon Rabe eine neue Erfahrung. Die Gründe dafür bekommt nicht nur der Entführte schmerzhaft zu spüren. Sein Geheimnis, von dem jedoch jeder weiß, wird ihm zum Verhängnis.
Der Suizidversuch einer jungen Frau, der anfangs keine gebührende Aufmerksamkeit erfährt, entwickelt sich besonders für Kommissarin Leonie Felten zu einem persönlichen Drama. Auch hier schockiert die traurige Wahrheit, die dieses Mädchen in die Hölle von verbotenen Ritualen führt.
Gordon Rabe, der seinen Abschied aus dem Polizeidienst plant, muss bis an die Grenzen gehen.

ISBN 978-3749410620
Band 1 aus der Reihe Liebig/Momsen

Als Taschenbuch und E-Book in allen Buchhandlungen und Online-Shops.

Inhalt:
»Du bist stärker als deine Angst! Sie spürt es und
wird nachgeben.«

Die geflüsterten Worte sollen Sarah beruhigen, ihre
Höhenangst endgültig besiegen. Ein Psychopath nutzt die Urängste der
Menschen, um sie in den Tod zu treiben.
Sein perfider Plan geht bei den Schutzbedürftigen einer Selbsthilfegruppe
auf, die ihre Phobien bekämpfen möchten.
Wird Peter Liebig, Hauptkommissar im Essener Morddezernat, die Pläne
des Wahnsinnigen durchkreuzen können?
Der Täter hinterlässt keine Spuren. Erst als der erfahrene Beamte in die
Hölle des Killers hinabsteigt, entdeckt er dessen Geheimnis.
Ein Psychoduell beginnt, das zwei völlig verschiedene Welten
aufeinanderprallen lässt.

ISBN 978-3738622706
Band 2 aus der Reihe Liebig/Momsen
Als Taschenbuch und E-Book in allen Buchhand-
lungen und Online-Shops.

Inhalt:
»Die Qualen der Zelle liegen hinter ihr –
Doch die Hölle der Freiheit erwartet sie bereits«

Sieben Jahre teilte Daniela die Zelle mit
Psychopathinnen. Totschlag war ihr Verbrechen,
für das sie lange sühnte.
Nun steht sie vor dem Tor der JVA und einer Freiheit gegenüber, die
keine ist. Unerbittlich begegnet ihr die Familie mit Ablehnung. Als sie in
einen Strudel aus Gewalt gezogen wird, sehnt sie sich zurück in den
Regelbetrieb des Strafvollzugs.
Ein perverser Serienmörder und ein brutaler Zuhälter reißen sie in den
Vorhof zur Hölle.
Ausgerechnet ein Ermittler steht ihr zur Seite, den die Vergangenheit mit
den Taten des perfiden Mörders verbindet.

ISBN 978-3749452163
Band 3 aus der Reihe Liebig/Momsen

Als Taschenbuch und E-Book in allen Buchhandlungen und Online-Shops.

Inhalt:
Das Feuer reinigt und lässt nur Asche zurück -
Doch das abgrundtief Böse hat es auch für sich
entdeckt.

Während die tapferen Einsatzkräfte der Feuerwache ihr Leben aufs Spiel
setzen, um Menschen vor dem Tod zu bewahren, lebt ein Psychopath
seine kranken Leidenschaften aus, folgt dem Trieb, unvorstellbar
grausam töten zu müssen.
Immer mehr verdichtet sich der Verdacht, dass dieser Wahnsinnige nicht
nur medizinische Grundkenntnisse besitzen muss. Nein - es könnte ein
Feuerteufel sein, der sogar aus dem engeren Umfeld der Feuerwehr
kommt. Jeder ist plötzlich verdächtig. Ein Psychokampf beginnt und
gefährdet Freundschaften. Das Ermittlerduo Liebig und Momsen steht
vor dem bisher rätselhaftesten Fall, der sie selbst in tödliche Gefahr
bringt.

ISBN 978-3749497850
Band 4 aus der Reihe Liebig/Momsen

Als Taschenbuch und E-Book in allen
Buchhandlungen und Online-Shops.

Inhalt:
Das Ziel ist Rache - das Ergebnis ist
Selbstzerstörung

Niemand kann zu diesem Zeitpunkt erahnen,
welche Opfer ein Rachefeldzug noch fordert, als man die erste schrecklich
zugerichtete Leiche findet. Die Frau wurde hingerichtet von einem Täter,
der damit eine blutige Spur durch die Strafverfolgungsbehörden
ankündigt. Dass er keine Spuren hinterlässt und sein Motiv Rätsel aufgibt,
macht es dem bekannten Ermittlerteam um Peter Liebig und Rita Momsen
nicht einfacher. Seine Todesliste arbeitet der Killer unerbittlich ab. Das
Grauen findet seine Fortsetzung, obwohl sich Puzzlestücke
zusammenfügen. Der Tod jedoch hat die sympathischen Kripobeamten
längst eingeplant.

ISBN 978-3734726316
Band 5 aus der Reihe Liebig/Momsen

Als Taschenbuch und E-Book in allen Buchhandlungen und Online-Shops.

Inhalt:
Nichts ist vergessen. Die Zeit der Vergeltung ist gekommen.

Die Frauen besitzen alle das gleiche Äußere. Doch das ist nicht das einzig Gemeinsame. Sie sterben alle einen grausamen Tod. Der Serienmörder foltert seine Opfer bestialisch, ohne auch nur die geringste Spur zu hinterlassen. Er macht den ersten Fehler, als einem Opfer die Flucht aus dem schrecklichen Kerker gelingt. Doch die Ermittler Rita Momsen und Peter Liebig erleben eine tiefe Enttäuschung, als sie auf die Hilfe des Opfers und erste Spuren setzen. Der geheimnisvolle Mörder bleibt nicht nur weiter ein Phantom, sondern wird selbst für sie zur tödlichen Bedrohung.

IBN 978-3746067858
Band 1 aus der Serie Spelzer/Hollmann
Als Taschenbuch und E-Book in allen Buchhand-
lungen und Online-Shops.

Inhalt:
Der Wald rund um die Ruine der Essener Isenburg
- eine Oase der Ruhe und des Friedens. Das ändert
sich mit dem Fund einer ersten, grausam zugerich-
teten Leiche.
Kommissar Sven Spelzer, als erfahrener Leiter der
Mordkommission, begegnet einem Serienkiller, der präzise seine unvor-
stellbaren Taten plant. Der Täter preist seine Morde als Kunstwerke.
Wenn bisher ein System sein Wirken steuerte, so ist es die Gier Außenstehender, die eine unfassbare Lawine der Gewalt auslöst.
Gemeinsam mit der Rechtsmedizinerin Karin Hollmann begibt sich Spelzer auf die Suche nach dem Wahnsinnigen. Sie ahnen nicht, welche Hölle
die Bestie schon für sie vorbereitet hat.
Kalendermord - der erste Fall für dieses Ermittlerteam, der sie sofort an
ihre Grenzen zwingt.

ISBN 978-3746055879
Band 2 aus der Serie Spelzer/Hollmann
Als Taschenbuch und E-Book in allen Buchhand-
lungen und Online-Shops.

Inhalt:
»Der ist definitiv ertrunken. Die haben ihn noch
lebend ins Wasser geworfen, dabei nicht mal seine
Hände gefesselt.«
Die Aussage der Rechtsmedizinerin Karin
Hollmann ist klar und deutlich. Sven Spelzer, mit
dem sie schon den Serienmörder Pehling zur Strecke brachte, weiß von
Anfang an, wen er für diesen Zeugenmord zur Verantwortung ziehen
muss.
Die Soko wurde gebildet, um den ›SERBEN‹, wie sie den
Gewaltverbrecher nennen, nach Jahren der Erfolglosigkeit, endlich zur
Strecke bringen zu können. Brutalster Drogen- und Menschenhandel
wird ihm zur Last gelegt. Mögliche Belastungszeugen verschwinden
meist spurlos. Doch wer ist der unsichtbare Helfer im Hintergrund?
Gibt es einen Maulwurf in den Reihen der Polizei?
Wieder werden die beiden Ermittler in einen Einsatz hineingezogen, der
sie, wie schon im ersten Band dieser Reihe, an die Grenzen treibt. Als sie
bereits an den sicheren Zugriff glauben, hat der Teufel längst die Falle
gebaut.

H.C. SCHERF

MORDTIEFE

ISBN 978-3752834215
Band 3 aus der Serie Spelzer/Hollmann

Als Taschenbuch und E-Book in allen Buchhandlungen und Online-Shops.

Inhalt:
»Da unten ist die Hölle«

Die Taucher der Essener Wasserschutzpolizei müssen weit über ihre psychischen Grenzen hinausgehen, als sie das Depot eines Killers in der Tiefe räumen.
Welcher Wahnsinnige versteckt die Toten im Essener Baldeneysee?
Wieder einmal stehen Rechtsmedizinerin Karin Hollmann und ihr Freund, Oberkommissar Sven Spelzer vor Mädchenleichen, die ihnen viele Rätsel aufgeben.
Wie weit geht ein skrupelloser Gangsterboss, um den gewaltsamen Tod seines Bruders zu rächen? Zwei scheinbar unabhängige Fälle bringen die Ermittler selbst in Lebensgefahr. Ein friedliches Naherholungsgebiet entpuppt sich als Spielwiese für einen irren Mörder.

H.C. SCHERF

BRANDZEICHEN

ISBN 978-3752877953
Band 4 aus der Serie Spelzer/Hollmann

Als Taschenbuch und E-Book in allen Buchhandlungen und Online-Shops.

Inhalt:
»In mir hat der Satan ein Zuhause gefunden. Tust du nicht das, was ich von dir verlange, wirst du genau ihn von seiner fantasievollsten Seite kennenlernen.«

Die Drohungen treiben dem korrupten Polizisten kalte Schauer über den Rücken. Während Doktor Karin Hollmann und Oberkommissar Spelzer einen Satanisten verfolgen, der im Ruhrgebiet seine Opfer sucht und findet, versucht der Serienmörder Pehling, an seinem Zufluchtsort neue Gegner abzuwehren.
Aber nur, wenn sich die so unterschiedlichen Weggefährten zusammenschließen, haben sie eine verschwindend geringe Chance. Sie müssen verhindern, dass ein Satansjünger seine Visionen vom Reich des Antichristen verwirklichen kann.
Der Weg dahin fordert einen blutigen Tribut, denn der Gegner scheint nicht von dieser Welt.

ISBN 978-3752892178
Band 5 aus der Reihe Spelzer/Hollmann

Als Taschenbuch und E-Book in allen Buchhandlungen und Online-Shops.

Inhalt:
Der Frieden ist nur Schein - hinter ihm lauert
der Tod

Eine ganze Region zittert vor ihr, obwohl sie Schutz
versprach. Eine schöne Frau regiert nach dem Tod des Don unnachgiebig
eine italienische Region. Nur einer durchschaut ihr Intrigenspiel, kennt
ihr Geheimnis, das sie angreifbar macht. Geduldig wartet er auf den Tag
der Abrechnung.
Ein grausamer Mafiakrieg, in den die Gerichtsmedizinerin Karin
Hollmann, Hauptkommissar Spelzer und ein Serienkiller unaufhaltsam
hineingezogen werden. Sie versuchen, Unschuldige zu schützen.

Obwohl die Handlungsabläufe in sich abgeschlossen sind, empfiehlt es
sich, die Bücher in der Reihenfolge zu lesen.

ISBN 978-3744869997
Als Taschenbuch und E-Book in allen Buchhandlungen und Online-Shops.

Inhalt:
Seit Jahren verschwinden Prostituierte im Ruhrgebiet. Keine Leichen. Keine Spuren.
Nichts kann den Killer aufhalten. Die erst 10-jährige Andrea Lesbe und ihr gleichaltriger Freund leiden schon in der Schule unter Mobbing. Die Mitschüler machen ihnen das Leben zur Hölle. Was die Kinder zu diesem Zeitpunkt nicht wissen können: Ein Hurenmörder beginnt gleichzeitig sein perfides Werk. Unaufhaltsam verbindet sich ihr Schicksal mit dem des irren Killers.

Als Andrea als Erwachsene wieder in ihre Heimatstadt Essen zieht, trifft sie nicht nur auf den einstigen treuen Freund. Sie begegnet auch einem geheimnisvollen Fremden, der sie magisch anzieht. Hauptkommissar Schlicht ermittelt mit seiner Soko seit 16 Jahren erfolglos im Fall eines vermissten Kindes und der beängstigenden Mordserie. Erst als der Killer die Abstände seiner grausamen Taten verkürzt, finden sich erste Spuren.

Damit das Geheimnis um den Serienkiller gelüftet werden kann, müssen die Beteiligten in den Vorhof zur Hölle hinabsteigen. Erst dort begegnen sie der grausamen Wahrheit.

»Ein Thriller, der die schmale Kluft zwischen Normalität und dem menschlichen Wahnsinn spannend beschreibt.«

ISBN 978-3752856873
Als Taschenbuch und E-Book in allen Buchhandlungen und Online-Shops.

Inhalt
Als sich die Zellentür für Dirk Rasper nach vielen Jahren vorzeitig öffnet, ahnt Hauptkommissar Klare nicht, welche Welle der Gewalt er damit auslöst. Nach seinen Recherchen saß der Mann über sieben Jahre unschuldig hinter Gittern.

Ein geheimnisvolles Versprechen aus der Vergangenheit band Rasper daran, die ihn möglicherweise entlastende Wahrheit zu verschweigen.

Als der Gefangene aus der Hölle des Strafvollzugs entlassen wird, treibt ihn die Liebe zu seiner kleinen Tochter und der Wunsch nach Rache an.

Es mehren sich Zweifel daran, ob die Entscheidung, den Mann zu entlassen, nicht ein weiterer Fehler war.

Das Grauen findet einen neuen Anfang und endet im überraschenden Showdown.

ISBN 978-3741275203
Als Taschenbuch und E-Book in allen Buchhandlungen und Online-Shops.

Inhalt
Täglich gibt es in Deutschland etwa vierzig Fälle von Kindesmissbrauch. Die Dunkelziffer ist jedoch höher, denn viele Opfer und ihre Angehörigen schweigen, aus Scham, aus Angst. Heilt die Zeit diese Wunden? Kann der Mensch erlittenes Leid vergessen? Tina muss sehr bitter erfahren, was es bedeutet, wenn Gespenster der Vergangenheit lebendig werden. Wohlbehütet aufgewachsen, begegnen ihr plötzlich Grausamkeiten, die sie sich nie hätte vorstellen können. Die Gräueltaten eines Sexualtäters verknüpfen sich unaufhaltsam mit dem Schicksal ihrer Familie.
Ein Thriller, der nicht loslässt. Er nimmt den Leser mit in eine Welt, die direkt neben uns existiert. Eine Welt, mit der viele Menschen selbst Erfahrungen sammeln mussten und es aus unterschiedlichsten Gründen totschweigen.
Der Autor möchte mit seiner Geschichte nachdenklich machen und zu Diskussionen anregen. Gibt es hier nur Schwarz und Weiß, nur Gut und Böse?
Eine Geschichte, frei erfunden, doch grausam nah an der Realität.

ISBN 978-3741299056
Als Taschenbuch und E-Book in allen Buchhandlungen und Online-Shops.

Inhalt:
Alfred Reimann, dreiunddreißig, Single, gut aussehend, Jungfrau.
Bis heute lief das Leben des liebenswerten Finanzbeamten und seiner Teddydame Bienchen in geordneten Bahnen. Noch weiß er nicht, dass sich dieser Zustand mit dem Einzug der süßen Nachbarin Verena ändern wird. Ein glücklicher Umstand führt sie zusammen.
Seine Mutter ist davon alles andere als begeistert, denn in ihren Augen wollen junge Frauen wie Verena nur das Eine. Und dieses Chaos wird sie zu verhindern wissen!
Mithilfe von Verena und dem kauzigen Pfarrer Hollerberg stolpert Alfred in das eine oder andere Abenteuer. Ob er auf den Reisen sein Glück findet, bleibt abzuwarten ... Ein rasanter Liebesroman mit dem gewissen Schmunzelfaktor.

ISBN 978-3741226458
Als Taschenbuch und E-Book in Online-Shops und im Buchhandel

Inhalt:

Als Nicole Manfred Kirchner begegnet, glaubt sie, den Richtigen für ein bleibendes Glück gefunden zu haben. Als das Monster die Maske fallen lässt, ist es schon zu spät. Nicole muss einen sehr hohen Preis bezahlen: Sexueller Missbrauch, grausame Misshandlung und kriminelle Machenschaften treiben Nicole fast in den Freitod.

Ihr Weg kreuzt den eines älteren Mannes. Nun erfährt sie, dass es auch Menschen gibt, die Hilfsbereitschaft und Freundschaft über ihre eigene Sehnsucht nach Liebe stellen. Doch Manfred Kirchner ist nicht der Mann, der sein Opfer so schnell aus den Klauen lässt. Das Schicksal treibt ein makabres Spiel und zwingt zwei Menschen an die Grenze des Zumutbaren.

Wird Nicole sich befreien können? Erkennt sie das wahre Glück und greift danach? Kennt das Glück wirklich kein Erbarmen?

Der Autor lässt den Leser wie schon in seinen beiden vorangegangenen Romanen tief in die dunklen Seiten des menschlichen Zusammenlebens eintauchen und bietet viel Stoff für Diskussionen.

ISBN 978-3746018317
Als Taschenbuch und E-Book in Online-Shops und im Buchhandel

Inhalt:

»Die Flossen hoch! Das ist ein Überfall!«

Die Aufforderung steht drohend im Raum des City Fitness, in dem auch die an MS erkrankte Rita Richter trainiert. Die in der Schalke-Arena gestählte Frau beweist den Brutalos, dass selbst Waffengewalt nichts ausrichtet gegen Lebensmut und derbe Schlagfertigkeit. Als die drei Kleinganoven Freddy, Richard und Massimo ihren Plan entwickeln, wissen sie noch nicht, welcher übermächtige Gegner sich ihnen in den Weg stellt. Eigentlich hatten sie eine Entführung geplant. Eigentlich! Da das Opfer unverschämterweise Urlaub macht, muss spontan umdisponiert werden. Alles ohne Plan B. Schneller, als es sich das Trio vorstellen kann, erscheint die Polizei auf der Bildfläche und eine ungewollte Geiselnahme nimmt ihre kuriose Fahrt auf. Schnell bekommen die Ganoven zu spüren, dass die Polizei nicht ihr ärgstes Problem darstellt.

Auch der leitende Hauptkommissar Holger Knoll wird diese ungewöhnliche Geiselnahme nie wieder vergessen können. Nichts ist vorhersehbar, alles läuft komplett aus dem Ruder. Die tatkräftige Hilfe kommt von einer Seite, die das Eingreifen des Polizeiteams fast überflüssig macht.

ISBN 978-3741261534
Als Taschenbuch und E-Book in Online-Shops und im Buchhandel

Inhalt:
Vera und Peter Sobier genießen mit ihrem zwölfjährigen Sohn Patrick ein sorgenfreies Familienglück. Das endet abrupt, als der erfolgreiche Rechtsanwalt einen folgenschweren Verkehrsunfall verursacht. Patrick erleidet ein Schädel-/Hirn-Trauma und fällt in ein Koma. Peter Sobier kommt mit leichten Verletzungen davon und sucht verzweifelt einen Weg, mit seiner schweren Schuld leben zu können. Die Liebe zu Vera wird auf eine harte Probe gestellt.

Die härteste Zerreißprobe ihres Lebens fordert den Eltern alles ab, denn das Schicksal kann grausam sein. Verzweiflung, Glaubenskonflikte und Hoffnungslosigkeit zerfressen den Geist des Vaters. Außergewöhnliche Signale, die der Sohn aus seiner finsteren Welt aussendet, verändern die Sicht aller Beteiligten.

Wird die Liebe der Eltern den vielen Prüfungen standhalten?

Hat Patrick eine Chance, jemals wieder zurück ins Leben zu finden?

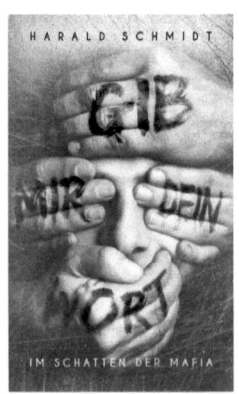

ISBN 978-3741225383
Als Taschenbuch und E-Book in Online-Shops und im Buchhandel

Inhalt:
Als der vierzehnjährige Claudio ungewollt durch einen Freund in die Drogengeschäfte der ›Organisation‹ hineingezogen wird, beginnt sein Leidensweg.

Verrat und Misstrauen bringen ihn in allergrößte Gefahr. Zu seiner eigenen Sicherheit muss er Kalabrien, Familie und Freunde verlassen. Auf sich selbst gestellt, begibt er sich auf den steinigen Weg nach Deutschland. Hier hofft er, sich aus dem Netz der Mafia, der Ndrangheta, befreien zu können. Doch das Leben zeigt ihm mit aller Härte, was es bedeutet, der Vergangenheit entfliehen zu wollen.

Kann Claudio untertauchen in einer für ihn völlig fremden Welt? Wird er eine Zukunft mit eigener Familie aufbauen können?

Findet er ›LA DOLCE VITA‹ auch in Deutschland?

Inspiriert von einer wahren Geschichte, schildert der Roman in ungeschönten Bildern, wie das Verbrechen Leben zerstören kann.

Ein Sumpf von Gewalt, Drogen und Korruption, aber auch tiefe Freundschaften begleiten den Jungen auf der Suche nach einer neuen Heimat.